夏を拾いに

森浩美

Mori Hiromi

双葉社

夏を拾いに

装画　木内達朗
装幀　松岡史恵

平成19年・夏

山手線を渋谷で降り、井の頭線の改札へと向かう。通路の途中、ハチ公前の交差点が見える。人波はまるで淀んだ川のように映った。

駅構内は風が抜けず、さながら蒸し風呂。背中や脇の下から玉の汗が伝う。八月に入ってから猛暑日続きだ。四半世紀のサラリーマン生活で、スーツを着てもあまり汗をかかぬよう慣らされてはきたが、さすがに上着が重たい。

山手線の中で読もうと、品川のキオスクで夕刊を二紙買ったが、鞄のサイドポケットに突っ込んだままだ。鞄の中から眼鏡を取り出す、ただそれだけのことまで面倒にさせてしまう。四十も半ばを過ぎた。つくづく歳をとったものだ。肉体の衰えにこの暑さの追い打ち。正直、こたえる。加えて、憂鬱な話が舞い込んできては、とても夏を楽しむことなどできない。

午前の会議の後。

「おい、ちょっとオレの部屋に」

神山《かみやま》常務が直接、私のデスクに呼びにくるときは、大概、ロクなことはない。

席を立ち、神山の後に続き、常務の部屋に入るなり「で、どんな悪い知らせですか?」と、私は苦笑いしながら訊いた。

「そう警戒するな。ま、座れ」

「警戒しますよ」私は勧められた黒革のソファーに腰を下ろした。

「実は、急ですまんが、十月から大阪に行ってもらいたい」

「え？」

「村田の後釜としてな」

私はがくっと肩を落としてみせた。

「おそらく、噂は耳に入っていると思うが」と、前置きする神山の言葉を遮り「はい、知ってます」と答えた。

「そうか。それじゃあ、話が早いな。村田は先月一杯ということで辞表を出した。ま、表向きはな」

大阪支社の村田第一営業局長は、下請けの制作会社にバックマージンを強要していたという噂だ。いや、事実だったということだ。

「飲み食い程度のことならまだしも、額がなぁ。まったく、あいつも、いい歳して、新地の女に入れあげるなんてな。ばかなヤツだ。ま、そんなヤツがいなくなるのはどうでもいいが、得意先まで失いそうな状況ではシャレにならん」

「はい。でも、どうして、私なのでしょう？」

「畠山《はたけやま》支社長のご指名だ」

「はぁ……」私は言葉を失った。

畠山は、十年ほど前まで直属の上司だった。保身第一主義で、どんな小さなミスでも全部部下のせいにするタイプだ。若気の至りといえばそれまでだが、酒の席で、普段腹に据えかねていた気持ちをぶつけてしまった。以後、尚更にトラブル処理係として扱われ、不始末があるとクライアントに頭を下げに回された。私も意地になり、懸命に処理したが、内心は、畠山と一緒の部屋の空気を吸うだけで胃潰瘍になるほど厭な思いを味わっていた。だから、畠山が大阪に行ってくれたときは、心底嬉しかった。

「お前たちがウマが合わないことは、オレも承知している。だから、小木《おぎ》は出せないと断ったんだが、畠山が社長に泣きついてな。ま、考えようによっては、畠山もお前の能力は認めているということじゃないか」

「尻拭いの能力のことですか」私は厭味を言った。

「まぁ、そう言うな。オレとしてみれば、敗戦処理のためにマウンドに上がれって言ってるんじゃない。むしろ抑えの切り札とか、ここぞの代打の切り札を送り出すつもりなんだから。ま、とりあえず二年は我慢して頑張れ」

が、二年ということは三年であり、下手をすれば、もっと長くなるだろう。

「お、そうだ。エコキャンペーンの方も終わったんだろう?」

「ええ、まぁ」

急遽、この夏、〝地球を守ろう〟というエコキャンペーンのCFを担当することになった。時間がなく、現場は大混乱。メインキャラクターに起用した若い女優は気分屋で扱いづらいという評判で、案の定、撮影開始早々、スタジオが暑いとゴネ始めた。仕方なく、スタッフが震えるほどキンキンに冷房を効かし、撮影を続けた。相当の電力消費だっただろう。何がエコだか、さっぱり分からない。

「夏休みでも取って、リフレッシュしてから、大阪に行くといい」

さすがに社内一の〝タヌキオヤジ〟だ。最後は本心を隠すように、にこやかな笑みを浮かべた。勤め人の宿命だ。転勤と言われれば従うしかない。拒否できる方法があるとすれば、会社を辞めるということか。ふと、それでもいいかなという思いが心の隅っこを掠《かす》めた。

井の頭線の改札を入って、案内表示板を見上げる。ホームには、ふたつの電車が停まっていた。先に出発する各駅停車に乗ることにした。中学時代、夢中になって観ていたドラマ『俺たちの旅』の舞台が吉祥寺で、画面にこの銀色の車両が度々登場した。私たちは、テレビから受ける影響が大きくなった世代だ。そんな憧れが、大学進学で上京した際に、この沿線に住むきっかけとなった。以後、就職や結婚をして生活の環境が変わっても、他の沿線に引っ越すことなど考えなかった。ただ、私の人生は、自由な生き方をするドラマの主人公たちとは大分違う。ふと、そんなことを思うと、頭の中に流れた小椋佳のメロディーが切なく感じられた。

ぼちぼち夏休みを取り始めた者も多いせいか、車内には余裕があり、他人様の汗ばんだ腕に触れずに済む。せめてもの慰めだ。

吊り革をつかもうとしたとき、胸元の大きく開いたタンクトップ姿の若い娘と目が合った。次の瞬間、彼女は持っていた小さな手提げ袋で胸を隠した。おいおい。肌の露出が多いのは男として大歓迎だが、程度というものがある。最近の娘は裸同然で街を歩き、職場まで平気な顔をしてやってくる。見れば見たで、セクハラだと騒ぐ。遠い夏、ハマトラだ、ニュートラだ、サーファーだというファッションに身を包んだ女の子の尻ばかり追いかけたこともあった。だからと言って、これみよがしに、胸や尻を半分ほども出されても……。安心しろ。君くらいの器量じゃ妙な気を起こすほどの気力を持ち合わせていない。こっちは、そんなことでニヤけてる場合じゃないんだ。心の中でそう毒づいた。

私は扉付近に移動すると、銀色の手摺に背中を預けて、しばし目を閉じた。

十五分ほど乗車すると、私の住む街に着く。電車は踏切を越えるとゆっくりスピードを落とし、ホームに滑り込む。各駅停車しか停まらない駅だが乗降客は多い。

駅舎を出ると、商店街が左右に延びる。シャッターの下りた商店街を照らす街灯の周りを、小さな羽虫が飛び交っている。若い勤め人やＯＬは、ケータイを握りながらコンビニへと入ってゆく。彼らもまた、光に群がる羽虫といったところか。

私が住み始めた頃には、個人経営の総菜屋、八百屋、魚屋もあった。学生時代、懐が寂しくなるとモヤシを買った八百屋はコンビニに。顔馴染みだった肉屋のおばさんは「あら、またメンチカツとコロッケかい。じゃあ、コロッケひとつサービスしとくからね」と言い、よくおまけをしてくれたものだ。が、そこもチェーンのクリーニング店になり、老夫婦がやっていた書店も姿を消した。あとはお決まりのドラッグストア、ハンバーガーショップ、それにテイクアウトの寿司屋や弁当屋が、判で押したように次々と出店した。どこか田舎臭い匂いのするこの街の雰囲気にほっとしたものだが、それもすっかりなくなってしまった。駅前道路もきれいなタイルが敷かれ、喜ぶ者もいるだろうが、私は残念な気持ちの方が大きい。大分、東京人になったつもりでいたのに、根は田舎者のままだ。

電車の冷房で、少し収まっていた汗が再び首の辺りに流れ始めた。

「どうやら今夜も熱帯夜だな」

　ふーっとひと呼吸し、何気なく駅前のビルを見上げた。一階にレンタルビデオ店が入った三階の窓が煌々《こうこう》と光を放っている。塾の窓だ。そのビルの薄暗い階段を子どもたちが下りてくる。それはまるで残業を終えたサラリーマンのようだ。

　その集団の中に、息子の横顔を見つけた。息子は水色のラルフローレンのポロシャツとベージュの短パン、ナイキのスニーカーという出で立ちだ。と、一緒に出てきた少年たちが、「じゃあな」と次々に息子の頭を小突くと自転車に跨がって立ち去った。抵抗するふうでもなく、息子はただ苦笑いするだけだ。見ようによっては、単なる子どものじゃれ合いだが、少しばかり気分はよくない。

「おい、由伸《よしのぶ》」私は数メートル離れた場所から、息子の名を呼んだ。

　息子は振り向くと、眼鏡を指で上げ直す仕草をしながら、私の姿を確認するように凝視した。

「おう」と、私は軽く手を上げた。

「なぁんだ、お父さんかよ」

　私は歩みを早め、由伸に近づくと「なぁんだってことはないだろう」と、笑いながら息子の頭を手荒に撫でた。

　同じ塾の女の子が、クスッと笑って脇を駆け抜ける。

「もうッ、やめろよな」

　息子はあからさまに嫌がって、身を捩《よじ》りながら私の手を払い除《の》けた。小学五年生ともなると、自我がはっきりとし、友達、ましてや女の子の前では、子ども扱いされるのを嫌がる。つい二、三年前なら「お父さん」と、息子の方から歩み寄ってきたのに。「女の子だったら、その歳になると口もきいてくれない」と、同僚が漏らした言葉が浮かんだ。それよりはマシだな。

「お前、やられたらやり返せよ」

「は？」

「今、小突かれてたろ」私は息子の頭を小突く真似をした。

「なんでもないし。それに相手にしてないし」息子はぷいと横を向いた。

「やり返さないと、ずっとやられっぱなしになるぞ。あ、そうだ、今度〝七年殺し〟教えてやろうか」と、私は意識して大袈裟に笑った。

昔読んだ『トイレット博士』という漫画に出てくる必殺技で〝カンチョー〟より凄い技のことだ。

「ばっかじゃねーの」息子は無愛想にそう言うと、スタスタと歩き始めた。

私たちの住むマンションは、ここからゆっくり歩いても五分とかからない場所にある。

最初の角を右に曲がると、ラーメン屋の換気扇が豚骨スープの匂いを吐き出していた。この夏、冷やし中華のないこの店の売れ行きには影響が出ただろう。

電柱に取り付けられた薄暗い街灯が並ぶ横道に入る。この辺りは戸建てが多く、庭先の植木の合間から、秋を思わせる虫たちの大合唱が聞こえる。それに対抗するように、こんな時間だというのに狂ったように鳴く蟬の声も聞こえる。

「お前、少し背が伸びたか」

低学年の内はクラスでも小さい方だったが、この春の身体検査で「オレ、真ん中の大きさになった」と、喜んでいた。子どもの成長は緩やかではない。親の目からすれば、ある時点で急激な右肩上がりの曲線を示す。

「測ってないから、分かんない」いかにも面倒臭そうに息子が答える。反抗期なのか、さっきのことで気まずいのか、素っ気ない態度だ。

各家庭の門柱に光る外灯がぼんやりと灯る。ザザザっという誰かが風呂に入る音に混じり、コーンと桶が立てる音がする。

「しかし、お前も大変だな」

「うん？」

「塾さ。こんな時間までなぁ。それに夏休みだっていうのに」

「だって、しょうがないじゃん。受験あるし」

「そうだけど。まだ、再来年の春だろう」

塾へは三年生から通わせているし、受験に反対でもない。しかし、夏休みの殆どを費やし、五年生から特別夏期講習に通わせなくてもいいのではないかと、妻に言ったことがある。

「六年になってからじゃ遅いの、五年生で本物の受験生になるのよ。ここから二年くらい辛抱できなくてどうするのよ」

私の意見など、そのひと言で一蹴されてしまった。が、本当に辛抱は二年だけなのだろうか。

「人生はずっと辛抱ばかりだけどなぁ」

私には、その道は果てしなく続くようにしか思えないのだが……。

こんな状況だ、とても家族で大阪に引っ越すことなどできまい。行くなら単身赴任だ。ならばせめて、神山が言うように夏休みでも取って家族と過ごすか……。

「なぁ、由伸、どっか旅行でも行くか？」

「いい、別に」息子は即答する。

「どこも行きたくないのか？」

「うん」

「いいのか、それで」

「いい。オレ、うちでゲームしてる方がいい」

「おい、ゲームかよ。そんなこと夏休みじゃなくったってできるだろう？」

「いい。オレはそれでいい」

「だってな。来年の夏休みは完全にどこにも行けないんだろう？　だったら今年くらいは連れてってやるぞ。好きなところに……」

「そんなこと言ってさ、お父さん、夏休み取れんのかよ」

去年の夏、広告主である食品会社が満を持して発売した健康食品がさっぱり売れず、テコ入れのイベントに追われた。おまけにＣＦに起用したおしどり夫婦と評判だったタレント夫婦はＣＦが流れ始めた途端、離婚をし、その後始末でひと夏終わってしまった。当然、夏休みなど取れず、代わりの有休を取ったのは十一月になってからだ。罪滅ぼしに泊まりがけで連れて行ったディズニーリゾートは、すっかりクリスマスモードになっていた。

「今年は大丈夫だ。明日にでも休み取れるぞ」

「いいって。オレは家でのんびりしたいんだよ」

それはサラリーマンが休日ぐらい家でゴロゴロしたいという気持ちと一緒じゃないか。無性に切なくなった。

「そうだ。またカブトムシでも捕りに行くか?」

息子は、昆虫カードの収集に夢中になっていた。スーパーなどに設置された機械で、そのカードを使い対戦する。

「カードなんかより、本物の戦いが見たくないか?」

「もう、そんなの、とっくに終わってるし。それにさ、昔、おじいちゃんちに行ったとき、カブトムシ捕りに行ったけど、そんな場所なかったじゃんか」

息子が小学生になった年の夏、実家に帰省した際、私は「カブトムシ捕りに行くぞ」と、息子を誘った。虫籠や網まで用意し意気揚々と出掛けた先には、私の記憶にある雑木林はなくなっていた。そこはすっかり開発され、大型のホームセンターが建ち、ザリガニやドジョウを捕った川もコンクリートで固められていた。水の流れはあるが、それは川ではなく生活排水を流す水路にしか見えない。

思えば、これまで帰省しても、近所をブラブラ歩くこともなく、大概はごろ寝をして過ごした。勿論、郊外に延びたバイパス沿いが発展したのは知っていた。大手流通グループの大型ショッピングセンターが進出し、その人の流れに期待して、次々にファミレスや紳士服店、車のディーラーなどの店舗が建った。思わず感傷的にもなるが、それは、都会に出た者の勝手な思いで、なんとなく初恋の人には、いつまでも美しいままでいてほしいという淡い願いに似ている。

楽しみにしていた息子は「お父さんの嘘つき」と、泣きべそをかきながら私を責めた。仕方なく、そのホームセンターで売っていたクワガタを買い与え、お茶を濁した。

「だから、今度は、別の所に行けばいいんだ。もっと山の方とか。リベンジだ、リベンジ」

「いいって。それにオレ、もうそんなにガキじゃないし」

充分ガキだろう……。

「だけどな、それじゃ……」と、私がなおも言い続ける言葉を遮って「お父さん、しつこいんだよ」と、呆れた様子だ。

夏の想い出が、塾とゲームか。いや一年中、代わり映えのない想い出か？　次の言葉が探せぬまま、マンションのエントランスホールの前に着いた。


このマンションを購入して五年が過ぎた。広い敷地にはふたつの棟が建てられ、周囲には元々この地にあった木々が残された。

「樹木をできるだけ残し、緑の多い環境を造りました」

不動産販売会社の社員が自慢そうに説明したものだ。見ようによっては、高原のリゾートに立つホテルのようでもある。東京ではわざわざ樹木を残し、田舎では切り倒す。確かなことは、いずれも経済優先ということだ。

溜息をつきながら、しみじみとマンションを見上げていると「お父さん、何ぶつぶつ言ってんだよ。先行くよ」と、息子に声を掛けられた。

「ああ、悪い」

センサーが反応し、エントランスのガラス扉が左右に開く。左手にカウンターがあり、制服姿の警備員が「お帰りなさい」と、声を掛けてくる。息子も私も「ただいま」と、愛想良く答えた。セキュリティーは二十四時間態勢で、昼間は管理スタッフがカウンターに座っている。鍵も掛けずに出掛ける実家とは大違いだ。

宅配物やクリーニングの手配など、ホテルライクなサービスも売りだ。こういうサービスや設備が調っているので、戸数が多くても団地のような安っぽい匂いがしない。駅近でサービスが充実。五年経った今でも、新聞の折り込みチラシに入る売買価格は、左程値崩れを起こしていない。中には当マンション指定の買い主がいると聞く。

私がもたつく間に、息子はさっさと自分の鍵をオートロック解除の鍵穴に差し込む。キーホルダーにはカエルの漫画キャラがぶら下がっている。百円のガチャポンで取ったものだ。

二枚目のガラス扉が開き、そこから先は住人のエリアになる。

私たちの部屋は、北棟にある。北棟、正式にはフォレストコートと名づけられている。ちなみに南棟はセンターコートという。北という響きがよくないという配慮からだと聞いたが、住民は北、南と使っている。

北棟へは、南棟の内部にある回廊を回ってもいいが、中庭を突っ切る方が早い。

中庭は北から南へ向かって緩やかな斜面になっている。中央には小川を模した水の流れが演出され、その両脇に階段がある。足下灯がライトアップの効果を果たし、水面を光らせる。住人の子どもたちが、小川を跳び越える遊びをしているが、私も時々、酔った勢いで跳び越すことがある。昔取った杵柄だ。実はそれができなくなったら、いよいよ老人になったことにしよう、と密かに決めている。

息子は大股で階段を上り、ずんずん私の先を行く。

北棟に入るとエレベータに乗り込み、八階のボタンを押す。私たちの部屋は、エレベータから一番奥にある東南の角部屋、八〇一号室だ。

ドアの鍵を息子が開ける。

「ただいま」息子は無造作にスニーカーの踵を踏んで脱ぐと、それを散らかしたままリビングへ向かう。

「おい、靴ぐらい揃えろ」私は自分の脱いだ靴と息子のスニーカーを並べた。

リビングから「お帰り」という妻の明るい声が聞こえた。

「ああ、涼しい」リビングに漂うエアコンの冷気に当たり、言葉が漏れた。

「あら、一緒だったの?」カットソーの部屋着に着替え、濡れた髪をひとつに束ねた妻の菜美子が素っ気なく言う。

「ああ、塾の前でばったり」

「ふーん、そう。今日は早かったのね」

「たまにはそういうこともあるさ」

「あ、ご飯用意してないわよ」

平日、我が家の食卓に着くことが少ない、いや殆どないと言っていい私だが、もう少し言い方があるものだろう。これでも恋愛結婚をした仲だ。

菜美子とは、共通の友人を介して知り合った。菜美子は、店舗のライティングデザインの仕事をしていた。私たちは三十路になる前に結婚をし、菜美子は結婚後も仕事を続けた。子どもを作らないということではなかったが、気づけば三十も半ばを過ぎ、一生夫婦だけの生活で終わるのかと思い始めた矢先、ひょっこり菜美子は妊娠した。

三十代後半での出産など珍しいものではなくなったが、やはり高齢出産は危険を伴った。ひと晩かけた難産の末、男の子が生まれた。

出産を機に、菜美子はデザイン事務所を辞めるつもりだったが、在宅でもいいから続けてほしいという事務所からの要望もあり、結局は仕事を続けることになった。そういうことを可能にしたのも、インターネットの進歩があってのことだ。どうしても人と会わねばならない打ち合わせには出掛ける。それは妻にとってよい息抜きにもなっているようだし、共働きを続けたお蔭で、マンションローンの年数を短くできた。

「期待してないです。だから、局の連中と軽くやりながら喰った」私は上着をリビングのソファの背に掛けながら苦笑した。

「なんか、私が意地悪してるみたいじゃない？　連絡くれれば用意したのに」

妻は私の言葉にカチンときたのだろう。早速のファイティングポーズといったところか。元々、鼻っ柱の強いタイプなので、こういう結婚生活も予想はできていたが、もう少し気遣う態度があってもいい。ま、お互い様か。

菜美子とは同い年だ。同い年の夫婦は対等意識が強く、引くことの美学が薄い。バツイチの部下が最近、性懲りもなくひと回り違う二十代の女房をもらったが、まったく口論にならないと言う。なんでも「はいはい」と、言うことを聞いてやるせいらしい。私もそうなったら「はいはい」と、にこやかにいられるのだろうか？　私には恐らく無理だろう。

「由伸、ご飯食べて、お風呂に入っちゃいなさい」と、妻が言う。

「うん。もう少したったら」

「夕飯喰ってないのか？」私が尋ねる。

「ご飯食べたら、塾で眠くなっちゃうじゃない」妻が呆れたように答える。

「それでお前、腹減らないのか？」私は息子の方を振り返った。

「うん、何？　ああ、塾行く前にカレーパン食べたし」

息子はソファに座りながらＤＳをやり始めていた。

「おい、もうゲームか？」

息子は背中を丸め、ソファの上に両足を折り曲げて座りながら、器用に両方の親指を動かしている。

「息抜きだよ、息抜き」息子は画面から目を離さずに答えた。

「ははは、息抜きだと？　生意気言うんじゃないよ」

私が息子と同じくらいの年に〝息抜き〟などという言葉を使ったものか？　今の子どもたちは、大人同様、息抜きが必要なほど何かに追われているということだ。少々、不憫に思える。

「あとちょっとで、全クリなんだから」

「え、もう、クリアするのか？」

つい一週間前に、買ってやった新しいソフトだというのに。

ソフトに限らず、新しいゲーム機が発売されればいち早く購入する。息子にねだられてということもあるが、一応仕事柄、流行《はやり》ものには敏感でなければならない。

私も昔、インベーダーゲームやブロック崩しゲームにはまり、喫茶店に入ると百円玉を脇に積み、随分と硬貨を注ぎ込んだ。その後、ファミコンに熱中し、特にロールプレイングものは、朝方まで攻略本を片手に遊んだ。しかし、最近はゲームが複雑になり過ぎてついてゆけず、私が買うものは専ら、脳を鍛えるものとか、歴史を扱うものだ。が、それもまだ封も切らずに放置したままのものがたくさんある。

「由伸。どうせならゲームクリエータにでもなって、うんと稼いでくれ。そうしたら、お父さんに、たくさん小遣いをくれよ」

「ああ、もう、煩《うるさ》いな。集中できないじゃないか」息子はそう言うと、DSを折り曲げて閉じた。

「ねぇ、お風呂溜める？　私はシャワー浴びたから」妻が私に尋ねる。

「風呂にしてくれ」

「あ、そう、面倒ねぇ。シャワーで済ませてくれればいいのに」

そっちが訊いてきたんだろう。分からん。

私は夏でもきちんと湯船に浸かりたい。私が子どもの頃は、建て替えるまで実家には、シャワーそのものがなかったし、湯船に浸かるのが当たり前だった。

「給湯のボタン押すだけだろう？　薪を焼《く》べて沸かす訳でもあるまい」

「やーね、威張っちゃって」

「これでも昭和の男だからな」私が戯《ざ》れ言《ごと》を言う。

「何が昭和の男よ。へなちょこ昭和の世代のくせに」

菜美子が言うように、私たちの世代は大きな時代の背景がなくなった世代だ。戦争も学生運動もない時代。大学では軟派なサークルが花盛りで、夏はテニス、冬はスキーというオールシーズンサークルが定番になった。なんとなく、という雰囲気が世の中に漂い始め、良くも悪くも背景というものを失った。

「由伸、いいかげんにゲームやめて、食べなさいよ」妻が息子を叱る。

ダイニングテーブルには、息子のために用意されたハンバーグとトマトサラダが並べられた。さっきのメンチカツの想い出のせいで、少し腹が減った気分の私は、思わず「旨そうだな」と、皿を覗き込みながら漏らした。

「だから、要るときは連絡してくれればいいのに。メールひとつくらい、ちょちょっと送れるでしょ」

そのちょちょっていうのがなかなかできない。若い部下たちは、頻繁に家族にケータイからメールを送っているようだが、私には真似ができない。なぜできないかと問われても、できないものはできないとしか答えようがない。

大体、うちに帰って女房にごちゃごちゃ言われたら、私の父親であれば、ちゃぶ台をひっくり返しただろう。もっとも、私にはそういうことはできない。へなちょこと言われても仕方がないか。

風呂が溜まるまで、ニュースを見ることにした。お天気コーナーでは、女子アナが「明日も晴れて猛暑日になります。熱中症にご注意ください」と、澄ました笑顔で伝えていた。

由伸は夕飯を食べ終えると「オレ、風呂入って寝る。今日は疲れたし」と、脱衣所へ向かった。

「おい、なんだ、結局あいつが一番風呂か」

テーブルには、ハンバーグがほんのひと口分残され、トマトは皿の端っこに追いやられていた。

「なぁ、菜美子」

「はい」

「あいつには、友達がいるのか？」

「そりゃあ、いるでしょ」

「いや、オレが言ってるのは親友ってことだ」

「仲良しはいるみたいよ、マナブくんとか、石橋くんとか」

「そうか。で、いじめにあってる気配はないか？」さっき、塾の前で見たことが気になって訊いてみた。

「あの子が？　ううん、何も聞いてないけど。あなたにそんなこと言ったの？」

「いいや、別に。ま、つまり、なんだ、そういう話を他から聞くもんで、ちょっとな」

もし、いじめがあっても、なかなか親には話すまい。不安がなくなった訳ではないが、それ以上、妻に質問することをやめた。

「が、しかし、いいのかね、塾漬けにしちまって」私は話題を変えた。

小学生の頃、夏休みの計画表というものを作らされたものだ。大概、その計画は守られるものではなかったが、少なくとも午後は遊びの時間だった。由伸が計画表を作るとすれば、起床から就寝まで〝塾〟とだけ書き入れればいい。

「私が無理矢理行かせてる訳じゃないわ。本人が頑張るって言うんだから仕方ないじゃない。それに担任の山本先生だって、由伸くんなら、充分〝御三家〟狙えますよって言ってくれてるし」

由伸が通う小学校は殆どの生徒が中学受験をする。学校は区立だが、受験を勧めてくる。その背景には、公立とはいえ、親たちが学校を選択する傾向が強まったせいだ。評判が悪ければ生徒は集まらない。手っ取り早く評判を上げるには、いい中学へ生徒を送り込むことだ。だから、夏休みに自由研究や図画工作の宿題が出ない。専ら宿題はプリント問題ばかりだ。

「それは分かってるけどなぁ。それでもだ、夏休みが夏休みじゃないっていうのが、ヤツのためにホントにいいのか?」

「じゃあ、どうするのよ?」

「キャンプとかどうだ? あ、そうだ、中村にセッティングしてもらうか。あいつ、アウトドアおたくだからな。ヤツの車なら、うちの家族が乗っても余裕だろう」

「ふーん。じゃ、由伸に訊いてみれば? でも、私は行かないわよ。いやよ、虫がいっぱいいる所なんかで……。うー、考えただけで鳥肌が立つ」

由伸に断られ、援軍がほしくて妻に持ちかけたのだが、やはり期待すること自体無駄だったようだ。

菜美子は虫全般が大の苦手だ。以前借りていた部屋でゴキブリを見かけたとき、断末魔の叫びかという声を上げると、どこにそれだけの跳躍力があるんだと思わせるほどジャンプし、流し台に跳び乗ったことがある。私がゴキブリをスリッパで退治すると、礼を言うどころか「もう履けないじゃない」と、菜美子は文句を言った。ずっと流し台に上げておけばよかったと後悔したものだ。

「あいつ、このままじゃ何も残らねぇぞ。男の子には、成長する夏ってものがあるんだ」

「それでキャンプって訳？」

「キャンプじゃなくったっていいさ。なんて言うか、ただ単にばかでいる時期っていうかさ。転んだり擦りむいたりして、ちょっとした冒険みたいな……」

「そんなの幻想よ。大体、今時、そんなこと必要？」

「そりゃあ、お前は、横浜の町中みたいなところで生まれ育っちまったお嬢様だから分からないと思うが。でもな、山とか川とかで遊びながら創意工夫ってものを覚えるもんなんだ。だから、発想が豊かになるんだ。今はビデオやデジカメの中に、何でも映像で残せるよ。だけど想い出にはな、感覚で留める匂いや色があるんだ」

「どうしちゃったの。なんか安っぽい教育評論家みたいなこと言っちゃって」妻は鼻で笑った。

「だから女親ってだめなんだよなぁ」

「カエルのお尻に爆竹差し込んだりするのが創意工夫な訳？」

「そうだよ。それで残酷さも知るんだ」

「はぁ。もっとマシな想い出ってない訳？」

「あるよ。オレにはあった」私は、待ってましたとばかりに身を乗り出した。

「ああ、あれね。えーと、爆弾だったっけ。昔、何回か聞いたわよ」

「爆弾じゃなくて、不発弾だ」

身を乗り出したところを制止された上に、妻のちょっと人を小ばかにしたような口調に、思わず声のトーンが上がった。

と、風呂から上がった由伸が戻ってきた。

「ねぇねぇ何、爆弾って？」

「あのな」と、言い出す私の言葉を妻は遮り「なんでもないの。お父さんのくだらない作り話。もういいから、あなたは寝なさい」と、息子の背中を押しながらリビングから追い払った。

「おい、作り話じゃないぞ……」

「私、洗い物もあるんだから、いつまでも演説してないで、さっさとお風呂入ってちょうだい」

妻は一方的に話を打ち切った。


中途半端にうっちゃられ、何か割り切れないままの気分で湯に浸かった。

両足を伸ばし湯船の縁に乗せ、身体を横たえた。右足の太腿に長さ十センチほどの傷痕《きずあと》がある。子どもの頃、金網に引っ掛けて怪我をした痕だ。今ではその痕も随分と薄くなったが、当時は太いミミズ腫れになった。一緒にいた友達の方が出血の多さに気が動転して大泣きしたものだから、私は自分の痛みをあまり感じなかった。

「ああ、あいつら何してるかなぁ」

大人になって、こんな味気ない夏が待っているなどと、彼らは想像できただろうか。

風呂から上がると、妻が「私はもう寝るわ」と、乳液でテカった顔で言った。

「ああ」とだけ答え、私はバスタオルを腰に巻いた姿で冷蔵庫を覗き、麦茶の入ったガラスポットを取り出した。

「折角早く帰ってきたんだから、あなたも早く休めば。暑さがこたえてるんでしょ、もう、そんなに若くないんだから」

「ふーん、珍しいな。オレを労《いたわ》ってくれるなんてな」

「ふふふ、ばか言わないで。由伸が大学を出るまで丈夫で頑張ってもらわないと困るのよ。私は私で贅沢したいし」

「なんだよ、私は腕に職があるから、いつでも離婚してもいいのよって言ってたくせにな」私は妻の口調を真似て言い返した。

「あのね、奢ってもらうご飯は美味しいのよ。私の稼いだお金はね、私のために使うの。お分かり？」

妻は悪戯《いたずら》っ子のように笑った。ああ言えばこう言うだ。もう何年も言い負かしたことがない。いや、最初から一度もないか。

「じゃあ、寝るわよ」

「菜美子」リビングを出ようとした妻を呼び止めた。

「今度は、何っ？　なんの用事？」

「そんなに過剰反応しなくてもいいだろう」

「つまんない用事ばっかり言いつけるからよ。で、何？」

大阪転勤の件を切り出そうと思ったのだが、出端《でばな》を挫かれた。

「いや、その……。あ、そうだ。オレがいないときは、寝室には鍵を掛けて寝た方がいいぞ」私は口から出任せに、咄嗟に思いついたことを言った。

「どうしてよ？」

「由伸にバットで頭をカーンってな」私はバットを振る格好をしてみせた。

「何それ？」

「よくある話だろ。デキがよくて、医者だ弁護士だって目指してたヤツが、ある日突然プッツリってニュース。気をつけた方がいいぞ。生身の体験のないヤツは自分で痛みを感じたことがないから、深くばっくりいくぞ」

菜美子は「お気遣い、有り難うございます」と、深々と頭を下げ、強めにドアを閉めた。

あいつは死なんな。そういう女だ、私が単身赴任したくらいじゃびくともしない。

短パンとTシャツに着替え、リビングの照明を消すと、私は煙草の箱とライターを手にベランダへ出た。前の家では換気扇の下は許可されていたのだが、このマンションを買ってから、室内は完全禁煙にされた。

「売却するとき煙草臭いって言われて、売値がダウンしたら厭じゃないの」

何事も妻はそろばんをはじく。しっかり者の妻を持ったと感謝すべきなのか。勿論、皮肉だ。

リビングからは南と東の二カ所のベランダに出られる。南側のベランダは洗濯物を干す場所で、東側のベランダにはエアコンの室外機が設置してある。他に高い建物がないせいもあって、東のベランダからは新宿副都心が望める。室外機の音が煩いのはマイナス点だが、赤く点滅する高層ビル群の光が見えるこの場所を気に入っている。

室外機の上にクッションを敷き、尻を下ろした。デッキチェアでも買えば、もっと雰囲気も出るだろうなどと思いながら、あっという間に五年だ。

煙草に火を点けると、暗闇の中で赤い点が浮かび上がった。

「夏休みか」溜息と一緒に肺の中の煙を吐いた。

由伸の年の頃の私は、もっとばかな子どもで、夏休みが待ち遠しく、明日のことなど考えずに過ごした。

「夏を拾いに……か。悪くないコピーだったな」

今年の初め、日本酒のCFに用意したキャッチコピーだった。定年を迎えた夫婦が鄙びた温泉宿の窓際で冷酒を酌み交わし、出会った夏を思い出すというシーンがあり、最後に〝写真でもなく、モノでもなく、心でしか開けない夏が誰にでもある〟というナレーションで締めくくる。結局、プレゼンでは情緒的過ぎるという声に押され、ボツになった。気に入っていた企画だけに、悔しさが残った。

「部長は、自分のアイディアにこだわり過ぎですよ」生意気な部下が偉そうに言った。

「どいつもこいつも、情緒ってもんが分かってないなぁ」また溜息と一緒に煙を吐いた。

「お父さん」

暗がりから不意に聞こえた声に、一瞬怯《ひる》んで尻が浮いた。いつの間にか、私の背後に息子が立っていた。

「びっくりしたぁ。脅かすなよ」手にしたタバコの灰を気にしながら、そう答えた。

「ごめん」

「どうした?」

「いや、あの……」

「なんだよ。男だろう、はっきり言え」

大方、また新しいゲームソフトでもねだるつもりなのだろうと思った。

「あのさぁ、さっきの爆弾って何？」息子は妻の様子を気にするように小声で尋ねてきた。

「あ、ああ」予想外の問い掛けに、ちょっと口籠る。

「なんか面白そうじゃん」と、息子は鼻の頭を指で擦った。

息子が興味を示したことに、そういう心があるんだなと、少しほっとする。

「そうか、面白そうか。ふーん、お前、知りたい？」

「もったいぶるなよな」

もったいぶるのは、昔から私の専売特許だ。

「しょうがないなぁ、じゃあ、教えてやるか」

「よっし」息子は声を上げた。

「シーッ。ばかだな。お母さんに聞こえたら怒られるぞ」

「おい、そこを閉めろ」私はサッシを閉めるように息子に指示した。

暗闇なのに、心なしか息子の瞳が輝いているように見える。男の子はこうでなくちゃな。これから二人だけの秘密を作るようで、年甲斐もなくわくわくする。ましてや他ならぬ息子と共有する秘密だ。私はつい嬉しくなった。

「こういう話は、女には分からないからな。女にロマンは分からん」

使い古された陳腐な台詞だと、菜美子はばかにするかもしれないが、ときには安っぽい教育評論家になるのも悪くない。

私はベランダの隅に重ねてあった植木鉢を逆さにすると、息子をそこに座らせた。息子は腕組みをしながら身を乗り出した。

「もう、ずーっと昔の話。お父さんがちょうどお前と同い年のときの……」

昭和46年・夏

学校までは三キロの道程を歩く。学区の中でも、僕のうちは一番遠い。その距離を、毎朝一時間かけて登校するのだ。学校の近くに住むクラスメイトは、七時台に再放送されるアニメや情報番組を見てから家を出ても、始業時間に充分間に合う。それが悔しいし、何より不公平だと思っている。

「行ってきまーす」

今朝、起きると細かな霧雨が降っていた。僕らの間では霧雨のことを〝放射能の雨〟と呼んでいて、それに濡れると禿げるという噂がある。そんなばかなことはないと思いながらも、やっぱり気になって、大して濡れそうじゃなくても、傘を持った。低学年用の黄色い傘は、高学年になると、ちょっと気恥ずかしい。だから、紺色の大人物の傘を買ってもらい、雨の日はそれを差して登校する。

集団登校が規則だけど、近所には女子しかいない。ぽつんと女子に交じって登校しても楽しくない。僕はいつものように集合場所を素通りした。六年生の女子の班長もすっかり諦めて何も言わない。それに大概、途中で仲のいいクラスメイトと合流できるので、淋しくはない。

国道を渡ると、すぐにチューデンの煙突が見える。町のど真ん中に、大手家電メーカー「東京中央電機」の工場がある。地元の人はチューデンという愛称で呼ぶ。フェンスに囲まれた工場の敷地は正方形で、その一辺は一キロ。冬のマラソン大会のとき、チューデン一周がコースになる。

東側には、製品を運び出すための貨車専用線路が敷かれている。その線路に沿った長い歩道が通学路だ。通学路といっても、朝は、工場に勤めるブルーの作業着姿の人たちでごったがえす。僕らはその人込みを縫うようにして登校する。最近は、マイカー通勤者も増えて、車道も大混雑。〝チューデン渋滞〟は町の名物になった。お陰で、渋滞の道路を避ける自転車通勤の人が歩道を走るので、危なくてしようがない。ぼーっとしていると、自転車と正面衝突しそうだ。

学校近くの横断歩道の手前で、見慣れた赤いお守りの下がったランドセルを見つけた。つーやんだ。信号待ちをしているおかっぱ頭のつーやんに後ろから忍び寄る。バッグと傘に両手を塞がれていた僕は、つーやんのランドセルに挨拶代わりの頭突きをした。

「あああっ」つーやんは、少しよろけながら振り向くと「なんだ、ブンちゃんか。びっくりしちゃった」と言った。

仲のいい友達は僕のことを、名前の文弘《ふみひろ》の〝文〟を音読みしてそう呼ぶ。

つーやんの物言いは三人の姉たちがいるせいか柔らかかった。おまけに、姉のお下がりのピンクの筆箱を一時使っていたものだから、そんなつーやんを〝オカマ〟と、からかうヤツもいた。そんなときは「お前ら、やめろよ」と、一応は友達らしく庇ったりもするけど、実は僕も、つーやんのナヨっとしたところを認めているので、半分笑ってしまうことがある。

「おぃース」と、僕は傘を持った手を上げた。

信号が青に変わり、僕はつーやんと並んで歩き始めた。

「あと一週間で夏休みだ。そうしたらたっぷり寝坊ができるぞ」と、僕。

梅雨明け間近になると、クラスメイトは皆、指折り数えて夏休みを待つ。

「でも、その前に通知表がね……」つーやんがこぼす。

「そんなもん、どうってことない」

「いいよね、ブンちゃんは成績がよくって」

これまでの成績は大体、国語と社会は〝5〟で、算数と理科は〝4〟だ。

「でも、つーやん、絵が得意だし、ずっと図工は5なんだろう」

つーやんは校内の写生大会で金賞をもらうほど絵が巧い。それに教科書の端っこに書く、野球のパラパラ漫画はかなりよくできている。

「だけど、国語と算数なんて3だよ」

「充分だよ。そんなこと言ってたら雄ちゃんなんかどうなる？　体育が5だけで、あとはアヒルばっかりだ」

アヒルとは〝2〟のことだ。

「だから、雄ちゃん、かあちゃんから、毎回、ゲンコツだってさ」僕は仲のいいもうひとりの友達のことを持ち出して笑った。

「そうだね。ゲンコツよりはマシだね」つーやんもにっこりと笑った。


校門の前では、毎朝〝ハナピン〟が待ち構えている。ハナピンとは、生活指導担当の石塚先生のことだ。「おはようございまーす」と、通り過ぎる生徒に「はい、おはよう」と、野太い声で挨拶を返す。

石塚先生は、左右に肩を揺らしながら蟹股《がにまた》で歩くので、遠くからでも、その姿はよく分かる。「石塚先生の歩き方はチンピラみたいね」と、笑うPTAの人の立ち話を耳にしたことがある。親の間でも有名人で、言うことを聞かない我が子に「じゃあ、石塚先生に言う」と、脅かす親もいる。効き目は抜群だ。

石塚先生は、普段から一メートルの物差しを持ち歩き、廊下を走ったりする生徒がいると〝物差しバッチン〟と呼ばれる〝別技〟で尻を叩く。でも、もっと怖いのはなんと言ってもハナピンだ。「お前ら、ハナピンだぁ」と、すぐ吠える。テストの点が悪かったり、悪さがバレると、中指で鼻の頭を思い切り弾かれた。想像しただけで、鼻の穴の奥がツーンとしてくる。ときには、いい点数を取ったときにも〝名誉のハナピン〟をされることもある。そんなときのハナピンはちょっとだけ加減されているみたいだけど、納得なんてできない。

僕らは、石塚先生の前を小走りで過ぎると、教室に向かった。

校舎は古い木造の二階建てで、南側と北側に分かれてふたつある。それぞれ表校舎、裏校舎と呼ばれ、東端と中央、そして西端にある三本の渡り廊下で結ばれている。五年四組の教室は、裏校舎二階の東端だ。

渡り廊下をひとつ潜《くぐ》り、下駄箱のある玄関に着くと、水滴を払った傘を傘立てに差して、スリッパ状に踵を踏み潰した上履きに履き替える。五年生の上履きには、横に赤い線が二本入っている。色と線の本数で学年が分かるのだ。

校舎内には元気な声があちらこちらから聞こえ、廊下まで響いている。

僕とつーやんは、階段下に並ぶと、お互いの顔を見合わせた。僕はフライング気味にスタートを切って、階段を一気に駆け上がる。階段の板がギシギシと大きな音を立てた。

「一着、小木文弘くん」僕は階段を上り切ると、両手を上げそう言った。

つーやんは少し遅れてゴールした。この競争でつーやんに負けたことがない。どんなに小さな勝負でも、やはり勝つと気分がいい。

「二着、金子《かねこ》司《つかさ》くん」息を切らしたつーやんの代わりに僕がそう言う。

「ブンちゃん、ズルいよ」

「オレの作戦勝ち」僕はつーやんにウィンクして笑った。

廊下側の窓からは、晴れていれば、青く霞む赤城山《あかぎやま》や榛名山《はるなさん》が見える。でも、今朝は霧雨に煙って、灰色の風景だけしか見えない。

教室に入ると、殆どのクラスメイトは登校していた。

夏場、男子は、トレシャツ、トレパンと言われる上下白い体操着を着ている。登下校もその格好だ。女子はスカートを穿いてくる者も多かったが、活発な女子は、男子同様、体操着姿だ。

綿素材のトレパンに伸縮性はない。馬乗りみたいな荒っぽい遊びをすると、トレパンの尻が破れて笑われる者が続出。僕も何度か経験がある。縫ってもらったトレパンの股が再び破れ、泣きながら母親にくってかかったこともあった。

皆、そんな格好をしているので、見た目で貧富の差を感じることはないけど、冬場になると、カーディガンやジャンパーといった服を上に羽織るので、その枚数の多さ少なさで、密かにクラスメイトの家庭事情を計ったりした。でも、たまに「あ、お前、それって兄ちゃんのお下がりだろう」と、露骨に指差すヤツもいて、そう言われた者は引け目を感じているようだ。

僕はスポーツバッグを自分の机のフックに掛けた。クラスメイトの大半はランドセルを背負っていたが、僕は四年生でランドセルを卒業した。以降、スポーツバッグに教科書を入れて通っている。

教室の木枠の窓にはネジ式の鍵が付いていて、それを回すたび、キーキーと気持ちの悪い音を立てた。

窓を開けた途端、パンパンという音がして、白い煙が漂った。見ると、黒板消し係のつーやんが、僕の隣で両手にした黒板消しを合わせ叩きしている。

「ゲホッ、つーやん、全部こっちにくるじゃねーかよ」

「あ、ごめーん。昨日の帰り、叩いておくの忘れちゃって」つーやんは舌を出した。

「ねぇねぇ、ブンちゃん、雨止むかな?」

僕は窓から身を半分乗り出し、灰色の空を見上げた。さっきまで霧雨だった雨が、粒になって落ち始めていた。

「あーあ、だめかな」

「じゃあ、また体育館でドッジだね」

五年生になると、体育の授業にソフトボールが加わった。雨のせいで、二度続けて体育の授業はドッジボールになった。試合で初めてヒットを打ったつーやんは、ソフトボールを楽しみにしていたので、少しがっかりしたようだ。

すると突然、背後から「隙《の》ありっ」という甲高い声が聞こえた。と、尻の穴に激痛を感じ、僕はエビガニのように飛び退いた。

「痛てぇーっ」

「がははは」

振り向くと、雄ちゃんが、組んだ両手の人差し指を立てながら、ばか笑いをしていた。このところ、雄ちゃんには三回連続でカンチョーを決められている。

「このヤロー」

すかさず、雄ちゃんに飛びつき、スポーツ刈りの雄ちゃんの頭にヘッドロックをかけて逆襲だ。小柄な僕が、がっしりとした体格の雄ちゃんの頭を小脇に抱え、左右に振る。

「悪りぃ、ブンちゃん、勘弁、勘弁、ぎゃははは」

「許さん」

僕は「コーナーポスト激突」と叫ぶと、プロレスの場外乱闘のように、雄ちゃんの頭を扉の柱にぶつけた。勿論、本気じゃない。雄ちゃんは大袈裟に廊下に倒れ、大の字のまま「ギブアップ」と、目を白黒させながら笑った。

「ブンちゃんの勝ち」と、つーやんが僕の右手をつかむと、高く上げた。

つーやんと雄ちゃん、そして僕は、幼稚園からの友達だ。つーやんは昔から何ひとつ害のない存在なのに、雄ちゃんは違っていた。ちょっかいの出し方が時にしつこく、うんざりすることも多かった。でも、二年生になって、突然〝ああ、こいつはこういうしょうがないヤツなんだな〟と、思えた。それに、こちらも遠慮せずやり返せば、それはそれで楽しい。それから、僕は雄ちゃんを苦にすることはなくなった。ただ、つーやんは、雄ちゃんのしつこさにまだ慣れないようだ。

そんな三人が、五年生になって初めて一緒のクラスに固まり、一層、つるむようになった。仲のいい者同士、悪戯をしたりされたり過ごす毎日は楽しい。

廊下にのびていた雄ちゃんがゆっくり起き上がると、僕の顔をジロジロと覗き込んだ。

「なんだよ?」

「あれー、ブンちゃん、顎んとこに何か付いてる」

「どこどこ?」僕はすぐに自分の顎を触った。

すると、雄ちゃんは「うーん、マンダム」と言い「ひっかかった」と、またばか笑いをする。

テンガロンハットを被ったチャールズ・ブロンソンが登場する男性ローションのコマーシャルで、最後にその台詞に合わせブロンソンが顎の辺りを撫でた。

テレビばっかり見てるとばかになるぞ、と大人には小言を言われるけど、流行ものを知らなけりゃ、みんなと話にならない。ただ、雄ちゃんは度が過ぎている気がするけど……。

「雄ちゃん、くだらねぇ」と、僕は呆れてみせた。

戸口で、そんなふうにじゃれ合っていると「退《ど》きなさいよ、チビ」という声が聞こえ、僕は背中を押され「おっとと」と、たたらを踏んだ。

振り向くと、女子のリーダー格、日登美《ひとみ》が睨んでいた。日登美は地黒で背が高く、がっしりした体格をしていた。僕を見下ろすようにものを言う日登美が、僕は苦手だ。

「痛てぇな」

「チビ、邪魔なの」

「メスゴリラ、うるせえよ」雄ちゃんがすかさず加勢する。

「はぁ、文句があるの？」

すると、その後ろから、女子が束になって迫ってくる。その圧力に負け、僕たちは後退する。ドラマ『おれは男だ！』に登場する男勝りなヒロインに影響され、女子は男子に対して強気な態度を見せ始めていた。ただ、どう見ても日登美はヒロインの〝吉川くん〟タイプではない。

「や、やんのかよ、ブス」

雄ちゃんがそう言い返したところで、始業のベルが鳴った。水入りだ。女子たちは揃って「ばーか」と僕たちに言うと、それぞれ自分の席に着いた。


担任の間々田香澄《ままだかすみ》先生は、教師になって二年目の先生だ。すらりとした長身と、左の口元にある小さなホクロが特徴的。僕にはかなりの〝美人さん〟に見える。体育の授業のとき、長い髪をポニーテールにする先生を、ほとんどの女子が真似た。地元の出身だけど、東京の女子大に四年間通っていたようだ。時折、大学時代の話をしてくれる。

「先生、お洒落だよね。私も東京の大学に行きたい」と、クラスの女子は口を揃える。確かに、水色やピンクといった淡い色のスカートを穿いた香澄先生が、地味なズボン姿のおばさん先生たちと並ぶと、その華やかさが際立つ。

四月、新学期。担任が香澄先生だと分かって、女子は飛び跳ねながら大喜びした。勿論、男子だって大歓迎だった。

雄ちゃんなんか、香澄先生の気を惹きたいがために、算数の答えが分かっていないくせに、煩いくらいに「はい、はい、はーい」と、我先に手を挙げる。僕は僕で、前列の自分の席から「こういう姉ちゃんがほしかったなぁ」と、教壇に立つ香澄先生の顔を見ることがある。

「今日は嬉しいお知らせがあります」

香澄先生は、教壇に上がり、机に出席簿を置くと出欠を確認する前にそう言った。

「何？　何だ？」

にわかに教室がざわつく。

「はい、静かに」香澄先生は、唇に人差し指を当てた。

「この間、みんなに書いてもらった読書感想文ですが、学校の代表として高井《たかい》くんの作品を県のコンクールに送ったところ、めでたく県知事賞に選ばれました」

「わー、すごい」という女子の歓声と拍手が上がり、一斉にみんなの視線は高井に注がれた。

高井和彦《かずひこ》は、この春、転校してきたばかりのヤツだ。

チューデンの東京本社から転勤してくる家庭の子が、入れ替わり立ち替わり、転校生としてやってくる。彼らは一、二年で再び転校していくことが多かった。中には記憶に残らない者もいた。

高井は、さらさらな髪を長めにし、いつも首を振っては前髪を払う。その仕草が「かっこいい」と女子に評判だ。体操着姿が多いクラスメイトに混じり、ジーパンにTシャツ姿で学校にやってきた。加えて高井は、テストでも、いきなり百点を連発し、音楽の時間にピアノの腕前を披露した。バイオリンも習っているという噂を聞いた。運動は何でもソツなくこなした。ただ、休み時間はひとりで本を読み、僕らが悪ふざけしていても関心がない様子で、進んでクラスに馴染もうという気配が一切感じられない。むしろ〝僕は君たちと違うんだ〟と、露骨に避けている雰囲気がある。それなら、こっちから頼んでつきあうこともない。なのに、自分のことをあまり喋らない分、女子たちの興味を余計に惹いている。すぐに女子の間では〝高井くんの伯父さんはテレビ局に勤めている〟とか〝遠い親戚にアイドル歌手がいる〟だとかの、噂が広がった。とにかく僕から見れば、相当キザなヤツだ。当然、男子から僻《ひが》みややっかみはある。でも、女子が味方についていると、男子が横槍を入れるのは難しい。香澄先生にさえ、お気に入りの感があり、高井が褒められるたびに、密かに羨ましく、そして嫉妬した。

後ろの席の雄ちゃんが、僕の背中をシャーペンで突きながら「なんだ、ブンちゃん、負けちゃったのかよ」と、言った。

僕は作文が得意だ。校内の作文コンクールで幾度か賞を貰ったことがある。でも、そこ止まり。作文が得意なら読書感想文でもチャンスはあるのだろうけど、僕は本を読むのが嫌いだ。読書は専ら漫画専門で、特に『少年ジャンプ』が好きで、『男一匹ガキ大将』や『ハレンチ学園』に夢中だ。ハレンチ学園の中に、おっぱいがぽろりと出るカットがあるとドキドキする。ドラマ化されたときには、主人公役の児島美ゆきのパンチラ見たさに、親の目を気にしながらも、テレビの前に釘付けだった。

今回の読書感想文は、道徳の時間に先生が読んでくれた太宰治の『走れメロス』について書いた。つまり自分で読まずに書いた。負けるも何も、その程度だ。いくら要領のいい僕でも、それでは大人を喜ばせるような感想文を書けるはずもなかった。ましてや学校の代表になれるはずもない。なのに、雄ちゃんに「負けたのか」と言われると、急に悔しくなった。

「はい、高井くん、前に出てきてください。賞状を渡します」

女子の盛大な拍手と、男子のやる気のない拍手に促され、高井は前に出た。

「よかったね」香澄先生は、満面の笑みで高井の頭を撫でようとした。

癪《しやく》に障ることに、高井は、その先生の手を避けるように頭をずらした。それは、照れからくるものではないようだった。

「みんなも高井くんに負けないように、何でもいいから、頑張ってみましょう。あ、それから、高井くんのことが、来週、新聞に載ります。写真も載っちゃうのよ」

「おい、新聞だってよ」

また教室が大きくざわついた。新聞に自分の写真が載るなどということは名誉な話だ。相当、自慢できる。

「先生、もう席に戻ってもいいですか?」教室の騒ぎを尻目に、高井はそう言うと、前髪を払う仕草をして自分の席にさっさと戻った。

「クー。すかしやがって。いつかバケの皮ひっぱがしてやる」

背後から、雄ちゃんの声が聞こえた。僕もそう思った。


雨は給食を食べ終えた頃に上がった。放課後の掃除の時間になると、灰色の雲の隙間から太陽が顔を覗かせ、それは湿った地面を照らし、蒸し蒸しとした湿気を立ち上らせた。首筋にじっとりと汗が滲む。

「ひえー、暑いなぁ」

僕たちは竹ぼうきを持って中庭へ集まった。

五年四組が自分たちの教室以外に掃除の担当をするのは、音楽室と中庭だ。掃除の班は四つに分けられ、担当場所は一週間ごとに替わる。ひとつの班だけは掃除をせずに下校できた。

班のメンバーは、男子同士、女子同士は自由に組めたので、僕とつーやん、雄ちゃんは一緒の班に入った。ところが、あの口煩《くちうるさ》い日登美とも一緒になってしまったのは誤算だった。

僕ら三班は、今週一週間、中庭の当番だ。中庭はちょうど、僕らの教室の真下にある。中庭には、給食室と中年夫婦の小使いさんが住む家、それと池がある。池は大きさの異なる楕円形のふたつの池がくっついたひょうたん池で、右手の池には噴水が勢いのない水を吐き出している。

「やっぱり庭掃除が一番楽でいいよな」

竹ぼうきを使ってただ土の地面を掃くだけの掃除。夏場は落ち葉もなく、細かな雑草が生えていれば、それを抜く。あとは適当に時間を潰して、先生に終了の報告をすれば帰ることができる。でも、教室の掃除当番になると、机の移動や雑巾がけといった労働が待っている。雑巾は臭いし、それだけでなく、古い校舎だけに床板がささくれ立っていて、その棘が、雑巾がけをすると手のひらによく刺さる。もっとも雑巾がけも、いつの間にか雑巾がけレースに変わり、それはそれで楽しい。

池の周りを、赤紫の花を咲かせた紫陽花《あじさい》が囲み、水面には白く小さな蓮の花が咲いている。中を覗けば、緑色の藻で濁った水中を黒い鱗の鯉が泳いでいる。鯉は、生徒たちが給食の食べ残りのコッペパンを面白がって投げ込むものだから、どれも丸々と太っている。池に棲む動物は鯉だけじゃない。誰かが放した亀もいた。この亀は僕が入学したときには既に池の主になっていた。みんな、このひょうたん池のことを〝亀池〟と呼んでいる。生徒の中には、竹ぼうきの柄《え》に凧糸を縛って、クリップで作った針にパンをつけ、鯉や亀を釣ろうとする者もいるけど、釣れたことはない。

いつもながら、僕らは掃除などそっちのけで、ずっと立ち話をしていた。

「あのさ、香澄先生って、いい匂いがするよな」と、雄ちゃんが尋ねてきた。

「うん、するする」僕はすぐにそう応えた。

「そうかなぁ?」つーやんだけが、不思議そうに首を捻《ひね》った。

「つーやん、鼻悪いんじゃねーの。するに決まってるだろう。なぁ、ブンちゃん」

雄ちゃんは再び僕に同意を求め「うちのかあちゃんなんかとは大違いのいい匂いがするんだよ」と、少しムキになって力説した。

本人はバレていないつもりなのだろうけど、雄ちゃんは時折、先生の背後に回り、鼻をクンクンさせていることを僕は知っている。

「いいよな、香澄先生。高井なんか、頭撫でられてたし。ああ、オレも、根岸《ねぎし》くん、よくがんばりましたね、おほほほ、とかって言われて頭撫でられてぇ」

香澄先生の物真似をしたつもりなんだろうけど、いくらなんでもそんな笑い方はしない。

「くっそー。なのによー、何で高井なんだよぉ」雄ちゃんは悔しがって、竹ぼうきを振り回す。

「危ねえなぁ、もう」と、飛び退き、僕とつーやんはそれをかわした。

「雄ちゃんも褒められるようなことをすれば」と、つーやん。

「そりゃあ無理。注意はされても、雄ちゃんが褒められることはない」

「あのね、ブンちゃん、それを言っちゃあおしまいよ」と、雄ちゃんはフーテンの寅さん口調で笑った。

するど、「きゃーっ」という女子の悲鳴に続き「ちょっと、何やってんのよっ」と、叫ぶ日登美の声が響いた。池の反対側に目を向けると、三人の男子が、竹の棒で紫陽花《あじさい》の花を叩き落としていた。

「あ、六年の矢口じゃねぇか」雄ちゃんに言われるまでもなく、僕も気づいた。

矢口は手が付けられないワルとして有名だ。いつも手下の富沢と安藤を引き連れている。

とっさに植え込みの陰に僕らは身を隠して、葉っぱの隙間から様子を窺った。

「文句あんのか、ブスっ」矢口が怒鳴る。

「なんでそんなことするのよ、花が可哀想じゃないっ」と、日登美。

「知ったこっちゃねえ」と、矢口が笑う。

矢口は四年のときに、県内の別の町から越してきた。気に入らないと誰彼構わず殴る。それもグーのパンチでだ。先生に怒られようが平気。あのハナピンでさえ持て余す存在だ。学校で飼ってるウサギの耳を切ったとか、校庭にあるタイヤの遊具に火をつけたとか、恐ろしい噂はたくさんある。だから、学校では矢口たちに誰も近寄らない。

「なぁ、あいつのオヤジって、ヤクザってホントかよ」と、雄ちゃん。

「ああ、その話聞いたことがある。なんか人を刺して、北海道の刑務所に入ってるって」と、つーやん。

「え、オレは、刺されて死んだって聞いたぞ」と、僕。

矢口は、再び棒を振り回し、花を叩き散らすと「もう一回、掃除しとけ、ブス」と、日登美たちに唾を吐いて、校門の方へ立ち去った。

日登美たちは「もう、なんなのよ」と憤慨しながら、散らされた花をほうきで掃き始めた。

ちょっとだけ、日登美には悪い気もしたけど、自分たちに害が及ばず、僕はほっと胸を撫で下ろした。

「あーゆーヤツらには近づかないのが一番だな。な、雄ちゃん」と、僕が振り向くと、雄ちゃんは池の縁に並べられた人の頭の大きさくらいの石を持ち上げ「おけら、いねぇーかな」と、その下の隙間を覗いていた。

「なんだよ、おけら探しかよ」雄ちゃんの緊張感の無さに驚く。

「おお、いたいた」雄ちゃんは、そう叫び、おけらを指先で挟んだ。

おけらは腹の部分を押すと、その大きな前脚を左右に広げる。それは万歳のポーズみたいだ。

と、雄ちゃんは「ブンちゃんのちんちん、どれくらい？」と歌いながら、おけらの腹を押す。

おけらは、ぴゅっと前脚を広げる。その動作に合わせて「これくらい」と、雄ちゃんが言って笑う。男子はおけらを捕まえると、必ずそうやって遊ぶ。

「なんだ、ブンちゃんのチンコ、こんなにちっせーのかよ、ははは」

「ふざけんなよ。じゃあ、オレに貸せよ。今度は雄ちゃんの訊いてやるから」

雄ちゃんは僕より身体は大きいが、チンコの大きさなんてきっと変わらないはずだ。

「やだねー」

「いいから、貸せって」

僕と雄ちゃんがふざけていると、いつの間にか、こちら側にやってきていた日登美に「ちゃんと掃除しなさいよ。まったくガキなんだから」と、また叱られた。

いつものことだけど〝うんこ〟だの〝チンコ〟だのと騒いでいると、そうやって女子からガキ扱いされる。同い年なので、そう言われることに納得できないけど……。

「あんたたちサボってばっかり。それに、助けにも来ないんだから。ホント、役立たず」

あれ、隠れたのバレてたんだ。少しバツが悪い。

「私たち、先生に終わったって言ってくるから、ほうきとちり取りくらい、片付けてよ」日登美は、そう命令すると、持っていた竹ぼうきとちり取りを僕らの足下に放った。

「ちゃんと片付けなよ、分かった？　チビ」日登美は最後に、僕に向かって念を押した。

ちぇっ。チビチビ言うな、メスゴリラ。牛乳いっぱい飲んで、背を伸ばしたら、必ず見返してやるからな。心の中で言い返したものの、実際には「はいはい」とだけ答えた。

職員室に向かう女子たちの背中に「あっかんべー、ベロベロバー、お尻ペンペン」と、声を出さずに悪態ポーズをする。

それも、すぐさま気づかれ「まったくガキなんだから」と、日登美たちは呆れて頭を振った。

「しょうがねーな、片付けるか」渋々、僕らは竹ぼうきを拾い上げた。

「だけど、なんであいつ、オレにつっかかってくるんだ？」僕は首を傾げた。

「あ、ひょっとしてブンちゃんのこと、好きなんじゃないの？」雄ちゃんがにやつきながら僕を冷やかす。

「ふ、ふざけんなよ、気持ち悪りぃー」

「何、ムキになってんだよ。あれ、もしかしてブンちゃんも、あいつのこと好きだったりして」

雄ちゃんは顔を近づけると、しつこく僕の顔を覗き込む。

好きな子もいたが、さすがにメスゴリラは、その対象に入らない。なのに、雄ちゃんにからかわれると、首筋から頬の辺りまでカーッと熱くなるのを感じた。

「ブンちゃんの顔が赤い、赤い、赤い」雄ちゃんは手を叩きながら、僕の周りを回り始めた。

「雄ちゃん、殺すぞ」僕は手にした竹ぼうきを大きく振りかぶって構えた。

僕の剣幕に、雄ちゃんは、素早くつーやんを盾にする。

「ひえー、冗談、冗談だって」

「ブンちゃん、やめなよ」と、つーやんは両方の手のひらを向けて僕を制した。

「今度言ったら、絶対殺す」

「分かったって、もう。ブンちゃん、目が本気で怖えよ」

本気で怖い……。その言葉にふと我に返る。すると、雄ちゃんの冷やかしに過剰反応してしまった自分に、なんだか急に決まりが悪くなって、僕は振りかざした竹ぼうきを力なく下ろした。

そして「なーんちゃってな」と、慌てて精一杯の笑顔を作った。

「雄ちゃん、ビビってやんの、ははは」

「ブンちゃん、頼むよ」

「そうだよ、ブンちゃん」

ふたりは、そう口々に言うと、同じように笑った。笑ってもらえて、僕はほっとした。

僕らは一旦手にした掃除用具をその場に置き去りにし、池に架かる橋に移った。池の一番幅の狭い箇所に、丸太でできた二メートルほどの太鼓橋が架かっている。三人は、その橋の上に座り、投げ出した足をぶらぶらさせた。

「ねぇねぇ、あの井戸の水って本当に血になるのかなぁ?」小使いさんちの井戸を指差して、つーやんが聞いてきた。

小使いさんの家の玄関先に井戸がある。夏場の体育の授業が終わった後、水道水には目もくれず、特に男子は一目散に、その井戸まで走り「お水くださーい」と、声を掛けると、手漕ぎのポンプを上下させ、ブリキの柄杓《ひしゃく》で水をがぶ飲みする。

その井戸は、深夜を過ぎると、汲み上げる水は真っ赤な血に変わる、という噂がある。他にも〝音楽室に飾られた作曲家の肖像画の目は夜中に動く〟〝零時を過ぎると、表校舎の中央階段は地獄へ通ずる門になる〟〝便所の壁から赤と青の手が千本出る〟……そんなものもある。

「お、それだ。今度、夜中に忍び込んで確かめようぜ。証拠つかめば、みんなに自慢できる」と、雄ちゃんが提案する。

「やだよ、おっかないし」つーやんが首を横に振った。

「ホント、つーやんは弱虫だよな。だからトカゲもつかめねぇーんだよ」

つーやんはそう言われて俯いた。

「な、ブンちゃん、そうすればさ、香澄先生に褒められないか? で、新聞に載ったりしちゃって」

　僕は呆れながら「なんでそうなるのっ？」と、コント55号の真似をした。僕も臆病な方だけど、その手の噂話はあやしいと思っている。それにお化けよりも、真っ暗な校舎の方が余程怖い。

「新聞にだって泥棒と間違われて載るくらいのもんだよ」と、僕は溜息をついた。

「そうかぁ、だめか、つまんねーの。ああ、何か、こう、ドカーンって目立つことってできねーかなぁ」雄ちゃんはそのまま腕組みをすると黙った。

　僕もつーやんも、しばらく黙った。

　静かになると、蚊が僕らの耳の辺りを耳障りな音を立てて飛ぶ。手で蚊を払ったものの、つーやんは既にくわれてしまって、肘のところが赤く腫れた。つーやんは蚊に好かれるタイプなのか、三人でいるのに、いつも真っ先に蚊にくわれる。

「痒い」つーやんは、くわれた肘を爪を立ててボリボリと掻いた。

　中庭は校舎の陰に入り、辺りが少し暗くなる。心なしか風が涼しく感じられた。

　池の鯉がバシャバシャと水面に音を立て、泳ぐ方向を変える。

　と、水面をじっと見ていた雄ちゃんが急に立ち上がった。

「決めたっ」

「びっくりしたぁ、なんだよ、雄ちゃん」

「決めたぞ。オレ、池跳びやる」

「はぁ？」

　僕とつーやんは、突然の池跳び宣言に意表を突かれ、雄ちゃんの顔をポカンと見上げた。

「あれ成功すれば、絶対目立つよな。うん、そうだ」

〝池跳び〟は、池の一番幅の広い場所を跳び越える挑戦のこと。

僕らが三年生の頃、六年生の二人組が池跳びに挑戦した。ひとりは幅跳びのように助走をつけて跳んだ。もうひとりは高跳びのバーを持ち出し、棒高跳びの要領で挑戦した。でも、結果はふたりとも失敗し、鯉と一緒に泳ぐハメになった。それでも、池の周り、教室の窓、渡り廊下に、鈴なりになった〝観客〟は大いに盛り上がった。たしか、一学期の終業式の日だった。

「六年生でも失敗したんだよ」

「無理だって、やめとけよ」

つーやんと僕が相次いで反対する。

「ばかだなぁ。成功したヤツがいないから、成功すればヒーローになれるんじゃねーか」

雄ちゃんは真顔だったけど、僕とつーやんは首を横に振った。

「まったく、なんでそうなんだよ。君たちにはチャレンジ精神というものがないのか」雄ちゃんは校長の真似をして、聞き返した。

「言っとくけど、オレはやらないよ」

僕はいち早く、そう宣言した。どうしたってできっこない。なのに、そう断っておかないと「一緒にやろうぜ」って巻き込まれるに決まってる。

「なんだよ、冷てーじゃねーか」予想通りの雄ちゃんの言葉だ。

「だって、失敗したら、ハナピンだよね」と、つーやん。

「いや、成功したってハナピンさ」僕はつーやんの鼻の頭を軽く指先で弾いた。

「あんなの怖くねぇよ。慣れてるし」

雄ちゃんは、四年生のとき、石塚先生のクラスだったので、ハナピンの常連だった。でも、そう強がる雄ちゃんの声は震えているように聞こえた。

「いいよ、いいよ、分かったよ。オレひとりで挑戦するから。その代わり、ブンちゃん、何かいい方法を考えてくれよ」

「オレが？」

「ブンちゃん、そういうの考えるの得意だろ」

「でもなぁ」

「ブンちゃん、一生に一度のお願い」雄ちゃんは、僕を拝むように手を合わせ頭を下げた。

「それはこの間も言った。雄ちゃんの一生に一度のお願いって、一体何回あるんだよ？」

しかも大したことでもないのに〝一生に一度〟を使う。つい先日も、頼まれて算数の宿題を写させてやったばかりだ。

「そこをなんとか、なあ、ブンちゃん。よ、天才、ブンちゃん」

「まったく調子がいいんだからな」僕はそう呆れながら、ハナクソをほじった。

「あ、そうだ、冬ならできるかもよ」と、つーやんが口を挟む。

真冬の朝、池には、全面に氷が張った。それはスケートリンクのように見え、歩けそうな気がした。実際には、片足を乗せただけで、ミシッという音を立てひび割れた。「おお、危ねえ」そんな程度のことにも、みんなわいわい大騒ぎだ。

「大体よ、冬まで待てねえし、それに、それは池跳びじゃなくて、池渡りだろ」と、雄ちゃんに文句を言われ、つーやんは「ごめん」と謝った。

「雄ちゃん、幅跳び、どれくらい跳んだっけ？」

「三メートル八十二」

池跳びをする場所の幅は橋の倍。つまり四メートルくらいはある。雄ちゃんは運動が得意で、走っても跳んでも、クラスで五本の指に入るけど。

「それじゃあ足りないな。長い助走ができて、その記録だろ？　まずドボンだ」

池の周りには助走で勢いをつけるだけの広さがない。助走できる距離はせいぜい五メートルだ。一昨年、六年生が失敗したのも、それが原因に違いない。

「うーん、池跳びねぇ……」

僕は腕を組んで、頭の中でアイディアを考えた。最初に浮かんだのは、バケツを両足に履いて、忍者のように水面を歩くアイディアだった。でも、あまりにも漫画的なので、ふたりに話すのをやめた。

僕はふと空を見上げた。

「あ」

「何、いい方法、浮かんだ？」

「あ、うううん、いや。やっぱり、ちょっと……」自分でも煮え切らない。

「もう、そこまで言いかけたら言えよ」雄ちゃんが焦れたように促す。

僕らの頭の上から、緑の葉を茂らせた柳の枝が何本も垂れ下がっている。

家の近所にある神社の林の中で、『ターザン』のように、太い蔓につかまり、木から木へと飛び移る遊びをしたことがある。勿論、雄叫びを上げた。それを思い出した。

「お、いいね、それ。グッドアイディア。さすが、ブンちゃん」

アイディアに自信があった訳じゃなかったけど、手を叩いて喜ぶ雄ちゃんを見ているうちに、まぁいいかという気になった。

「でも、それって、池跳びになるのかな?」と、つーやんがまた口を挟んだ。

「いいんだよ、空中なんだから、それは跳んだことになる。な、ブンちゃん」

「う、うん、まぁ……。でも、問題はどうやって練習するかだなぁ」

僕は再び、腕を組んだ。高い場所、教室の扉の上、いやだめだ、渡り廊下の梁、怒られる、じゃあ柳の枝の代わりは?　僕はブツブツ言いながら考えた。

「あ」

「どう、閃いた?」

「うん」僕は大きく頷いてみせた。

「どうすんだよ、どう?」雄ちゃんがはやる。

「よし、ついてこいよ」僕は立ち上がった。


日登美たちに言われた通り掃除用具を片付け、一旦、教室に戻り荷物を取ると、勢いよく外へ飛び出した。

「どこ行くんだよ?」

「まずは体育館」

僕は先頭を切って走った。

「体育館？」

ふたりが僕の後に続く。

校舎の西側には、戦後になって建てられた体育館がある。木造校舎と比べれば、鉄骨の柱で支えられた様子は頑丈そうだ。天井にはツバメの巣があって、体育の授業中に頭の上をツバメが飛び交い、時には親鳥が雛鳥にエサを運ぶ様子が窺えた。

用具室の前で、辺りをきょろきょろと見渡した。ふたりも僕につられ、同じように周りを見渡した。用具室には、跳び箱やマットとかがしまってある。

「よおよお、何すんだよ」

「しっ。いいから」

薄暗い用具室に入ると、電気も点けず目当てのものを探した。

「あったあった」僕は所々破れた段ボールの箱から縄跳びのロープを次々に拾い上げ、ふたりに渡した。

「どうするんだよ、これ？」

「まぁいいから。はい、今度はこっち」

もったいぶるのは、なぜか心地いい。

用具室を出ると、校庭に向かって走り出した。

放課後の校庭には、ゴム跳びをする女子やキックベースを楽しむ男子たちがいた。

僕は砂場を通り抜け、鉄棒のある場所まで、息を切らし走った。ふたりも遅れまいとついてきた。僕は荷物を鉄棒の柱の元に放り投げた。

「はい、ここが雄ちゃんの池跳び特訓の場所」

「はぁ?」

ふたりは、まだ合点のいかない顔つきだ。

「だから、こうして」

僕は、ふたりから縄跳びのロープを取ると、高い方の鉄棒のバーに五本のロープを結びつけた。

「ああ、分かった」つーやんが声を上げる。

「ロープが柳の枝なんだね」

「ごめいさん」

半年で辞めたそろばん塾で覚えた掛け声で僕は答えた。

僕は爪先で地面に、鉄棒のバーを中心に二本の線を引いた。

「雄ちゃん、この線の内側は池だ。雄ちゃんは、そっちの線で踏み切って、ロープをつかみ、向こうの線の外まで跳ぶ。それができれば成功ってわけさ」

僕は動作を交えて、雄ちゃんに説明した。

「なるほど」雄ちゃんは頷いた。

「ポイントはロープをできるだけ多くつかむこと。一本だけつかんだんじゃだめ。枝は一本じゃ雄ちゃんを支えきれない。それからなるべく上の方をつかんでくれ。枝は重みでしなるから。本番は、そのしなりが必要……」

「しなりが?」

「うん。枝はしなった反動で、雄ちゃんを引っ張り上げてくれる。その力を利用して向こう側へ跳ぶ」

「おお、スゲー。さすがブンちゃん」

最初は自分のアイディアに自信がいまひとつ持てなかった僕も、雄ちゃんに説明している内に〝これならいけるな〟という気になった。

「だから、この練習で成功すれば、本番なんてチョロい」僕はすっかり気分を良くし、腕組みをした。

「じゃあ、やってちょ」

「よーし」雄ちゃんは、やる気満々でそう答え、少し後ずさって距離を取ると、両手の手のひらにぺっと唾をつけた。

「見とけよ」

雄ちゃんは、軽くその場でぴょんと弾むとスタートを切った。線の手前で踏み切り、宙に舞った雄ちゃんは、胸に抱え込むように五本の内の三本のロープをつかんだ。でも、あっけなく手を滑らせて、勢い尻餅をついた。見事な落ち方だった。

「痛てぇーっ」

飛び起きて尾てい骨を押さえながら、内股でヨタヨタと歩き回る雄ちゃんの姿に、僕とつーやんは大爆笑だ。

「お前ら、笑うな」

雄ちゃんが、すごい剣幕で怒っても、笑いは止められなかった。

「がははは」

「くっそー」

「やっぱり、やめた方がいいんじゃないの?」

つーやんが、そうからかうと「うっせー、やるんだ、このー」と、雄ちゃんはヤケクソ気味に叫んだ。その額には脂汗が滲んでいた。

そんな初日の特訓は、スピーカーから下校の時間を知らせるドヴォルザークの「家路」のメロディが流れるまでの間、一時間続いた。でも、雄ちゃんは一度も成功することがなく、手のひらの皮がぺろりと剝けただけだった。

*

ピッカリン大佐の話は長い。〝ピッカリン大佐〟とは田名部《たなべ》校長先生のあだ名だ。誰が名づけたのかは知らないけど、おつむのてっぺんまで禿げ上がったおでこがピカピカ光っているところから、そのあだ名がついたらしい。薄くなった髪を強引に横分けにしている。でも、どう見てもすだれ状の髪の毛は、黒い糸が数本張りついているようにしか見えない。

普段の朝礼でも話が長いのに、終業式の話は一段と長くなる。ひとつの民話を、まるで一人芝居のように、多くの声色を使って丸々話すこともある。ときには「かもとりごんべえ」みたいな面白い物語もあったけど、面白さは天候にもよる。今日のように、朝から晴れて、オレンジ色の太陽が容赦なく後頭部に照りつける日は辛い。しかも、僕の定位置は前から二番目なので、朝礼台の左右に並んだ先生たちから丸見えだ。ダラけたりすると、かなり目立つ。僕は時折、熱を持った後頭部を撫でながら話を聞く。中には貧血を起こして倒れる生徒もいる。それでもピッカリン大佐は、気に留めることもなく話を続ける。おまけに地声がでかく、ボロいスピーカーを通った声はやかましい。校舎前のイチョウの木に止まった蟬の鳴き声をかき消すくらいだ。僕らが耳を塞ぐ真似をしてアピールしても、受け入れられることはなかった。

早く終われ、早く終われ。僕は心の中でそう念じた。

「ああ、それから最後に……」

その〝最後に〟からがまた長い。生徒たちは皆、そのことを知っていて「えー」という声が漏れる。

「ピッカリン、話、長ぇよ」

列の後ろのどこからか、しびれを切らした誰かがちゃちゃを入れると、どっと笑いが起こった。

「はい、そこ静かに。人が話している最中に笑うなんて失礼だぞ」

笑い声に話を邪魔されたピッカリン大佐が指を差しながら注意をする。

その方向を振り返る。と、後ろの方にいる雄ちゃんと目が合った。雄ちゃんは白い歯を剝き出しにしてニヤッと笑った。

「挑戦は終業式の日に決めたから」雄ちゃんは、僕とつーやんにそう宣言していた。

終業式が近づくにつれ、雄ちゃんの池跳びのことを考えると、そればかりが気になるようになって、昨日の晩なんか、なかなか寝つかれなかった。なのに、当の雄ちゃんには全く気負いが感じられない。あと二時間もすれば池跳びに挑戦するというのに……。あいつは大物か、それとも、かなりの鈍感か。雄ちゃんの笑顔を見てそう思った。

「夏休みは、ぜひチャレンジ精神で、物事に取り組んでほしい。はい、以上。では、終わります」

ピッカリン大佐は、決め台詞を言い終えると、朝礼台の上で敬礼をした。

やっと長い終業式が終わり、僕らはぞろぞろと自分たちの教室に戻る。

下駄箱で上履きに履き替えながら「雄ちゃん、大丈夫かよ」と、僕は声を掛けた。

「うん？」

「だから、無理に今日、跳ばなくても」

「ブンちゃん、今更、何言ってんだよ」と、雄ちゃんにポンと肩を叩かれた。

あれから一週間、放課後の特訓は毎日続いた。下校時間を過ぎ、校庭を追い出されると、寄り道をして、僕らは神社の林へ向かった。蔦を柳の枝に見立て、雄ちゃんが反動を活かすコツをつかむ練習をするためだ。ただそれは、いつの間にか、僕とつーやんも参加して、ターザンごっこになってしまった。

「よし、ばっちりコツはつかんだぞ」と、雄ちゃんは自信ありげに胸を張ったけど、雄ちゃんがうまくなったのは雄叫びだけ。

結局、雄ちゃんは、鉄棒と蔦の特訓で、一度も目標のラインを越えることはなかった。ただ、大きな尻餅はつかなくなっていた。

「やっぱり、まだやめとこうぜ」

「平気、平気。オレ、本番に強いタイプだから」と、おかまいなしだ。

「大体さ、跳ぶのはオレだぜ。ブンちゃんじゃないだろう」

そう言い切られては何も言い返せない。ただ、僕は特訓につきあう内に、少し悩み始めていた。本当に雄ちゃんだけを跳ばせていいのか。それは友達として卑怯なんじゃないか。それに、もしも雄ちゃんが成功したら、ちょっと羨ましい、いや悔しい。そもそもアイディアは僕が考えた。いくら最初に、やらないと断ったにしても、一緒に跳んだ方がいいんじゃないか。そんな無謀な考えが、頭の片隅を過《よぎ》るようになっていた。

「雄ちゃん、オレ……」と、言いかけると「ブンちゃん、心配すんなって。一発で決めてやるよ。そうしたら、オレってヒーローだもんな」と、雄ちゃんは笑った。

「うん、ああ、まぁそうだけど」僕は少し口籠って答えた。

「だからブンちゃんは、司会、よろしくな」

「ああ、分かった。それはちゃんとやるつもりだけど……」

結局、一緒に跳ぼうかとは切り出せなかった。もし、切り出していたら、雄ちゃんはどんな顔をしたんだろう。僕は階段を上ってゆく雄ちゃんの背中を見つめた。


終業式の日は軽めの掃除を済ませてから、きれいになった教室で通知表を貰う。昨日、全員参加の大掃除で、普段はやらない窓ガラス拭きや天井の煤払い、画鋲で張り付けられた絵や習字の半紙まで取り外され、教室内はすっきりしている。ざわつきの中にも、いつもとは違う緊張感がみんなの中に漂う。

　終業式の日は身軽だ。絵の具セットや習字の道具は既に持ち帰った。だから持ってくる物はと言えば、せいぜいシャーペンとメモ帳くらいで、それを女子は布地でできたお手製の手提げ袋、男子はナップサックやマジックバッグと呼ばれるナイロン製の折りたたみ式バッグに入れてくる。僕はマジックバッグ派で、雄ちゃんとつーやんはナップサック派だ。

　香澄先生が通知表の束を抱えながら教室に入ってきた。

　香澄先生は白い袖なしのシャツと紺色のスカートを穿いている。始業式や終業式の日にはいつもより落ち着いた色の服を着て、胸元には真珠のネックレスをつける。大学の卒業のお祝いに香澄先生のお母さんから譲り受けたものだと、教えてくれた。それは白く輝き、とってもきれいだ。

「はい、では通知表を渡します。呼ばれた人は前に出てきてください」

「えーっ」

　分かっていても、クラスのみんなが声を上げた。

　通知表は、あいうえお順に渡される。一番目が青木、二番目が植松、そして僕が三番目に呼ばれた。

　〝よい子のきろく〟と表紙に印刷された通知表を受け取った後の態度は、大体ふたつに分かれる。おおっぴらに見せるヤツか、僅かな隙間を開き、中を覗くようにして、絶対他人に見られないようにするヤツかにだ。僕はどちらでもない少数派で、見たければどうぞというタイプだ。

　僕の成績は予想通りで、国語と社会、それに算数の枠に〝5〟のスタンプが押されていた。こんなもんだな、と驚きはしなかった。保護者への通知欄には〝学習面はこの調子で二学期も頑張ってほしいと思います。生活態度では好奇心旺盛なのは大変よいことですが、思いついたらすぐに行動してしまうところがあり、落ち着いて行動することを望みます〃と書かれてあった。ふーん、香澄先生には、僕ってこうゆうふうに見えているのか。

「高井くん、すごーい」という女子の声が聞こえた。女子たちが高井の机を囲んで「ホントだ、家庭科と体育だけが4で、あとは全部5よ」と、驚きの声を次々に上げた。そう騒がれているにも拘らず、高井は照れるふうでも、嫌がるふうでもなく、通知表をプラスチック製のブリーフケースにしまった。こんなもんだなと満足していた自分の成績が、急に色褪せた。まったくどこまでもすかしやがって。意識はしないと思っているのに、随分と水をあけられた感じがして、つい高井を見た。

と、後ろから「ガーン」という声が聞こえた。

振り向くと「また、かあちゃんからゲンコツだぁ」と、雄ちゃんが頭を掻いた。

「ちょっと見せてみ」

「ほーら」

覗き込むと、今回も見事なくらいにアヒルが泳いでいた。

「はい、みんな席に戻って。はい、静かに」

香澄先生が手をパンパンと打ち鳴らし、ざわついた教室内を静める。

「いいですか、夏休みの間に自分の不得意な科目を努力するようにね。特に分数問題の苦手な人は、ここで躓《つまず》いちゃうと、もっと分からなくなるから頑張って」

渡されるものは通知表だけではない。藁半紙に印刷された香澄先生お手製の漢字練習と算数問題のプリントがどっさりと配られる。

「それからドリルは一日、一ページずつやること」

その注意は僕に向けて言われているように聞こえた。

〝夏休みの友〟というドリル帳も配られる。僕は一週間かからず、それを終えて、あとは遊びに専念する。ただ、厄介なのは天気だ。開いたページの右の欄外に、日付と天気を書き込む箇所がある。こればかりはきちんと、その日に書き込まなければならなくて、かなり面倒。そう分かっていても、うっかりつけ忘れる。親が束ねてしまった朝刊を必死に漁って、過去の天気を調べたこともあった。

「それから、夏休みの想い出として絵を一枚、工作物をひとつ、そして自由研究。なんでもいいから、自分で関心を持ったテーマについて調べてまとめてね」

香澄先生が、夏休み中の注意点を説明していると、廊下に人の声が響き始めた。他のクラスでは下校が始まった。

マズい。僕は黒板の右上にある丸い時計に目を向けた。十一時を回ろうとしていた。雄ちゃんの池跳びに〝観客〟がいなければ意味がない。給食がないので、生徒は真っすぐ下校する。全校生徒を引き止めることはできなくても、池の周りくらいには〝観客〟を一杯にしてやりたい。それがせめてもの雄ちゃんに対する気持ちだ。

いつもは心地いい香澄先生の話だが、今日だけは早く終わってくれと思った。僕はそわそわして、尻を椅子から浮かせた。

「じゃあ、また元気に登校日に会いましょう」香澄先生はそう言いながら、クラスみんなの顔をゆっくりと見渡した。

日直が「起立、礼、さようなら」の号令を掛ける。僕は「さようなら」を言い終える前に、教室を出た。

「どけどけ、どいてくれ」

僕と雄ちゃんは叫びながら、階段を駆け下り、急ぎ靴を履き替えると、打ち合わせ通りに池の縁に立った。

「雄ちゃんは準備運動開始」

「おう」

僕の勧めに雄ちゃんが、膝の屈伸運動を始める。中庭には、ぞろぞろと下校を始めた生徒たちの姿が現れる。

僕は五年四組の教室を見上げて、つーやんを探す。つーやんは教室に残り、香澄先生が職員室に戻るのを確認する役だ。

「つーやん、OK《オッケー》か？」

「いいよ、OK」

つーやんは、指でOKマークの合図を返した。第一段階突破。

僕は自分の気を落ち着かせるために、大きく深呼吸する。よしっ、やるか。僕は両手をメガフォン代わりにして口に当てると「これから五年四組の根岸雄二くんが、池跳びに挑戦しまーす」と、叫んだ。僕はぐるりと回りながら同じことを三度叫んだ。その度、校舎に反響する僕の声が中庭に響き渡った。

段階突破。
あいつも無視できないんだな。あ、今はそんなことはどうでもいい。よし、これでいいぞ。第二
渡り廊下まで鈴なりの人だかりができた。ふと見上げた教室の窓に高井の姿もあった。さすがの
玄関から出てきた生徒がまず池の周りに集まってきた。次第に、表校舎、裏校舎の教室の窓、
「何、何。どうした?」

段階突破。


僕はテレビの司会者気取りで、その〝観客〟に向かって再度言った。

「これから、五年四組の根岸雄二くんが、この池跳びに挑戦します。うまく跳べましたら、拍手喝采のほどよろしくお願いしまーす」

縁日で入った見世物小屋のおじさんの台詞を真似した。

「おおお」とか「きゃー」とか、声援なのか悲鳴なのか、そんな声に混じって〝ばかか、あいつ〟〝できっこねーよ〟という声も聞こえたけど、僕が想像していたより、みんなの興奮が伝わった。二年前に見たあの光景よりも盛り上がっている。

と、日登美が「先生っ、大変っ」と叫びながら、渡り廊下から走り去るのが分かった。

ちぇっ、またあいつか。邪魔ばかりしやがって。こうなりゃ、先生たちが来る前にやらなくちゃ。

教室から下りてきたつーやんと合流し、着地側に陣取った。

「雄ちゃん、準備はいいか」

「おお、まかしとけ」雄ちゃんは拳で胸を軽く叩いた。

「では、根岸雄二くん、はりきってまいりましょう」

雄ちゃんは、両手を上げて、それに応えた。まるで大脱出をする引田天功のようだ。金色のマ

ントでも羽織っていれば、もっとウケたかもしれない。握った拳の中に、汗がじっとりと滲んでくるのが分かった。

雄ちゃんはスタートするのかと思いきや、ゆっくり円を描くように腕を回した。

「何やってんだ？」

そう焦りながら訊くと、つーやんが「仮面ライダーのつもりなんじゃないの」と、返してきた。もう、ターザンでいいだろっ。大体、変身ポーズはそんなんじゃないだろっ。とにかく急げ。

日登美が香澄先生に告げ口しに行ったんだ。僕は職員室に通じる渡り廊下へ目を向けた。

雄ちゃんは、手のひらに巻いた包帯を解《ほど》くと、それを空高く放り投げた。ひらひらと舞った包帯が紫陽花の上に落ちた。

雄ちゃんは、ぺっぺっと両方の手のひらに唾をつけた。

「跳ーべ、跳ーべ、跳ーべ」

〝観客〟は、手拍子を始めた。

と、そこへ日登美に手を引っ張られ、よろけるように香澄先生がやってきた。香澄先生は渡り廊下から「根岸くん、何やってるの、やめなさい」と、大きな声で叫んだ。

雄ちゃんは香澄先生に気づき、顔をそちらに向けた。怯むのか。やめるのか。と、思った瞬間、雄ちゃんは満面の笑みで香澄先生を見ると、ぴょんとその場跳びをして、一気に走り出した。

「おおおおっ」

どよめきが津波のように起こる。

「行けーっ」

僕とつーやんは大声で後押しした。

雄ちゃんは、池の縁に並んだ石の手前を右足で蹴った。雄ちゃんの身体は、まるでスローモーションでも見るようにゆっくりと、宙に舞った。一瞬、歓声も蟬の鳴き声も、すべての音が僕の耳から消えた。

雄ちゃんの両手が、柳の枝をがっちりと捕らえた。すると、枝は下に向けてしなった。次の瞬間、しなった枝が雄ちゃんをぐいっと引っ張り上げる。

「よし、よしよしよしよしーっ」

僕の叫び声が届いたのか、雄ちゃんの爪先がこちらの縁に並んだ石の上に届いた。

やったー。

僕がガッツポーズを決めようとしたとき、雄ちゃんの上半身は池の中央へと引き戻され、斜めに静止してしまった。手を離すタイミングを逸してしまったせいだ。届いた爪先を踏ん張り、歯を食いしばりながら、枝の上の方を必死につかんで起き上がろうとしている。

「ぐぐぐぐっ」

雄ちゃんの腕と太腿がブルブルと震えている。

「雄ちゃん、頑張れ、頑張れ」

つかんだ枝の葉っぱを削ぎ落としながら雄ちゃんがズリ落ちる。

「ち、ちっくしょーっ」

雄ちゃんは最後にそう発すると、勢いよく大きな水しぶきを上げて後頭部から池の中に落ちた。

「あーあ」

僕とつーやんだけでなく、それを目撃したみんなから叫び声が上がった。

「うげー。溺れる、助けてくれー」

雄ちゃんは、池の中程で手足をバタつかせ、水しぶきを上げる。

がははは。わははは。雄ちゃんのその姿に、みんなの溜息は爆笑の渦に変わっていた。

僕とつーやんが駆け寄る前に、香澄先生が一歩早く雄ちゃんに近づき、呆れたように「何やってるの、あなたは」と、深い溜息を漏らした。

「えへへへ。暑いから、ちょっと水浴び」首まで水に浸かった雄ちゃんは笑いながら答えた。

「早く、上がりなさい。さぁ、つかまって」

香澄先生は中腰になり手を伸ばそうとしたが、ちらりと自分の白いシャツに目を落とすと明らかに躊躇し、その手を止めた。雄ちゃんが伸ばした指先は、池の底に溜まったヘドロのような汚泥で真っ黒だった。

「うん、もう」

香澄先生は、困ったように二、三度首を振ると、観念したのか、雄ちゃんの汚れた手をつかんで引っ張った。僕はそんな香澄先生の表情を間近に見られて、なぜか嬉しくなった。

引き上げられた雄ちゃんの体操着から水が滴り落ちている。おまけに、体操着には緑色の藻がべったりとついて、まるでカッパの衣装を着ているようだ。

「ぺっぺっ。うげ、水飲んじまった」

汚れた手の甲で口を拭った雄ちゃんの顔が黒くなる。コントの泥棒みたいな顔つきが、また爆笑を生む。

「こっちにいらっしゃい」

香澄先生はずぶ濡れの雄ちゃんを、小使いさんちの井戸へと連れて行った。僕とつーやん、そして野次馬たちが、その後に続いた。

「ほら、根岸くん、服脱いで」

雄ちゃんは香澄先生に言われるまま、びしょびしょになった服を脱ぎ始めた。

「なんで、こんなことやったの?」香澄先生が尋ねた。

「だって、先生、何でもいいから頑張れって言ったじゃないか。ピッカ……、いや校長先生もチャレンジ精神で……」

「こういうことじゃないでしょ」香澄先生は、雄ちゃんのシャツを引っ張り上げながら、首を振った。

「はい、みんなは向こうに行って」

ぞろぞろとついてきた生徒たちに、香澄先生は手を振りながら、そう指示したが、大半の生徒はそれに従わず、雄ちゃんのストリップを見ていた。

トレパンに手を掛けたところで、雄ちゃんは野次馬に気づき「オー、モーレツ」と、小川ローザのポーズを決めると一気に尻を出した。

女子が「きゃー」と声を上げ、手で目を覆う。その様子に悪ノリした雄ちゃんが「あんあ、見え過ぎちゃって困るのぉ~」と、マスプロアンテナのコマーシャルソングを歌いながら、身体をくねらせた。

「こら、根岸くん」

さすがに怒った口調で香澄先生が、雄ちゃんの尻を叩いた。雄ちゃんは、両手で股間を隠しながら、叩かれた拍子にぴょんと腰を振った。僕はおかしくて、手を叩きながら大笑いした。それにしても、よく人前でちんこやお尻を出せるな。僕には絶対できない。

香澄先生は、雄ちゃんを井戸の流しに立たせると、バケツに汲み上げた水を頭からザブーンと掛けた。雄ちゃんの足下に泥水が流れてゆく。しぶきが香澄先生の服に飛んだけど、先生はすっかり諦めたらしく、ヤケクソ気味に何杯もの水を雄ちゃんに浴びせた。心なしか香澄先生は半べそをかいているようにも見えた。初めて見る表情だった。

「ひやー、冷てぇ」

ところが、水を掛けられている当の雄ちゃんは、嬉しそうに大はしゃぎだ。事情はどうであれ、大好きな香澄先生を独り占めだ。あの笑顔の訳は、たぶんそういうことなんだろう。みんなの前で裸になるのは厭だが、ちょっと羨ましい。

香澄先生は、小使いのおばさんが持ってきてくれたバスタオルを受け取ると、雄ちゃんの頭からすっぽりと被せた。

と、そのときだった。

「こらぁ、根岸っ」

石塚先生の野太い声が響いた。石塚先生の登場に、野次馬は蜘蛛の子を散らすように一斉に逃げ出した。雄ちゃんには悪いと思ったけど、僕とつーやんも小使いさんちの壁に身を隠し、固唾《かたず》を呑んだ。本来なら、片棒を担いだ僕も同罪だ。ハナピンの餌食になってもおかしくない。

石塚先生は手にした物差しで、雄ちゃんの尻っぺたをバチンと叩いた。でも、石塚先生の目は怒っているようには見えず、むしろうっすらと笑みを浮かべているようだった。その様子に幾分ほっとする。

「ほら、根岸、こっちにこい」

石塚先生は、バスタオル姿の雄ちゃんの耳をつまむと、そのまま職員室に通じる渡り廊下へ歩き始めた。

「痛ててて。先生、痛てぇって」

香澄先生は、そんな雄ちゃんの髪の毛を拭きながら続いた。

「ああ、連れて行かれちゃった」

僕とつーやんは物陰から出ると、廊下に這いつくばってそっと職員室の様子を窺った。が、閉められた扉に遮られ、中の様子は分からなかった。

どうすることもできず、僕とつーやんは、雄ちゃんが〝釈放〟されるまで、下駄箱近くの階段に腰を下ろして待つことにした。

「雄ちゃん、ハナピンくらったかな?」つーやんが心配そうに尋ねた。

「たぶん、いや絶対」

「あれ、すんごく痛いんだろう?」

つーやんは自分がハナピンをくらったように顔を曇らせた。

「ああ、痛てーよ、すんごく」

僕も一度だけハナピンの餌食になったことがある。

四年生の三学期、女子の間で千代紙がブームになった。その千代紙は通常の四分の一の大きさで、様々な模様がきれいに印刷されていた。それは〝西んち〟と呼ばれる西門の向かいにある駄菓子と文房具を扱う店で売られていた。

僕は千代紙に興味などなかったが、ある日クラスの女子に「おい、それ一枚くれ」と、ねだった。

「いや」

簡単に拒否された僕は「じゃあ、ジャンケンして、オレが勝ったら一枚くれよ」と、条件を出した。負けても僕に損なことは何ひとつない。

「分かった、それならいい」

僕はジャンケンに勝ち、まんまと一枚目を手に入れた。それで鶴を折りたい訳でもない。僕はすぐに別の子に「ジャンケンして、負けたらオレの一枚をやる、でも、オレが勝ったらお前から一枚もらう」と、持ち掛けた。そして、また勝った。ただそれだけのことなのに、段々面白くなってしまった。

僕なりのジャンケン必勝法がある。これは雄ちゃんやつーやんにも絶対に教えない。

先ず相手の顔は見ない。見るのは相手の拳の動きだけ。グーのときは握った拳に変化が少ないし、パーのときは拳が最初から緩む。チョキは判断が難しかったが、中指を押さえていた親指が、薬指の上にズレると、その可能性は高かった。だから観察をするために〝ジャンケンポン〟の掛け声はゆっくりする。百戦百勝とはいかなくても、負けることは少ない。中には、出す手がパターン化していて、最初に必ず同じ手を使うヤツがいた。当然、カモにできた。

僕はたった一日で、百枚以上も稼いだ。

「ブンちゃん、ジャンケン強ぇな」

クラスメイトにそう声を掛けられると、僕は自慢げに「まぁね」と、指で鼻の頭を擦った。

すぐにその〝賭け事〟はクラス中に広まり、休み時間になると、教室のあちらこちらで「ジャンケン、ポン」の声が響いた。春先まで、からっ風という強烈な西風が町には吹く。そんな日は外遊びができない分、大いに盛り上がった。

「よし、勝負だ」と、僕に挑んでくるヤツもいたが、大概、返り討ちにした。

そのうち、ちまちまとした賭けが面倒になり、僕は一度に十枚、二十枚と賭けをエスカレートさせていった。

ところが、一週間ほど経つと、僕はすっかり飽きてしまった。誘われても「もういい」と、相手にしなかった。なのに「千代紙要らないなら、ちょうだい」と言われると「ヤだね」と断った。みんなから「ケチ」と言われた。そのたび「どーせ、ケチだもーん」と開き直った。その内もっと面白い使い方が浮かぶんじゃないか。そんなことを考えていた。

しばらくして、そんなブームは教室から消えた。僕の手元には、ビニール袋一杯に詰められた千代紙が残った。たぶん二千枚近い数があった。もとより何かをつくる目的もない、ただジャンケンで、相手を負かすことが楽しかっただけのこと。でも、そのままゴミ箱へ捨ててしまうにはもったいない気がした。結局、五年生になってクラスが変わっても、千代紙は教室のうしろにある棚の奥にしまわれていた。

今年のゴールデンウィークの前。その日の三時間目は音楽の授業だった。

音楽の授業は、休み時間の内に表校舎二階の西端にある音楽室へ、教科書と縦笛を持って移動する。

音楽教室には細長い四人掛けの椅子と机が並んでいる。座席は決まっていないので、早い者勝ちで好きな座席を選べた。僕は日差しの当たる窓際の座席を、雄ちゃんとつーやんの分まで素早く確保した。ぽかぽかとして、眠るには都合のいい場所だったからだ。

窓際に立ってあくびをしながら伸びをすると、視界にひらひらとするものが見えた。僕は窓から身を乗り出してみた。

正面玄関の脇に鯉のぼりが泳いでいた。こどもの日が近づくと、日の丸の隣に別のポールが立てられ、鯉のぼりが揚げられるのだ。

五月晴れの青々とした空の下、少し強めの風に煽られ、吹き流しと三匹の鯉が気持ち良さそうに宙を舞っていた。

「ブンちゃん、何見てんだよ」

トイレに寄って遅れてきた雄ちゃんとつーやんが、僕を両脇から挟むように窓際に並んだ。

「あれ」僕は鯉のぼりを指差した。

「鯉のぼりかよ。でも、あれって、屋根より低い鯉のぼりーだな」雄ちゃんはくだらない替え歌を歌いながら笑った。

二階建ての校舎の屋根より高く揚げるには、相当な高さのポールが必要だ。

「でも、なんか古臭くて色がぱっとしないね」

そう言われてみれば鯉のぼりの色が褪めている。さすがに絵の得意なつーやんの感想だ。

「ほら、本丸公園の川に錦鯉がいるだろう。あそこの鯉なんかキラキラしてるもの」

「キラキラしてるのは鯉じゃねーよ。川の水が光を反射してるんだろ」

「じゃあ、川で鯉のぼりを泳がしたらキラキラするのかなぁ」

「なんで鯉のぼりを川で泳がすんだよ。つーやん、ばかじゃねーの」

「そうか、じゃあ、空に川があればいいのに」

「そんなもん、ある訳ねーだろ、まったく」

空に川ねぇ。

「あっ」僕は大きく叫んだ。

「びっくりした。なんだよ、ブンちゃん」と、ふたりが僕を見た。

「いいこと、思いついた」僕はそう言い残すと、音楽教室を飛び出した。

背後から「また始まっちゃったよ、ブンちゃんの謎の行動が」と、からかう雄ちゃんの声が聞こえた。

五年四組の教室へ戻り、しまってあったビニール袋を抱えると、急いで音楽教室まで取って返した。

息を切らす僕に「ブンちゃん、それ、どうするの?」と、つーやんが訊いてきた。僕らの様子に気づいた他のクラスメイトも興味を示し、窓際に集まった。

みんなが注目する中、僕はビニール袋に手を突っ込み、千代紙を鷲づかみにすると、パーッとバラまいた。

「つーやん、ほら、空にある川だぜ」

「わー、きれい」女子たちが、窓から身を乗り出して声を上げた。

僕の思い通り、風に乗った千代紙は川のように連なってひらひらと舞った。それは鯉のぼりに真っすぐ届き、鯉のぼりはその中を悠々と泳いだ。僕はやっと、千代紙を有効に使えて満足した。

その日の昼休み、教室の壁につけられた四角いスピーカーが、ピューっというハウリングを起こした。全校放送だ。その後、咳払いがひとつ聞こえた。石塚先生だ。

――五年四組の小木、至急、職員室の石塚の所まできなさい。

「こりゃあ、きっと、さっきのことだな。ブンちゃん、ハナピンだ」と、雄ちゃんが人の不幸を嬉しそうに解説した。

たぶん、雄ちゃんの言う通りだ。

クラスメイトは大袈裟な「ハナピン」コールで囃し立てた。なんだよ、お前らだって楽しんだくせに……。でもしょうがない。僕は覚悟して席を立った。

職員室は訳もなく苦手だ。僕は廊下でひと呼吸した。

「失礼します」

僕は入り口で一礼し、そのまま石塚先生の机へと向かった。石塚先生の向かいの机には香澄先生がいて「小木くんらしくないわね」と、石塚先生より先に声を掛けた。

坊主頭で四角い顔の石塚先生は、脚を組んだままの姿勢で、椅子をくるりと回転させると、僕と向き合った。

他の先生たちからも注目されているのは分かった。

「なぁ、小木」

石塚先生は肩を左右に揺らしながら「お前、何、ばかなことやってんだ?」と、尋ねてきた。

僕は黙っていた。

「お前、あんな悪戯して面白いか?」

僕には悪戯の自覚はなかった。それどころか、むしろ悪戯呼ばわりされたことに憤慨した。

「えーと、面白いんじゃなくて、きれいかなと思って……」

僕はただ正直に答えた。

「ほー、きれいか。小木、お前大した芸術家だな」

きっと石塚先生には分かりっこない。ちょっとふて腐れた。

「そのときはきれいだとしても、ああしたらゴミになるだろうが。一体、誰が片付けるんだ?」

「……僕です」

「じゃあ、一枚残らず拾ってこい」

僕は返事をせず、こくりと頷いた。

「はい、じゃあ、気をつけ」

石塚先生はそう言うと、中指と親指で輪を作った。僕にとっての初ハナピンだった。

僕は気をつけの姿勢で身体を強ばらせた。最初は目を閉じていたものの、やはり気になり片目だけ薄目を開けると、迫ってくる指先が見えた。そのとき初めて恐怖を感じ、上体が反り返るようになった。

と、鼻の頭に激痛が走った。その痛みは一気に脳天を突き抜け、涙が滲むのと同時に鼻水まで出そうだった。いや、鼻血が出たんじゃないかと慌てた。

「痛ってー」

僕は思わず叫んで鼻を両手で押さえると、その場でぴょんぴょんと跳ねた。

職員室の中に、微かな笑い声が起きた。

石塚先生は満足げにニヤニヤすると「はい、もう戻ってよろしい」と、言った。

職員室を出ると、石塚先生の声が背中越しに聞こえてきた。

「間々田先生、心配することはないですよ。ありゃあ、ちょっとした反抗期みたいなもんですから」

だから違うんだよなぁ。僕はそう心の中で言い返した。

結局、僕は五時間目の社会の授業を受けさせてもらえず、千代紙を拾わされた。


雄ちゃんが石塚先生にしょっぴかれて、十五分くらい過ぎた。校舎内に残っているのは、僕らくらいしかいなくなった。

バタバタバタバタっと廊下を駆けてくる足音が聞こえた。意外に早く雄ちゃんが戻ってきた。

「ねぇねぇ、ハナピンくらった?」と、つーやんがいきなり尋ねた。

答えを聞くまでもなかった。雄ちゃんの鼻の頭は赤くなっていた。あの日の僕の鼻もこんなに赤くなっていたのか。

「ああ、三発連続」

「ええっ、三発も」と、つーやんが驚く。

「こんなのへっちゃらだ」

「ホントに？」

再度、つーやんに尋ねられると「ばか、痛てぇに決まってるだろっ。もう、鼻血ブーだっ」と、雄ちゃんは、おどけながら鼻を押さえた。

「なぁ、ハナピン、何か言ってた？」と、今度は僕が訊いた。

「あ、うん、まぁ」と、雄ちゃんは少し間を置いて「努力は買う、だってさ。だけど、もっとまともなことに努力しろだとよ。それだけ。ハナピンは怖ぇけど、あんまりネチネチ説教しないから」と、苦笑いをした。

ネチネチではないが、厭味は言う。でも、僕とつーやんのことは追及されなかったんだ。ほっとしたような寂しいような複雑な気分だ。

「でも、ああ、そんなことより、どうするかなぁ」雄ちゃんが急にしゃがみ込んだ。

「何が？」

「うちのかあちゃんさ。池跳びのこと、学校から電話がいってるし、きっと今日は通知表とダブルパーンチだな」

雄ちゃんの母親ならあり得る話だ。成績が悪いだけなら、ゲンコツのひとつで済むかもしれないけど、体操着をずぶ濡れにした挙げ句、洗濯しても落ちそうもないほど緑色に染めてしまっては怒りが爆発しそうだ。昔、雄ちゃんが一輪車を作ろうとして、母親の自転車を分解したことがある。そのとき、雄ちゃんはしこたま叩かれ、そして半日、柱に縛りつけられた。とうちゃんではなく、かあちゃんにやられたというのが凄い。それを思うと少し同情しちゃう。

「オレ、家出でもするかな」

「家出？　どこに？」

「それが問題」

「まぁまぁ、根岸くん、しょうがないよ。諦めてうちに帰って、ダブルパンチもらおうぜ」

「お前ら、人のことだと思ってふざけんなよな」

僕とつーやんは、そんな雄ちゃんを両脇から支えて立たせた。

「さぁ、帰ろうぜ」

外履きのズックに履き替えると、僕たちは玄関から駆け出した。雄ちゃんの靴は濡れてしまったので、上履きのままの下校だ。

帰り道のアスファルトの歩道にゆらゆらと陽炎が立ち上っている。照り返しの眩しさに、ふと顔を上げると、町のあちらこちらから空へ伸びる無数の煙突が見えた。みんなチューデンの下請け工場のものだ。煙突はもくもくと灰色の煙を立ち上らせ、遠い山並みを霞ませるほどだ。こういう日は光化学スモッグ注意報が出る。

「あれ、その体操着」と、つーやんが雄ちゃんに言う。

よく見ると雄ちゃんの格好がどこかおかしい。雄ちゃんの着ている体操着がパンパンだ。

「ああ、これ、学校に置いてあったヤツを借りた」

濡れた服がそんなに早く乾くはずがない。

保健室に予備の体操着が用意されている。特に低学年の生徒はおしっこを我慢して漏らしてしまうことがあるからだ。さすがに高学年になると、もらすまで我慢するヤツはいない。

「小せえのしかなくって」と、雄ちゃんがシャツのあちこちをつまむ。

「だったら、着替え持ってくればよかったのに」と、つーやんが呑気に言う。

「ばか言え、それじゃ、最初から失敗するつもりみたいじゃねーか」

雄ちゃんが語気を荒くする。が、雄ちゃんの言い分ももっともだ。

「あ、ごめん」と、つーやんはすぐ謝った。

「だけどよ、ノーパンだと、なんかスースーするな、ぎゃはは」

「え、雄ちゃん、ノーパンかよ、ぎゃはは」

「パンツは借りたくなかったんだよな」

雄ちゃんなりの最後のプライドだ。

「でも惜しかったなぁ。あとちょっとだったんだぜ。オレ、足届いてたんだから。ちぇっ」指を鳴らして雄ちゃんが池跳びの失敗を悔しがる。

「一瞬、やったって思ったもん」と、つーやんも一緒に悔しがる。

「ああ、途中までは大ヒーローだったもの」

それは一瞬だったけど、僕の目に雄ちゃんはカッコよく映った。きっとみんなの記憶の中にも、永遠にそんな姿が残るんじゃないかと思った。

「でもザブーン。助けてくれーだもんな」僕は手足をバタバタさせて溺れる真似をしながら、雄ちゃんをからかった。

「だから、それを言うなって、ぎゃはは」雄ちゃんは僕に軽く体当たりして、僕を突き飛ばした。

「なんだよ、ホントのことじゃねーかよ、ぎゃはは」

僕もやり返した。それはつーやんにも飛び火し、三人は歩道の真ん中で、体当たりごっこをした。

歩道でそんなふうにじゃれ合っていると、僕らの脇を一台のトラックが過ぎた。トラックは十メートルくらい先の赤信号で停車した。

朝夕は大渋滞になる町で一番広い道路も、日中はガラガラの状態になる。通る車といえば、チユーデン関係のトラックくらいのものだ。カーキ色の幌が付いたトラックの車体には、〝東京中央電機〟と描かれてあり、方向から察して、間違いなく工場へ向かう。それは僕らのうちに近づくということだ。

「おい、やる?」

どちらからともなくそう言うと、僕と雄ちゃんは目で合図した。さっきしぼられたばかりだというのに、すぐに次の悪さを思いつく。

幸い、辺りには僕らしかいない。後続の車もない。絶好のチャンスだ。

「ええ……」と、つーやんは躊躇している様子だったが、そんなつーやんを促す余裕はなく、雄ちゃんと僕は素早く行動した。僕らは何度もやったことがあるので、コツを知っている。真後ろに回ってしまえば、幌が僕らの姿を隠す。だからバックミラーで、運転手が僕らを確認することはできない。

僕と雄ちゃんは、身を屈めながら小走りにトラックの背後に忍び寄ると、ブルブルと震える荷台下のステップに足を掛け、荷台の縁をつかんだ。手を掛けた縁は太陽の熱で少し熱かった。

「よしっ」

トラックは僕と雄ちゃんがしがみついた途端動き出した。ほんの少し躊躇《ためら》ったせいで、出遅れたつーやんは乗り損ねた。

「ああ、待ってよ」

「東門か北門の前で待ってるからな」と、僕と雄ちゃんは、薄情にもつーやんを置いてきぼりにした。

つーやんは、子犬のように必死に僕らを追いかけたが、その姿はみるみる小さくなった。途中で諦めたつーやんが走るのをやめ、立ち止まるのが見えた。ちょっと可哀想な気がした。

トラックのスピードが上がると、風に煽られた幌がバタバタと大きな音を立てる。排気ガスの匂いさえ我慢すれば快適だ。

こういう悪さは、先輩の行為を見て覚えた。それはカッコいいものに映り、いつかはオレたちもやってみたいと、後輩は思う。僕もその内のひとりだ。それに、家が遠い僕にとっては格好のバス代わりだ。

途中、トラックは道路の窪みにタイヤを弾ませガタンと揺れた。僕らはそのたびに、荷台に掛けた指先に力を込め、ステップに載せた足を踏ん張った。

「ヤッホー、気持ちいいー」

「すげー、ラクチン」

こうやって風を切って走っていると、何百回と通い慣れた通学路の風景が、まったく違ったものに見えてワクワクする。そこらの安っぽい遊園地の乗り物より楽しい。

「マッハ」

「ゴーゴーゴー」

僕と雄ちゃんは奇声を上げた。

踏切を過ぎると、チューデンの工場を囲む金網フェンスが見えてきた。トラックが東門に入るなら帰り道の三分の一、北門に向かうなら三分の二を楽することになる。

「北門まで行けー」

残念ながら、トラックは東門に近づくと左のウインカーを点滅させた。

「なんだよ、東門かよ」

門の前には信号があり、運よく赤で停まれば、荷台から手を離して降りればいい。信号が青でトラックが停まることなく左折しても、守衛小屋のゲートバーは下げられているので、トラックは工場に入る前に必ず停車する。その隙に飛び降りればいい。ただ、守衛さんにバレる確率は高い。そんなときは、とにかく必死に逃げる。

トラックは東門前の交差点で赤信号に捕まり、そして完全に停まった。僕と雄ちゃんは、トラックからぴょんと飛び降り、乗ったときと同じように中腰の姿勢のまま小走りに歩道へ上がった。そして何喰わぬ顔で、運転手にサンキューと手を振りながら横断歩道を渡った。

僅か一分程度の冒険が終わった。

「へへっ、楽しかった」

「ああ、楽しかった」

僕と雄ちゃんは握手を交わした。

横断歩道を渡った所にバス停がある。大きな欅が作る日陰の下に、水色のペンキが剝げ落ちたベンチがある。僕らは涼みながら、そこに座ってつーやんを待つことにした。

四車線ある幅広の道路は見通しがよく、一キロ離れた駅舎まで見える。駅前を右折すれば町一番の目抜き通りがあって、多くの商店が軒を連ねている。僕らの家は、その商店街と駅を挟んで反対の方にある。

「どうせなら北門まで行きたかったな」

「ああ」

ここからだと、家に辿り着くまで、まだ三十分はかかる。

座ったベンチからはツツジの植木の向こうに、貨車専用の線路、そして背の高いフェンスの中にチューーデンの巨大な建物が見える。引き込み線から工場内に入った赤いコンテナがたくさん並んでいた。

「ブンちゃん、線路の上に十円玉置いたことある?」雄ちゃんが線路を指差しながら尋ねてきた。

「ない」

「オレも」

「ぺったんこに伸びて、でっかくなるんだろう?」

製品の運搬をする貨車は、平日の午前中に一度だけ線路を走る。僕らが学校にいる時間帯なので、その姿を見る機会は少ない。

「あれ、持ってると不死身になれるんだぜ」

雄ちゃんは怪談話にしろ、UFO話にしろ、この手の噂話が大好きだ。

「そんなの迷信だ」

僕があっさり否定すると「ホントだって」と、雄ちゃんは真顔で答えた。

「だってな、親戚のあんちゃんがバイクで事故やったとき、バイクはぶっ壊れちゃったけど、あんちゃんは擦《かす》り傷だけだったんだぜ、ホントだって」

「はいはい。じゃあ、そういうことでいいよ」

「なんだよ、その言い方」

「それじゃあ……。おお、そりゃあ、すげー」

僕が大袈裟に驚く真似をして言い直すと、雄ちゃんは「ばかにしてんのか」と軽く肩を僕に当てた。

「オレもほしいよなぁ、不死身の十円玉。でもなぁ……」雄ちゃんはそう言って口籠った。

夏休みになれば、貨物列車が通る時間を見計らって十円玉をレールの上に置くくらいのことは訳もなくできる。ただ、学校からは禁止令が出ていた。昔、上級生が十円玉ではなく、置き石の悪戯をした。貨車が脱線するようなことはなかったけど、大問題になった。〝犯人〟はそれを得意げにみんなに話したものだから、すぐに先生の耳に入った。朝礼で犯人のふたり組は全校生徒の前に呼び出され、ピッカリン大佐直々のゲンコツを喰らい、こっぴどく叱られた。おまけに親まで呼び出しだ。

「雄ちゃん、十円玉くらいじゃ、脱線しないよ。それに黙ってりゃ分かんないし」

「そうだよな。じゃあ、やってみるか」

「でも、やめといた方がいい。雄ちゃんは絶対ペラペラ喋るから、すぐバレる。そうしたら全校生徒の前でハナピンだし、下手すりゃあ、また、かあちゃんにボコボコに殴られるぞ」

僕がそう笑うと「それがあるんだよな」と、雄ちゃんは肩を落とした。

「なぁ、雄ちゃん」

「うん？」

「昔ここで、何造ってたか知ってる？」僕は工場の方へ顎をしゃくった。

「え、チューデンってテレビとか造ってる工場じゃねーのかよ」

僕らが物心ついた頃には、チューデンはチューデンでしかなく、テレビやステレオ、冷蔵庫を造っている工場でしかなかった。それはずっと昔からそうだと思っていた。

「戦争中は零戦《ゼロせん》を造ってたんだって」

「零戦って、戦闘機の？」

「そう」

「なんだよ、メッサーシュミットとかスピットファイアじゃねーのか」

雄ちゃんは戦闘機や戦車のプラモデルが好きで、雄ちゃんちの部屋には雄ちゃんが作ったプラモデルが並んでいる。だから、そういう機種に詳しいが……。

「ばっかじゃねーの。どうして日本で、ドイツ機とイギリス機を造るんだよ」

「ああ、そっか」雄ちゃんはバツが悪そうに頭を搔いた。

「で、それがどうした？」

「うん、それでさ。戦争中、ここに爆弾が落とされたんだってさ。随分、人が死んだんだって」

僕がそう言うと、雄ちゃんは身を乗り出した。

「うっひょー。じゃあ、お化けとかも出るよな」

「また、それか」

フェンスの向こうには穏やかな空間があるだけで、爆撃されたなんて実感が湧かない。

「でもさ、なんでブンちゃん、そんなこと知ってるんだよ」

「うちのじいちゃんから聞いた」

このところ、雄ちゃんの〝池跳び〟のことで頭が一杯だったので、そんな話を聞いたことも、すっかり忘れていた。

「あのさ……」

僕は青く晴れ上がった夏空を見上げながら、祖父から聞いた話を始めた。

＊

前の週の土曜。その晩は僕と祖父だけが家に残った。祖母は婦人会の旅行で伊香保温泉に泊まりがけの旅行に出掛け、両親は保育園に通う妹の美幸を連れて、母の実家に里帰りした。

母の実家は隣町にあり、この時期お祭りがある。お祭りといっても、露店の並ぶ神社に出掛ける訳でもなく、母の兄弟たちが自分の家族を連れて集まり、酒盛りをするだけだ。母は八人兄弟の末っ子で、兄弟の家族が全部揃うと、三十人くらいの大宴会になる。玄関に散らかった靴がどれが誰のものか分からなくなるほどだ。父も六人兄弟の長男なので、うちでもそういう集まりは、お盆やお正月にあるが、人数は母の実家の方が多い。

「フミも行くよ」と母に言われたが、「オレは行かない。雄ちゃんたちと約束があるし。だから、じいちゃんと留守番する」と、早くから居残りを宣言していた。実際、雄ちゃんの池跳び練習を神社の林ですることになっていたし。

行きたくない理由はまだ他にもあった。年の近い従姉妹たちでさえ、中学生や高校生だ。酔っぱらった伯父が気前良くなり、お小遣いをくれたりするのは嬉しかったけど、いつも従姉妹たちからおもちゃ扱いをされるのは、どうにも屈辱だ。一年生の頃には、スカートを穿かされ、髪にリボンを結ばれて、女の子に変身させられたこともある。

しかも、土曜の夜はテレビを見るのに忙しい。『巨人の星』『仮面ライダー』それに『キイハンター』。『8時だヨ！全員集合』がなくなってしまったのは残念だけど……。母の実家に行けば、テレビのチャンネル権は、到底僕には回ってこない。従姉妹たちが関心のない『巨人の星』と『仮面ライダー』は確実に見られない。特に『巨人の星』はクライマックスを迎えているのに、見逃す訳にはいかない。

「夕飯を何か用意していく」という母に「ボンカレーが食いたい」と答えた。

用意するといっても、料理下手な母が作っていくものならベチャッとしたチキンライスに違いない。それならカツ丼でも出前でとった方がいい。でも気分はボンカレーだった。

六人家族のうちでは、普段、大鍋一杯のカレーを作る。こんなときでもなければ、流行りのインスタントカレーなんて口にできない。

「へー、ボンカレーでいいのかい？　ま、それならお湯に入れるだけだしね、じいちゃんでも作れる」

祖父は家族から「貧乏性だ」と笑われるくらいこせこせとマメに働く人だが、台所に立った姿だけは見たことがない。いつも出された料理を文句ひとつ言わず食べている。

「オレがやるから大丈夫」

「そうか、フミがやってくれるんだ。じゃあ安心だ」母はそう言って笑った。

夕方、雄ちゃんの特訓から帰ってみると、相撲中継を見終えた祖父が風呂を沸かし始めた。うちの風呂は薪を焼べて沸かす。その煙が土間続きの台所まで入り込んでいた。

家庭科の調理実習でやったことはあるので「米くらい研げるし、炊くことだってできる」と言っておいたのに、母はガス炊飯器のスイッチを押して出掛けた。見せ場のひとつを奪われたようで少しがっかりした。

「あっ、じいちゃん、オレ、先に風呂入る」

「まだ沸いてねーぞ」

そう言う祖父に「いいよ、暑いし。水風呂でも」と答えた。

七時から十時までテレビを見る予定だ。途中で風呂に入る暇はない。さっさと風呂に入ってカレーの準備をしなくちゃ。

僕は土間の台所から、小上がりになっている茶の間に駆け上がり、服を脱ぎ始めた。

うちには脱衣所がない。茶の間と台所の間に狭い板敷きがあって、そこが風呂場の入り口になっている。そこは茶の間から丸見えだ。自分の裸を見られることより、家族の裸を見せられる方が気恥ずかしい。

服を脱ぎ捨て「こんな格好で失礼しまーす」と、石鹸のコマーシャルソングを口ずさみながら、四角い細かなタイルが張られた洗い場に入った。風呂蓋の板をどけると、桶でかき混ぜた。生温《なまぬる》いお湯を掬《すく》ってさっと浴びると、風呂にザブンと飛び込んだ。そして三秒で湯船を出ると、エメロンシャンプーで髪を洗う。ついでにその泡で身体まで洗った。

「一丁あがり」

僕は身体の泡を流すと、そのまま風呂場から出た。竹の籠に入れられていたバスタオルをつかむと、ぱぱぱっと身体を拭いた。

「なんだ、もう出たのか。烏の行水だな」祖父が呆れたように言う。

「じいちゃんも早く入ってくれよ。その間にオレがカレーを用意するから」

祖父は僕に急《せ》かされながら「しようがねーな。じゃあ、入るか。どっこいしょ」と立ち上がった。

僕は短パンとランニングに着替え、母のつっかけを履くと台所に下りた。

風呂場と同じタイル張りの流しには、蛇口がふたつ。ひとつは町の水道管から引いてあるもので、もうひとつは裏の井戸からポンプで汲み上げているもの。

「町の水道はただじゃないんだ」

家族はみんなそう言って、井戸水ばかり使う。

井戸水の方の蛇口を捻ると、外にあるポンプがガタガタと音を立てて動き出す。

鍋に水を入れ、煮こぼれで黒ずんだ跡があるコンロの上に掛ける。ふたり分の皿とスプーンを用意し、冷蔵庫から福神漬けの入ったガラス皿を出し、流し台の脇に並べる。ひとつの作業を終えるたびに「じいちゃん、早く」と、祖父に声を掛ける。

ボコボコと沸騰した鍋から湯気が立ち始めると、台所に熱気がこもり、風呂に入ったばかりの肌から汗が噴き出し始めた。額の汗を拭いながら、皿にご飯を盛る。

「じいちゃん、早く」

黄色い箱からアルミ箔の袋を取り出して鍋に放り込む。三分待つ間に、コップに水を入れ、それとスプーンをテレビのある茶の間のちゃぶ台へ運ぶ。家の手伝いなど進んですることもなかったが、あれこれと仕切っている自分が少し大人になったようで嬉しい。

「もうできるよ」

祖父にそう声を掛けると、鍋を流しに移しお湯を捨てる。袋をつまみ「熱っ」と、声を上げ耳たぶを触る。熱さもあるが、指先でアルミの袋が巧く破けず、僕はその端っこをくわえると歯で千切った。銀紙を齧ったような後味の悪さが口の中に広がった。が、トロトロとしたカレーをご飯に掛けると、いい匂いが鼻の奥まで届いて唾が出た。

「よしっ」

皿を持って茶の間に駆け上がる。皿をちゃぶ台に並べると、扇風機が首を振るようにポッチを押して、僕はテレビの正面に座った。

「じいちゃん、遅いよ」

「まったく、そう急かされちゃ、風呂に入った気がしねーなぁ」

ステテコ姿の祖父が苦笑いしながらちゃぶ台に着く。

「いただきまーす」

そのとき丁度、テレビから七時の時報が聞こえた。滑り込みセーフ。僕はボンカレーのひと口目を口に運んだ。

その晩は、プロ野球のオールスター戦の中継もあった。僕はチャンネルをガチャガチャ回しながら、野球と贔屓の番組を交互に見た。そして、阪神の江夏がバッタバッタと三振を奪い始めると、さすがにチャンネルを捻られなくなった。喰い入るように見つめるブラウン管の中で、江夏は九連続三振を奪うという大記録を達成した。

「じいちゃん、江夏ってすっげーな」

両親と出掛けていたら、危うくこの大記録を見逃すところだった。

結局、僕は中継が終わるまでオールスター戦を見た。

十時を過ぎた頃「フミ、そろそろ寝るぞ」と、祖父に声を掛けられた。

「うん」

僕は茶の間の電気を消して、奥座敷に行った。

うちの母屋は古い平屋で、自転車が家族分並べられる広い土間の玄関、南側に上がり端《ばな》から続く八畳間と床の間のある八畳間の奥座敷、北側に六畳の茶の間と納戸部屋と呼ばれる八畳間がある。部屋と部屋の間に壁はなく、障子か襖で仕切られている。

普段、僕は両親と妹と納戸部屋で寝ているけど、その晩は、祖父母が休む奥座敷に布団を並べて寝ることになった。

奥座敷の南側には廊下があり、その前はすぐ庭だ。夏場は雨戸も廊下のガラス戸も閉めずに寝る。

部屋の四隅に取り付けられた金具に深緑色の蚊帳の紐を引っ掛けて、その中に潜り込む。祖父が蚊帳の中に扇風機を運び入れ、弱のタイマーを一時間に合わせる。

丸く平べったい缶の中に、火を点けた蚊取り線香を入れ、枕元に置いた。蚊取り線香の匂いと微かな白い煙がたなびく。

布団の上にうつ伏せに寝転ぶと、軒先から見える夜空が青く光った。そして少し遅れてゴロゴロという音が聞こえた。

「お、雷様《らいさま》か」祖父は電気スタンドのつまみを捻り、明かりを落としながら言った。

「これから毎日、雷様だな」

この辺りは雷《かみなり》銀座《ぎんざ》と呼ばれていて雷の通り道だ。祖父が言うように、夏は毎日のように激しい雷雨になる。大人たちは雷様と言い、子どもたちはゴロゴロ様と呼ぶ。

落雷も多く、近所の杉の木がてっぺんから裂けたこともあった。送電線の鉄塔に落ちると停電になり、ロウソクを灯して夕食を摂ることもある。そんなとき、僕はちょっぴりワクワクする。

闇を照らす光の間隔が短くなるにつれ、雷の音が近く、そして大きくなってくる。

「お、そうだ、ひと雨くる前に……」

祖父はそう言うと寝床から這い出して蚊帳の外へ出た。古い家だから天井から雨漏りがする。場所は決まっているので、その下にブリキの洗面器を置きに行ったのだ。

「やっぱり、うちもそろそろ建て替えどきだな」祖父は戻ってくると、布団の上にあぐらをかきながら言った。

「そうしてほしいけどね……」

「とうちゃんに建ててもらうか？」

　よく、父は酔った勢いで「フミ、でっかい御殿を造ってやるぞ。お前の部屋は二階だ」と、大口を叩くけど、その約束は何年も果たされていない。今では父を大ボラ吹きだと思って諦めている。期待してもがっかりするだけだ。

「だめだよ、とうちゃんは。口ばっかりだし」

「そうか、甲斐性がないのはじいちゃん譲りか」と、祖父は苦笑いだ。

　と、不意を突くように暗闇に白い閃光が走った。すぐにバリバリバリという雷鳴が轟いた。僕はびっくりして「うんぎゃー」と叫んで耳を塞いだ。

　祖父は「ヘソ取られると思ったか？」と笑った。

「ちょっとびっくりしただけっ」

　僕は強がるように言い返した。大体、雄ちゃんじゃあるまいし、そんな迷信を信じる歳じゃない。

「そうか。ま、雷様だったらうちの中にいれば、まず大丈夫だ。空襲じゃあるまいしな」

「空襲？」

「爆弾を落とされることだ」

「じいちゃん、爆弾落ちたところ見たことあんの？」

「ああ、あるよ。お前だって知ってるだろ、昔、アメリカさんと戦争してたことくらい」

「うん」

「チューデンが町にくる前は、あそこで飛行機を造ってた。零戦だ」

「え、ウソっ」

初めて聞く話だった。

「そうか。知らなかったのか。まぁ、もう昔になっちまったからなぁ。お前たちは知らなくてもしょうがないか。元々あそこは零戦を造る工場でな。今のチューデンも人がたくさんいるけど、昔はそりゃあ賑わってた。零戦が一機完成するたびに、工場の大門が開かれて運び出されるんだけど、そんときは、みんなして君が代を歌って零戦を見送ったもんだ。で、そいつを裏の飛行場から飛ばした」

町の北側に有刺鉄線で囲まれた広大な原っぱがある。中央に長く延びた滑走路が見える。時々、セスナ機が飛んでいるので、セスナ機のための飛行場だと僕は思っていた。

「だからアメリカさんに狙われてな。ありゃあ、終戦の年の春先だったなぁ。B29が飛んできて250キロ爆弾を、工場と飛行場を狙って落とした。恐ろしくてみんなで防空壕に逃げた」

「防空壕？」

「ああ、裏の竹藪の中にあったんだ。じいちゃんとお前のとうちゃんとで掘ったやつがな。今は埋めちゃったけども」

そう言われて思い出した。うちの竹藪に地面がへこんだ所がある。筍を取りに行ったとき、ずぼっと足が埋まって慌てたことがある。

「南の空も北の空も真っ赤に染まってなぁ。工場も半分ぐらい燃えちまったし、爆弾が逸れて、工場近くの家とか畑にも落ちた。ケガ人も死人も随分出た」

「人が死んだんだ？」

「ああ。親や連れ合いをいっぺんに亡くした人もいるって話だ。可哀想になぁ」

「ふーん」

「あ、そうだ。うちの桑畑にも落ちてな。翌日、行ってみたら、十メートルくらいのでっかい穴が空いてて、お前のとうちゃんと二日がかりで埋めたことがあった」

「へー、そんなにすげーんだ」

「ああ、ほれ、役場の入り口の脇に赤錆びた不発弾が飾ってあるだろ？」

「不発弾？　何それ」

役場などに子どもはあまり行くことはない。

「爆発しないで、そのまま土の中に埋まっちまったものが不発弾だ。落とされた中にもあったらしいが、Ｂ29が帰還するとき、機体を軽くするために捨てたって話を聞いたことがあるなぁ。そうか、お前はまだ小さかったから騒ぎに気づかなかったんだな。お前が小学校に上がる前だったか、20発くらい見つかったんだぞ。自衛隊が掘り起こしにきて、この辺りは大騒ぎになった。みんな避難させられてな。そのときに掘った一発を町が記念に貰って役場前に置いたんだ。あ、そうだ、宮下の自転車屋な、あそこの縁側の下からも見つかって……」

宮下サイクルは、チューデンと僕の家の間を通る国道沿いにある。

「新聞にも載った」

「えーっ、新聞に載ったの？」

「ああ、でっかく」

「へー」

「まだ町のあちこちに不発弾が埋まってるって噂もあるが、もし本当なら危なくってしょうがねーな」

そう言いながら、祖父は布団の上に横になった。

「ふーん、そうか。不発弾ねぇ……。でもさ、うちに落ちなくてよかったよね。うちに落ちてたら、じいちゃんもばあちゃんも、みんな死んでただろ？」

「たぶん、そうだろうな……。だけどそんなことになってたら犬死にだ。戦争に行って戦って死んだんならまだお国のためにもなったんだろうけどな」

「じいちゃん、戦争に行かなくてラッキーだったじゃん」

「そうだな……。そうかもしれんが……」

祖父は「ふっ」と小さく息を吐くと「正太郎《しょうたろう》あんちゃんにはすまないことをした」と呟いた。

正太郎あんちゃんとは祖父の兄のことだ。

奥座敷の鴨居には、しかめっ面をした曾祖父、かしこまった表情の曾祖母の写真と並んで、軍服姿の若い男の写真が額に入れられて飾られている。音楽室の噂話より、うちのこの写真の方が僕を見つめているようで、不気味な感じがする。

「正太郎あんちゃんは、じいちゃんの代わりに戦死したようなもんだ」

「どうして？」

「兵隊に引っ張られるのは次男からだったんだ。長男はうちを守らなくちゃならないからな。ところが、じいちゃんは昔、ひ弱で。兵役検査っていう兵隊になるための検査で不合格になっちまった。そのせいで、正太郎あんちゃんが兵隊に取られた。悔しいな」

祖父は最後に大きな溜息をついた。

僕には祖父の言い方が戦争に行って死にたかったと聞こえて、納得がいかなかった。

「死ななくてよかったんだって。もし、じいちゃんが死んでたら、オレ、生まれなかったじゃねーか」

僕がムキになって言うと、祖父は「ああ、それもそうだな」と、僕の頭に手を伸ばして撫でた。

僕はその祖父の指先に手で触れた。祖父の指先が微かに濡れているようだった。

と、ひときわ大きな雷鳴が轟くと、庭に叩きつけるような雨が降り始めた。

「これで、ちっとは涼しくなるか」

祖父はタオルケットを胸に掛け直して目を閉じた。

僕は目を閉じる前に薄明かりに浮かぶ正太郎あんちゃんの写真を見た。少しだけ寒気がして、タオルケットを頭から被った。

その晩、僕は『コンバット！』のサンダース軍曹と一緒に防空壕を掘る夢を見た。なかなかいできだと軍曹に褒められたところで、僕は目覚めた。

＊

祖父から聞いた話を雄ちゃんに話し終えたタイミングで、置いてきぼりにしたつーやんがやっと僕らに追いついた。走ってきたつーやんは汗だくになっていて、はぁはぁと息が上がっていた。

「ふたりとも酷《ひど》いなぁ」

「ばーか、つーやんがグズグズしてるからだろ」

雄ちゃんにそう言い返されてつーやんは口を尖らせる。

「さぁて、帰ろうか」

僕と雄ちゃんはベンチから立ち上がった。

「ええ、少しくらい休ませてよ」

つーやんは不満を漏らしたが、僕と雄ちゃんはスタスタと歩き始めた。

僕らはツツジの植木の隙間を通って線路内に入り込んだ。二本のレールの間を歩き始める。敷かれた石を踏むとザクザクという音がする。一直線に延びた線路の前方に陽炎が立っていた。

「ジャンケンポン」

僕らは枕木の上を勝った分だけ進む。線路を辿って帰るときは決まってこの遊びをする。

「へへっ、オレの勝ち」

僕はチョキで勝ったので「チ・ヨ・コ・レ・イ・ト」と六本の枕木を進む。ジャンケンの駆け引きは面白い。でも、僕の内緒の得意技は距離があると、ふたりの拳の動きが見えづらくて役には立たない。勘だけが頼りだ。グーで勝っても「グ・リ・コ」と三歩しか進めない。だから勝つならチョキか、パーの「パ・イ・ナ・ツ・プ・ル」だ。当然、ふたりもそのことは分かっている。パーかチョキでの勝ちを狙うが、相手の裏をかいてグーで勝つことも必要だ。

そんなことをしながら帰るのだから、なかなか家に辿り着けない。

ジャンケンの弱い雄ちゃんは徐々に取り残される。

「ああ、つまんねーよ。オレ、イチ抜けた」雄ちゃんは、そう言いながらずんずんと枕木の上を歩いてくる。

「なんだよ、雄ちゃん。勝手にやめんなよ」僕とつーやんが文句を言う。

「気にしない、気にしない」

「少しは気にしろ」

雄ちゃんは本当にマイペースだ。

「なぁ、香澄先生が言ってた自由研究って何すればいいんだ？」雄ちゃんが話題を変える。

「バッタ捕って昆虫採集とか、それとも朝顔かヘチマの成長日記とかかな？」つーやんが答える。

「そんなのじゃ、つまんねーよ」僕がすかさず答える。

「じゃあ、ブンちゃんは何するつもりなんだよ？」ふたりが同時に聞き返した。

「オレ、面白いことを思いついた」

「何？」

ふたりは興味津々の顔つきで僕を見た。

「知りたい？」

「また、すぐ、そうやってもったいぶるんだからな」雄ちゃんが呆れた。

「仕方ねーな、じゃあ、教えてやるよ。オレ、不発弾探すんだ」

「おお、さっきのあれ」雄ちゃんが素っ頓狂な声を上げ、パンと手を叩いた。

「何、さっきのあれって？」

事情の分からないつーやんは、きょろきょろと僕と雄ちゃんの顔を交互に覗き込んだ。僕はかなり端折《はしょ》って、つーやんに祖父から聞いた不発弾の話をした。

「へー、不発弾かぁ」

「で、どこに埋まってんだ？」雄ちゃんが訊く。

「さぁ」僕はあっさりと答えた。

「なんだ、知らねーのかよ。それじゃあだめじゃねーか」雄ちゃんが大袈裟にがっかりしてみせる。

「だから、探すんじゃねーかよ。だけど、もし見つけられたら、きっと大ニュースになっちゃうぜ。そうしたら、雄ちゃん、新聞だ、オレら、新聞にバーンと載っちゃうぜ。いやいや、ひょっとするとテレビのニュースに出ちゃうかもよ」

「え、テレビのニュースかよ。おお、すげー」

僕の思った通り雄ちゃんはすぐに食いついてきた。

と、ウウーンというけたたましいサイレンの音が工場から鳴り響いた。

「あ、お昼のサイレンだ」

チューデンは、午前八時、十時、正午、午後三時、五時にサイレンを鳴らす。それは町のどこにいても聞こえるほど大きなもので、住民は時計を見なくても、そのサイレンのおかげでおおよその時間が分かった。

「ああ、腹減った」雄ちゃんが手でおなかを押さえる。

「じゃあさ、メシ食ったら、エビガニ釣りに行って爆弾探しの作戦会議やろうぜ」と、僕が提案する。僕らはアメリカザリガニのことを〝エビガニ〟と呼ぶ。

「お、いいね、と言いたいところだけど……。オレ、今日はうちを出してもらえそうにねーな」

雄ちゃんは池跳びのことでかあちゃんにしぼられるはずだ。

「そうだな。今日くらいはおとなしくしてた方がいいかもな」

「それじゃあ、明日っていうことで、どう?」

「ああ」

僕らは真っすぐに延びる線路の上を全速力で駆け出した。

＊

夏休みの初日、僕は九時まで寝た。いつもより二時間以上も余分に寝た。

同じ地区に住むつーやんに「ラジオ体操に行く?」と訊かれて「オレは行かない」と答えてあった。毎年、地区の子ども会が開くラジオ体操の集まりが公民館前である。カードに参加した印としてスタンプを押してもらい、皆勤賞の子には大学ノートが配られた。でも、僕はそんなものを貰うより、寝ていたかった。

ぼーっと寝床から起き出し、座敷を横切って廊下であぐらをかく。軒下から空を見上げると柿の木の上に真っ青な空が輝いていた。エビガニ釣りには絶好の日和だ。

あくびをしていると、目の前を黒いアゲハチョウがひらひらと飛んでゆく。庭にはお天気草が咲き誇り、橙色のオニユリも咲いている。

家の中には人気《ひとけ》がない。どうやら僕だけだ。

祖父は何かの寄り合いに出掛け、祖母は近所のうちで世間話でもしているに違いない。

たぶん、美幸は両親が工場に連れて行った。両親はチューデンの冷蔵庫を入れる段ボールの裁断をする工場を持っている。忙しい時期には近所の人手も借りるが、普段は父母ふたりで仕事をこなしている。

工場は国道沿いにある。昔、爆弾が落ちて大きな穴が空いたという、元は桑畑だった場所だ。

「あんなものは工場じゃねぇ。ただの掘っ建て小屋だ」

父が言うように、それは僕から見ても粗末なトタンを組み合わせた倉庫のようだ。

「だけど、フミが継ぐときには、でっかい工場にしてやるからな」というのが父の口癖だ。僕はそれを聞くたびに恥ずかしい気がした。アテにもしていないし、そもそも継ぐ気はない。

「あ、テレビ」

僕は茶の間に行ってテレビのスイッチを押す。夏休みの間、午前中にアニメが放送される。ほとんど毎年同じものだったけど、『宇宙怪人ゴースト』や『大魔王シャザーン』がお気に入りで、特に『チキチキマシン猛レース』に登場するブラック魔王の相棒のケンケンという犬の笑い方が好きだ。クラスでも真似する者が多かった。

ちゃぶ台の上にはメロンパンが置いてあった。僕の朝ご飯だ。冷蔵庫から牛乳を出して、一緒に食べる。

食べ終わったら〝夏休みの友〟をやる。たっぷり遊ぶために、さっさと宿題は片付けたい。僕は横目でアニメを見ながら問題を解いた。

「よし、今日はここまで」

僕は十ページやったところで〝夏休みの友〟を閉じた。

「ああ」と伸びをしたまま、床の上に大の字に寝転ぶ。うちは夏の間、茶の間の畳を上げて板の間にする。身体を反転させてうつ伏せになり、その黒光りした板に頬をくっつけるとひんやりとして気持ちがいい。板が体温で温まると頬をずらして冷たい場所に替える。

開け放した茶の間の戸口からは井戸が見え、その脇に樫の木が一本立っていて、アブラゼミが煩く鳴いている。

「ああ、そうだ、スルメだ」

エビガニ釣りの餌はスルメを使うのが一番いい。僕はすっくと立ち上がった。

スルメは台所の戸棚にしまってあるはずだ。近所で棟上げがあったりすると、祖父や父が手伝いに行き、引き出物として鯛の尾頭つきと一緒にもらってくる。

父が炙《あぶ》って晩酌の肴にすることは分かっていた。バレると「餌なんかミミズを使え」と怒鳴られるので、こっそり台所に忍び込んで拝借する。今日は誰もいないので堂々と探せる。

戸棚を開けると、梅干しの壺と梅酒の瓶があり、ちょっと酸っぱい匂いがした。が、肝心のスルメがどこを探してもない。

「ちぇっ。なんだよ」

僕はがっかりして、茶の間に戻ると再び床の上に寝転んだ。

「一時にブンちゃんち集合な」

雄ちゃんの言葉通り、ふたりは約束の時間に自転車に乗って僕のうちにやってきた。雄ちゃんの自転車は五段変速ギアの最新のもので、電子フラッシャーと呼ばれるウインカーやスピードメーター、フォグランプ、そして後輪の両サイドにはバッグまでついている。雄ちゃん自慢の愛車だ。

つーやんは婦人物のミニサイクルで、家族みんなで乗っているやつだ。僕は子供用自転車を持っていたけど、それを乗り回すのは恥ずかしく、地面に足は届かなくても母のものを使っていた。「オレも中学になったら、五段ギア買ってもらうんだ」僕は雄ちゃんの自転車を撫で回しながら言った。

中学は自転車通学が許されていた。ほとんどの男子は、中学に入学するとき新車を買ってもらえた。ただ、あの父のことだ、少し不安だ。

「いいなぁ……。うちも、買ってくれるかな」つーやんは心配そうに顔を曇らせた。一昨年《おととし》、つーやんの父親は病気で亡くなった。「だから無駄遣いはできないんだ」と、以前、つーやんがぼそっと言ってたことがある。

「大丈夫だよ、きっと買ってもらえるって」

僕は何の根拠もなくそう言って、つーやんの背中を叩いた。つーやんが、嬉しそうに笑ってくれ、ほっとした。

「あ、雄ちゃん、池跳びのこと、怒られなかったのか?」僕が雄ちゃんに尋ねる。

「それがさ、全然。ケガはなかったのかって心配されちゃって。ちょっとずっこけた」

「よかったじゃない」つーやんが言う。

「だけどよ、成績のことは怒られた。ゲンコツもらって、一時間くらい正座させられて怒られた、一時間だぜ。足、痺れたっつーの」

「ははは、それは毎度のことだからなぁ」僕とつーやんは笑った。

「お前ら笑い過ぎ。あ、ブンちゃん、スルメは？」

「それがさ、とうちゃんが全部食っちまったみたいでさ」

「そうか、じゃあ、今日はミミズだな」

　餌は現地調達という手もある。アマガエルを捕まえて地面に叩きつけて気絶させる。そして脚を引き千切って皮を剝ぎ餌にする。あるいは〝共食い〟という手。エビガニを一匹捕まえて、胴体とシッポを切り離す。そのとき出てくるトロリとした腑《はらわた》が手に付くとかなり気色悪い。しかも硬いシッポの殼を剝くときに指を切ることも。注意深くプリプリとした白身だけを取り出す。どちらの方法もエビガニの食いつきはいいが、最近は少し残酷なような気がして、僕はあまり気が進まない。だから奥の手としてとっておく方がいい。

「オレ、缶カラ探してくるから」と、僕は母屋の裏に回った。そういう空き缶は、バタ屋が引き取りにくるまで、台所の裏手に山積みにされている。僕はその中からきれいそうな空き缶を探す。サバ缶は脂が残っていて洗うのが面倒なのでパス。僕はミカンの缶を拾い上げ、井戸で軽く中を濯《すす》ぐと、急いで表庭に戻った。

「缶カラ、あったぜ」

　ふたりは庭の隅でしゃがみ込んでいた。そこは祖父が藁や枯れ葉を積み上げた〝肥やし場〟だ。夏は日に照らされて、かなり臭くなる。ふたりは鼻をつまみ、木の枝で肥やしをひっくり返しながら、ミミズを探している。

「うおー、いたいた。でっけーのが、うようよいるぜ」と、雄ちゃん。

覗くと、赤紫色した十センチ以上のミミズが絡まり合っている。

「早く入れろ」と、僕は缶を差し出したが、木の枝ではミミズが滑り落ちてしまい上手く缶に入れられない。

「つーやん、つかんで入れろよ」

「厭だよ」

「もう、つーやん、意気地がねーんだからよ」

「いいよ、オレがやるよ。はい、つーやん、どいて」と、僕はふたりの間に割って入る。

どうせ糸につけるとき触らなきゃいけない。それに今ミミズを触っておけば、もしカエルの皮剝きやエビガニのシッポ剝きをする状況になっても「オレはミミズをやった」と、ふたりに押しつけられる。つーやんは、また尻込みするだろうから、たぶん、雄ちゃんがやることになるだろうけど……。

親指と人差し指でミミズをつまむと、カラダをぴくぴくと左右に振りながら、のたうち回って暴れた。

「うげー」

僕は叫びながら、次々にミミズを缶の中に放り込んだ。指にねっとりとした粘液がくっついている。缶の中を一杯にすると「ネバネバするー」と大急ぎで、僕は手洗い場へ走った。

「じゃあ、出発」

ミミズの入った缶を青いポリバケツに入れ、自転車のハンドルに提げて出発だ。

エビガニのいる川は、僕のうちから北の方にあり、自転車を漕いで十分くらいの場所だ。辺りに民家がなくなると、鬱蒼とした〝カンペー山〟が見えてくる。カンペー山とはカブトムシやクワガタのいる大きな雑木林のことだ。僕らはクワガタのことを〝カンペー〟と呼び、メスを〝ババゴ〟と呼ぶ。カンペーを捕るなら、早朝か夕方がいい。

「なぁ、帰りにカンペー捕る？」

「おう」

カンペー山を通り抜けると、見渡す限り青い稲穂が揺れる水田地区が目に飛び込んできた。チューデンや町工場のある地区とはまったく別の風景だ。視界を遮るものが何もない。風になびく稲穂のうねりが大きな生き物の腹のように見える。

ここからは道幅がぐっと狭くなる。耕耘機《こううんき》の通った跡だけに土が見え、あとは20センチほどの草が生えている。脇には黄色い月見草の群れがあり、道というより細長い原っぱのようだ。

デコボコの道は自転車を弾ませる。危うくミミズの入った缶が飛び出しそうになって、僕は慌てて手で押さえた。

「うげー、今、へビ踏んだー」先頭を行く雄ちゃんが絶叫した。

雄ちゃんは、ペダルから足を離し、その足をV字にして前に伸ばしていた。

この道にはよくアオダイショウが横たわっている。草に紛れてその姿に気づかず、自転車のタイヤで轢くことがある。僕も二回、轢いてしまった。その感触はハンドルを握った手やペダルを漕ぐ足の裏にまで伝わってくる。水枕を押さえたときの感触に似ている。怖いというよりも、何か不気味なのだ。

「ぎゃー、逃げろ」

ヘビが追ってくる訳でもないのに、僕らはそう叫ぶと、ガタガタと揺れるハンドルをつかんで、必死にペダルを漕いだ。

そうやって田んぼの中の一本道を走り抜けながら、風を鼻から吸い込むと、夏草の匂いがした。ケロケロと鳴くアマガエルの声が四方から聞こえ、煩いくらいだ。時折、ボーボーと鳴く声が混じって聞こえる。ウシガエルだ。カエルの鳴き声と夏虫の鳴き声が入り交じり、田んぼの騒がしさは途切れることがない。

川に架かった小さな木の橋が見えてくる。欄干もない。分厚い板を渡しただけの橋だ。橋の上からでもエビガニは釣れたが、そこは穴場ではない。

僕らは橋の脇に自転車を止めると、川に沿った田んぼの縁を通って川下へと向かう。川幅は五メートルくらいで、その周りに背の低い笹や木々が生い茂っている。

田んぼの縁は人ひとりがやっと通れるくらいの狭さで、草に足を取られるとバランスを崩して田んぼに足を突っ込むハメになる。慣れているはずでも、時々僕らは足を滑らせ、田んぼに落ちた。そのたび、泥だらけになってしまったズックを川の水で洗わなければならなかった。

「堰《せき》に着いたぁ」

エビガニ釣りの穴場を〝堰〟と呼んでいる。堰は田んぼに水を引き込む水路の水量を調節するためのものだ。全体はコンクリートでできていて、中央に幅一メートル程度の鉄板が差し込まれている。自動車のハンドル大の赤錆びた鉄の輪があり、それを回すと鉄板が上がり水は下流へ放流される。鉄のハンドルには鎖が巻かれてあり、子どもが悪さをしないように大きな南京錠が掛かっている。鉄板の下には滑り台のような斜面があり、その斜面をちょろちょろと水が流れている。時々僕らはそこで滑って遊んだ。

堰の下は水の流れも穏やかで、その一帯だけが池のようだ。水に入っても膝くらいまでの浅瀬だ。

「誰が一番でかいのを釣るか勝負しようぜ」雄ちゃんの提案。

「でかさはハサミも入れてだよな」僕が確認する。

「よーし」と言って、三人は自分なりの釣り場所へ散る。

覗いただけで、川底をゆっくりと這うエビガニの姿を発見できる。狙い目はコンクリートの壁と石の間だ。大物はそこに潜んでいる。

ミミズの端っこを凧糸で縛り、僕はそのポイントを目指して糸を垂らす。すぐに当たりがくる。僕が糸を引くとでかいエビガニが石の陰から現れた。

「よっしゃー」

と、喜んだのも束の間、エビガニは猛スピードで後ずさって水底の土を巻き上げた。煙幕でも張るように水を濁らせながらミミズを持ち去った。

「くっそー、やられたぁ」

それを見ていたふたりが「残念でしたぁ」と笑った。

「不発弾探しだけどさ、一体、どうやったら見つけられるんだろうな」

忘れかけていた作戦会議が始まった。

「やっぱりチューデンの近くがあやしいよな」

「昔のことだから、年寄りに訊いて情報を集めるとか」

「でも誰かに知られたら、手柄を横取りされちまうしな」

「ああ、そうだな」

「あ、図書館とかに記録ないかな？」

名案はひとつも浮かばなかったが、エビガニだけは次々に釣れた。そして一時間くらい釣りを続けると、バケツはエビガニで満杯になった。とはいえ、それを持ち帰ることはない。一度、金魚のいる庭の池に流し込んで、父にこっぴどく叱られた。それにバケツのまま放置しても臭いだけだし。だから、釣ったエビガニは大概、最後には逃がす。

ジリジリと照りつける直射日光を浴びていると喉がカラカラに渇いた。

「うー、失敗した。ジュースとか持ってくればよかった」と、僕が残念がる。

「あ、いっけねー。忘れてた」と、雄ちゃんは言うと、釣糸を放り出して自転車の方へ猛然と走り出した。

「おい、どこ行くんだよ？」

「ちょっと待ってろよ、すぐ戻るから」

僕とつーやんは顔を見合わせ、お手上げのポーズをした。

程なく雄ちゃんが引き返してきた。その胸には三本の三ツ矢サイダーの瓶が抱えられていた。

「かあちゃんに持って行けって言われてたんだ。自転車のバッグに入れたまま忘れてたよ」

「ひゃっほー、やったぜベイビー」僕とつーやんは大喜びだ。

「あ、ちくしょー、栓抜き、忘れた」と、雄ちゃんは頭を掻いた。

「ええっ、頼むよ、雄ちゃんっ」僕とつーやんがずっこける真似をする。

「えへへへ。ああ、でも大丈夫、大丈夫。オレに任せなって」

雄ちゃんは瓶の王冠をコンクリートの角に引っ掛けると「いいか、こうやってさ」と、一気に体重を掛けた。王冠はスポンと音を立てて抜けた。

「おー、根岸くんやるねー」僕とつーやんは拍手した。

「乾杯」

瓶を空高くに掲げたあと、三人はサイダーを口にした。温められたサイダーは妙に甘くて、三人同時に噎《む》せ返った。

「川で冷やしておけばよかったよなぁ、げっ」

「そうだな。はははは、げっ」

僕らはゲップをしながら笑った。

と、人の声が聞こえた。別の三人組がこちらに向かってやってくる。

「あ、矢口だ」つーやんが小声で言う。

矢口とその子分ふたりがこっちに向かってくる。厭な予感がした。楽しかった雰囲気が一変した。こんな所でばったり遭遇するなんて……。

「やべーな。退散する?」

「ああ」

満杯になったバケツとサイダーの瓶を手に、急いで帰り支度をした。

縁の端っこを一列に並んで、僕らは来た道を引き返す。なるべく、矢口たちと目を合わさないように下を向いて、擦れ違おうとしたときだ。

「こら、テメーらっ、ちょっと待て」矢口の低い声が響いた。

あらゆる音が辺りから消え、僕らの足が止まった。

「あの五段ギアは誰のだ？」

「……」

「おい、聞こえねーのか？　あの五段ギアは誰のだって訊いてんだよ」

僕の背筋がぴくりと伸びた。

俯いたまま隣を見ると、雄ちゃんが「オレの……です」と、そろりと手を上げた。

「あれー、こいつ、この間、池跳び失敗した五年の根岸ってヤツじゃねーの」と、四手網《よつであみ》を持った富沢が叫んだ。

「お、ホントだ。ありゃあ、みっともなかったな、がはは。あ、知ってるか、こいつんち、うんこ屋なんだぜ」と、もうひとりの子分、安藤が笑う。

がたいのいい矢口は雄ちゃんを舐め回すように見ると「そうか、うんこ屋か。道理で臭せーと思った。おい、うんこ屋のくせに、偉そうに五段ギアなんか乗ってんじゃねえっ」と、雄ちゃんの胸を小突いた。とんだ言い掛かりだ。

雄ちゃんちは、汲み取り屋をしている。雄ちゃんは三年生くらいまで家業のことで、しょっちゅうからかわれた。それが原因でよく取っ組み合いの喧嘩になったこともあった。ところがハナピンが「人の厭がる仕事をしてもらっているのに、それをばかにするとはどういうことだ」と、みんなを叱ったことがある。それ以来、面と向かって雄ちゃんを〝うんこ屋〟とからかう同級生はいなくなったけど……。

「うんこ屋じゃないです。衛生屋……です」

「何が衛生屋だっ。うんこ屋がかっこつけやがって」

矢口は首を捻り、雄ちゃんに鼻を近づけると「ああ、ホントに臭せー、うんこの匂いがプンプンするぜっ」と、雄ちゃんをもう一度小突いた。子分たちも「うんこ屋、うんこ屋」と囃し立てる。

雄ちゃんの拳は固く握られていて、じっと我慢しているのが分かったが、僕には何もできなかった。

「オメーのとうちゃん、バキュームカーで町中にうんこを垂れ流してんだろっ。たまんねーな」

矢口が雄ちゃんににじり寄って言う。

「うちのとうちゃんはそんなことはしません」雄ちゃんの肩が小刻みに震えている。

「けっ。してるさ。だからオメーのとうちゃんもうんこ臭せーんだよ、ああ臭せーっ」

「うちのとうちゃんは働き者で、オレとかあちゃんのために一生懸命……」

「ばか言ってんじゃゃねえ、どうせクソオヤジだろうがっ」

雄ちゃんは顔を上げて矢口を睨み返した。

「なんだテメー、文句があんのかっ」

マズい。僕は咄嗟に雄ちゃんの腕をつかんで制した。が、雄ちゃんは僕の手を振り払うと、次の瞬間、矢口に突っ掛かっていった。

「このヤロー、とうちゃんの悪口を言うんじゃねー」

最初は不意を突かれて後ろによろめいた矢口だが、すぐに雄ちゃんを突き飛ばすと、拳を雄ちゃんの顔面に叩き込んだ。雄ちゃんは吹っ飛び、稲を薙ぎ倒しながら田んぼにもんどり打って落ちた。

「雄ちゃんーっ」

雄ちゃんに駆け寄ろうとした僕とつーやんも、あっという間に一発ずつ殴られた。矢口のパンチは左目の上に命中し、僕はしゃがみ込んで動けなくなった。その脇で、どさっとつーやんが倒れる気配がした。

そうやって勝負はあっけなくついた。いや、勝負など元々挑んでいない。

「テメーら目障りだ、さっさとうせろ」矢口が怒鳴る。

泥水でずぶ濡れになった雄ちゃんに肩を貸して、僕らは田んぼの縁を何度も滑りながら逃げ帰った。

「うんこ屋が、ばーか」

背後から、矢口たちのばか笑いが聞こえた。

僕らは自転車の置いてある橋まで戻ると、その場にへなへなとへたり込んだ。

「雄ちゃん、大丈夫か？　つーやんは？」

雄ちゃんの眉間は赤く腫れ上がり、つーやんは鼻血を出していた。僕は目蓋に触れるとピリピリと痛みが走った。

「あのヤロー、思いっきり殴りやがった」

「くっそー」

雄ちゃんは「あいつ、あいつ……。いつかぶっ殺してやる」と、腹の底から絞り出すような声で呻いた。僕も気持ちは同じだ。

「ブンちゃん、爆弾、絶対見つける」

「は?」

「あいつらのケツの穴にぶちこんで、ぶっ飛ばしてやる。絶対、ぶっ飛ばしてやる」

雄ちゃんは溢れ出る涙を手の甲で拭いながら、悔しそうに何度もそう繰り返した。

＊

矢口に殴られたショックが頭に残って、僕は熟睡できなかった。

痛みや悔しさのせいもあったが、時間が経つにつれ、殴られることの恐怖が襲ってきた。今までにも取っ組み合いの喧嘩をしたことはあったけど、それは押し合いのようなものだったし、殴るにしても手加減があった。心のどこかに殴って大怪我でもさせたらマズいという気持ちがあるからだ。でも矢口には手加減がなかった。世の中には手加減などせず、人を殴ることのできるヤツがいるのだと初めて知った。

寝返りを繰り返しながら、夜が白々と明ける頃まで眠れずじまいだった。結局、目覚めたときには十時を回っていた。

僕が寝床から這い出て廊下まで行くと、祖母が「やっと起きたね」と声を掛けてきた。

「みんなは？」

そう訊くまでもない。両親と美幸の姿はなく、昨日と同じように工場へ行ったのだ。祖父は庭で耕耘機の手入れをしている。

左目の目蓋の上が厚ぼったくて、何気なく指先で触れると痛みが走った。

「痛っ」

「ばかだね、自転車で転ぶなんて」祖母がしかめっ面の僕を笑う。

怪我の原因は自転車で転んだものだと家族にはごまかした。

「フミ、この夏休みはどこか連れてってもらえそうかい？」

「別に。とうちゃん、何も言ってない。それにどっか連れてってやるって言われても、全然期待できねーし」

父の約束などアテにならない。

「去年だって、万博に連れてくからなって、さんざ言ってたのにさ」

僕はアポロ12号が持ち帰った月の石を生で見たかったのに。しかも父が自分で言い出しておきながら〝そんな暇がどこにあるっ〟と最後には怒鳴られた。

「じゃあ、ばあちゃんたちと温泉でも行くか？」

祖父母は毎年、お盆が過ぎた頃に温泉に行く。

「行かない」

僕は溜息をついた。僕が行きたいのは遊園地とか、まだ行ったことのない海水浴だ。

憂鬱な目覚めに追い打ちをかけるような話に、気分はまた一段と落ち込んだ。

「朝飯は？」

「いいや。オレ、宿題する」

僕はそう言うと茶の間に行って、ちゃぶ台に〝夏休みの友〟を広げた。が、気分が乗らず、問題が頭に入らない。

結局、宿題をやめてしまうと、ごろりと横になってアニメを見ながら、だらだらと昼まで過ごした。

昼飯は、ばあちゃんが漬けた茄子の糠味噌漬けで、お茶漬けを二杯食べた。キュウリは苦手だけど、茄子の糠漬けは好物だ。僕は腹が膨れると少しばかり気分も落ち着いた。

「じゃあ、行ってくる」

僕は祖父母に言い残すと、上がり端前の土間に止めてある自転車に跨がり、そのままペダルを漕ぐと玄関から飛び出した。

午後から不発弾探しの作戦会議をすることになっていた。

「じゃあ、一時集合だな」

昨日、別れ際にそう約束した。神社にしたのは、あまり人目につきたくなかったのと、矢口たちと出くわさないような場所に集まりたかったからだ。〝堰〟と違って、他の地区の子どもたちは神社にはこない。

先に着いた僕は、賽銭箱の前に腰を下ろしてふたりを待った。アブラゼミの鳴き声は煩いが、杉の木に囲まれた境内は日陰があって涼しい風が吹き抜けてゆく。

つーやんはすぐにやってきたものの、雄ちゃんは五分くらい遅刻した。

ふたりの顔にも、青紫のアザがあった。雄ちゃんの眉間のアザは矢口の拳の大きさが分かるくらいはっきりとしていた。あれだけ、矢口たちを爆弾で吹っ飛ばしてやると息巻いていたのに、集まった僕らは口が重かった。

「なぁ、うちの人に何か言われた?」僕が、やっと口火を切った。

「ああ」

「矢口にやられたって言った?」僕が続けて訊く。

「そんなこと言わねーよ。自転車で転んだってことにした。そしたら〝ばか、気をつけろ〟って、かあちゃんに怒られた」雄ちゃんが、少し怒った表情で答えた。

すると「あ、オレも」と、僕とつーやんが同時に答えた。

「なーんだ、みんな一緒か」

三人とも同じ嘘を思いついたことに、顔を見合わせて笑った。

親に告げ口をしたところで解決はしないし、下手をすると状況は悪くなる。

「まいったよなあ」

笑い声は雰囲気を和ませ、徐々にいつもの僕らに戻してくれた。

「さーて、じゃあ、どうやって不発弾を探す?」僕が言う。

「それだよね、問題は」つーやんが腕組みする。

「うちのとうちゃんとかあちゃんに訊いたら、空襲のことは知ってたけどさ、不発弾の話は分からねえってさ」と、雄ちゃんが、狛犬に跨がりながら言った。

「うちのかあちゃんも、知らないって」つーやんが首を振った。

「うちのじいちゃんも、どの辺りに埋まってるかまでは知らないみたいだしな」僕も腕組みした。

「ちぇっ。それじゃ、あいつらぶっ飛ばせねーじゃねーかよ」

雄ちゃんは狛犬の背から地面に飛び降りると、自分の自転車の方へ行きバッグをごそごそ探り始めた。

「お、サイダーか？」

僕が期待して言うと「残念でした」と、雄ちゃんは振り返った。その雄ちゃんの手には五寸釘が三本握られていた。

「刺しっこしようぜ」

神社での定番の遊びは、缶蹴りか刺しっこだ。地面に五重の円を描いて、その円の中に離れた所から釘を刺す遊びだ。円の真ん中が50点、そして外へ行くほど点数は低くなる。

「オレは青、ブンちゃんは赤、つーやんは黄色」

雄ちゃんから渡された釘の上半分にはカラーテープが巻きつけてある。

「ジャンケンな」と、雄ちゃんは言うと「野ー球ーすーるなら、こういう具合にしやしゃんせ」と歌って、踊り始めた。コント55号がやっていた野球拳だ。

僕とつーやんも、胸の前で両手を交互にひらひらさせ、一緒になって踊った。

「アウト、セーフ、よよいのよいっ」

すっかり僕らはいつもの調子を取り戻して、刺しっこに熱中した。その代わりに、肝心の不発弾の話はどこかに消えてしまった。

チューデンのサイレンが鳴った。気づくと三時になっていた。

「おやつの時間だ。何か買いに行く？」僕はポケットの中の十円玉を触った。

「あ、そうだ。久し振りによ、須永食堂に行ってみようぜ、な、つーやん」雄ちゃんはそう言ってつーやんを見た。

須永食堂は、つーやんの伯母ちゃん夫婦がやっている食堂だ。おばちゃんがつーやんのことを可愛がっているので、つーやんと一緒に僕と雄ちゃんが食堂に顔を出すとめちゃくちゃ歓迎される。僕と雄ちゃんは味をしめて、腹が空くと「おばちゃんちに行こうぜ」と、つーやんに言う。

「う、ううん……」

いつもなら「いいよ」と答えるつーやんの顔つきがみるみる曇った。

「何かマズいことでもあんの？」僕が訊く。

「別に、ただ、ちょっと……」

つーやんは俯き加減になり、その答え方は明らかに歯切れが悪かった。

つーやんが少し口籠もる間に「じゃあ、行こうぜ、はい、決まり」と、雄ちゃんが自転車に跨がった。

つーやんは、やはり気が進まない様子で、僕はそれが気になったが、朝飯を抜き昼はお茶漬けだったせいで、僕はおなかが空いていた。

「よし、レッツゴー」雄ちゃんが威勢よく拳を空に向ける。

僕は、小さな溜息をついたつーやんの背中をそっと押した。

須永食堂はチューデンの西門の向かいにある。神社から自転車を飛ばせば十分とかからない。僕らは国道を越えて、チューデンの西道路の歩道を走った。道路の所々に補修工事をした跡があり、暑さに溶けたアスファルトが油っぽい臭いをさせている。

左前方に須永食堂が見えてきた。木造二階建ての家の一階が食堂になっている。食堂の前の道路には一台のトラックも停まっていない。

チューデンの工場内には大きな社員食堂があるので、チューデンの社員が食事をしにくることは少ない。専ら、下請け工場の人や製品を運ぶトラック運転手がよく利用する。お昼時になると、須永食堂の前の道路脇にはトラックが何台も並び、食堂は繁盛していた。

「食い物が旨いって訳じゃない。ありゃあ、場所がいいんだ」と、陰口を叩く大人もいるけど、僕らにはそんなことは関係ない。

食堂は午後の三時から五時まで休憩になる。

「店を開けていても、その時間帯は客がこないからね」おばちゃんがそう言っていた。だから、僕らは大体その時間帯を見計らって行く。そうすれば食堂は僕らの貸し切りだ。今日も丁度いいタイミングだ。

おばちゃん夫婦には子どもがいないので「みんながくると、うちにも子どもができたようで嬉しいんだよ」と、おばちゃんは笑う。

食堂前の雨樋の下に、スタンドを立てて自転車を止める。

入り口には大きな紺地の布に白い文字で〝須永食堂〟と描かれた暖簾が掛かっている。その脇にかき氷の小旗がひらひらと揺れていた。

ガラガラと音を立てる木枠の引き戸を引いて店内に入ると、大型クーラーから吐き出された冷気が頬に当たる。

「うっひょー、涼しい」

日差しが照りつける中、猛スピードで自転車を漕いだせいで、全身から噴き出た汗が急激に冷やされて気持ちがいい。普通のうちにはクーラーがないので、この涼しさはパラダイスにいるみたいだ。

「おじちゃん、おばちゃん、きたよ」

まるで自分の親戚のうちに遊びにきたように、雄ちゃんと僕は厨房にいるふたりに声を掛ける。

「あーら、あんたたち」

小太りで背の低いおばちゃんが、濡れた手を割烹着の裾で拭きながら急ぎ厨房から飛び出してきた。と、すぐに僕らの顔の青あざに気づいたおばちゃんが驚く。

「おや、その顔……。あれ、司もかい？」

「ああ、これ、昨日、エビガニ釣りの帰りに自転車で転んで」

「三人一緒にかい？」

「そうそう、雄ちゃんが先頭でカッコつけて手放し運転なんかするからひっくり返って、僕もつーやんも巻き添えになって、ゴロンゴロン、ガチャーン。痛てててってことに」

そんな僕の作り話に合わせて雄ちゃんが頭を掻いて舌をぺろっと出した。

「危ないねぇ。気をつけなよ」

「分かってるって」

「さぁ、上がんな」

店内にはカウンター席とテーブル席もあるが、僕らの定位置は一段高くなった左手奥にある座敷席だ。テーブル席からは死角になっている。僕らはそこで、自分では買わない漫画雑誌を読んだり、こっそりとちょっとエッチなグラビア写真の載った週刊誌も眺めたりする。

靴も並べず座敷に上がると、部屋の隅に重ねてある座布団を一枚ずつ取って、それぞれ尻の下に敷く。

「喉、渇いただろう、ジュース飲むかい？」

「はーい」雄ちゃんが気味の悪いくらい愛想のいい返事をする。

おばちゃんはガラスケース式の冷蔵庫からバャリースオレンヂの瓶を取り出すと、座卓の上に並べた。サッポロビールのマークの入ったコップに手酌でジュースを注ぐと、妙に大人になった気分になる。

「カンパーイ」

僕らはコップをカチンと合わせると、ジュースを一気に飲み干した。

「ああ旨い。男は黙ってサッポロビール」雄ちゃんが三船敏郎を気取る。

「雄ちゃんは、面白い子だね」と、おばちゃんが笑いながら目を細める。

「さて、何食べたい？」

おばちゃんにそう訊かれて、僕と雄ちゃんは競うように座卓の上にあるおしながきを、一端《いっぱし》の客ぶって眺める。新しいメニューが増えている訳ではないが、なんとなくそうする。

食堂のメニューは、ラーメンやカツ丼、親子丼、と、とにかく何でもある。かき氷は夏になると始まる。

「オレ、ラーメン」

「オレも」

結局はいつもラーメンを頼む。

「司は？」

「じゃあ、オレもラーメン……」

「ラーメン三丁っ」

「あいよ」厨房にいるおじちゃんが甲高い声で機嫌よく答える。

三年生になった頃から、僕ら三人は顔を揃えて、ここにくるようになった。最初は「何か食べるかい？」と訊かれても「いいです」と遠慮したが、二度目からは、すっかり図々しくなり、食べたいものを口にした。勿論、代金など払ったことはない。僕はここでラーメンをごちそうになっていることを家族には内緒にしている。以前、何度かごちそうしてもらったと話したところ「もう恥ずかしい。うちがちゃんと食べさせてないみたいじゃないか」と、かあちゃんに叱られた。親に黙っているのは、たぶん、雄ちゃんも同じだ。

カウンターの端に置かれたトランジスタラジオから南沙織の〝17才〟が流れ出すと、雄ちゃんと僕は同時にメロディーを口ずさんだ。でも雄ちゃんはひどい音痴だ。それには、僕もつーやんも苦笑いだ。

「なぁ、海に行って泳いだことある？」

僕は歌詞の中に出てくる〝海〟という言葉がひっかかり、ふたりにそんなことを訊いた。

「前に子ども会の旅行で幕張に潮干狩りに行ったことはあるけど、泳いだことはねーな」と、雄ちゃんが答える。

地区ごとに子ども会があり、毎年ではないけどゴールデンウィークや夏休みに貸し切りバスに乗って出掛けることがあった。

「オレらの子ども会は遊園地ばかりだから、潮干狩りも行ったことないよな。な、つーやん」

「うん、そうだね。海かぁ、行ってみたいよね」

と、おばちゃんがラーメンを運んできた。玉子、海苔、メンマとチャーシューが載っている醤油味のラーメンだ。

「いっただきまーす」

僕らは一斉にラーメンをズルズルと啜り始めた。

「旨《う》めー」

「いいよな、つーやん、こんな親戚がいてよ」

「ああ、最高だよな」

雄ちゃんと僕は、毎回羨ましそうにそう言う。

と、傍らに座っていたおばちゃんが「司、それでどうだい？　あのこと考えてくれた？」と、つーやんに訊いた。

つーやんの箸がぴたりと止まる。

「だから、おばちゃんちの子になるってこと、考えてくれたかい？」

「えー、そんな話があんのかよ。アッと驚くタメゴローだな。おい、つーやん、そうしろよ」雄ちゃんは自分のことでもないのに、大はしゃぎで口を挟んだ。

黙って俯くつーやんの姿を見ていると、つーやんがそれを厭なことは分かった。僕は合点がいった。ああ、そういうことだったのか。いつもと様子が違ったのは、そういう事情があったんだ。

「貞男があんなにあっけなく死んじまって、里子さんも大変だろうに」

一昨年、材木屋に勤めていたつーやんのとうちゃんが倉庫で倒れた。「とうちゃんが入院することになったんだ」とつーやんから聞かされて一カ月も経たない内に、つーやんのとうちゃんは亡くなった。僕は学年の代表として先生と一緒にお葬式に参列した。つーやんは正座しながら、時々袖で涙を拭っていた。つーやんのとうちゃんは、ひょろひょろと背が高い人だった。いつだったか、手作りの竹とんぼを僕と雄ちゃんは貰ったことがある。そんなことを思い出した。

「スーパーでメンチカツなんか揚げる仕事したって、生活は楽にならないだろうに。来春《らいはる》になれば信子も高校卒業して働くんだろうけど、それまでが大変じゃないか。保険が下りたんで大丈夫ですとは、里子さんは言うけどさ。まだ、美津子も淑子《よしこ》もいるしね。大体、司が一番、割を食う。男の子だっていうのに、ねえちゃんたちのお下がりなんか着せられちゃって」

「おい、もうよさねーか子ども相手に。見ろ、司が困ってるじゃねーか」煙草を指に挟んだおじちゃんが座敷の縁までやってきておばさんを叱る。

「だって、里子さんに何遍言ってもラチがあかないんだから、本人に訊くのが一番いい」

「里子さんには里子さんの考えがあるんだ」

「なんであんたが里子さんの肩を持つんだい？」

「そうじゃねーだろ」

「あんただって、司がうちにきてくれねーかなって言ってるくせに。肝心なときに、自分だけいい人ぶるんだから」

そう言い返されておじちゃんが言葉に詰まる。

「そりゃあ、男の子ひとりだから、里子さんが手放したくない気持ちは分かるよ。でも、うちにくれれば、その可愛い子が苦労しなくっても済むんだ。二階に司の部屋だって用意できるし、大学だって充分行かせてやれる。親だったら、司の将来のことを一番に考えなきゃだめなんじゃないのかい。里子さんも、そこんとこ分かってもらいたいんだけどね」

おばちゃんは機関銃のような早口でまくしたてた。

つーやんは、割り箸を丼の縁に置いて押し黙ってしまった。気まずい雰囲気を変えたい気持ちはあっても、僕にはふたりの中に割って入るだけの名案が浮かばない。僕は、麺を口に運びながら、丼越しにおじちゃんとおばちゃんの顔を交互に見上げた。ふと横にいる雄ちゃんに目をやると、ズルズルと大きな音を立てながら黙々とラーメンを食べている。

「とにかく、子どもの前だ、もうやめとけ」おじちゃんがおばちゃんの割烹着の肩をつまんで引っ張った。

「まったく、人の気持ちが分からないんだから、厭になっちまうね」と、おばちゃんは渋々、座敷を下りながら「あ、まさか里子さん、自分の実家に戻ろうなんて考えちゃいないだろうね」と、不機嫌そうに言った。

姿は見えなくなっても、奥からはまだ、おじちゃんとおばちゃんが言い合う声が聞こえている。

しょんぼりと肩を落とすつーやんにどう声を掛けたらいいのかと迷っていると「つーやん、チャーシュー喰わねーの？　じゃあ、いただき」と、雄ちゃんは、箸を置いたままのつーやんの丼に自分の割り箸を伸ばして、あっという間にチャーシューを挟むと口に運んだ。

「やめろって」さすがに黙っていられなくなり、雄ちゃんに注意した。

「だって、喰わねんじゃ、もったいねーし」と、まったく悪びれたところはない。

人の気持ちが分からないのはおばちゃんと雄ちゃんだ。お前はもう一発、矢口に殴られろと心の中で言った。

「ああ、喰った喰った。オレ、小便してくる」

雄ちゃんは腹を摩《さす》ると座敷を立って、木底のつっかけをカランコロンと鳴らしながら便所に向かった。

雄ちゃんがいなくなると「ブンちゃん」と、蚊の鳴くような声でつーやんが話し掛けてきた。

「ブンちゃん、どうすればいいと思う？」

いきなり問われても言葉が出ずに困った。

「おばちゃんちの子になれば、うちは楽になるんだろうなぁ」

「でも、厭なんだろう？」

「……うん」つーやんは力なく頷いた。

「つーやんが厭じゃしょうがないだろう。それに、つーやんのかあちゃんだってそうしたくないみたいだしさ」

もし僕がつーやんの立場だったら、案外あっさりおばちゃんちの子になっていたかもしれない。

「かあちゃんは、お前が心配することないって言うけどさ。ねえちゃんたちも……。信子ねえちゃんはかあちゃんと同じスーパーでバイトさせてもらってるし、美津子ねえちゃんと淑子ねえちゃんは新聞配達始めたし。僕もなんかやろうかなって言ったら、お前は遊んどけって言われた。だから風呂掃除くらいはやるんだけど、なんの役にも立ってないんだ……。ねぇ、ブンちゃん、不発弾見つけて有名になったら、親孝行になるかなぁ、そうしたら、ずっと、うちに置いてもらえるかな？」

つーやんの目尻からもう少しで涙がこぼれそうになった。僕は答えに詰まってしまった。と、つっかけの音が聞こえた。雄ちゃんが戻ってくる。つーやんは手の甲で目尻の辺りを急いで拭った。

「何コソコソ話してんだよ」

「しっ。ばっかだな、不発弾探しの話に決まってるだろ」

僕は咄嗟にそうごまかして、つーやんを見た。つーやんは、ほっとしたような顔をして「そうだよ」と相槌を返した。

「おっと、そうだった。すっかり忘れてた。で、何かいい案は浮かんだか？」

「いや、全然」

僕がみんなの丼を座卓の端に寄せる。僕らは空いた座卓の上に身を乗り出して、顔をくっつけるようにひそひそと話を始めた。

「やっぱり、片っ端から訊いて回るしかねーんじゃないの？」

「そんなことしたら、探してることがきっとバレちまうよ」

「あ、不発弾のことは言わないで、昔の戦争について調べてるってことにすればいいんじゃないの、夏休みの自由研究ってことでさ」

「ああ、その手はあるな」

「あっ。でもさ、仮に大体の場所が分かっても、どうやって掘る？」

「考えてなかった」

じいちゃんの話によれば、宮下サイクルの縁側の下から出てきた不発弾は地面から二メートルくらいの場所で見つかったらしい。角度が浅かったのでその程度の深さで済んだということだけど、それでもスコップで掘り起こすには、相当な手間がかかるくらいのことは見当がつく。

「モグラーとかあれば簡単だよな」雄ちゃんがふざける。

モグラーは、サンダーバードに出てくるメカのひとつで、先端に巨大なドリルがついている掘削マシーンのことだ。僕はサンダーバード2号とモグラーのプラモデルを持っている。

「ばかか。そんなもん実際にある訳ねーじゃん」僕が言い返す。

「じゃあ、これに頼るしかないか」と、雄ちゃんは目を閉じて手を合わせると「ううーん」と唸った。

「なんだ、それ？」

「念力」

「もうっ。まじめに考えようぜ」僕は少し怒りながら雄ちゃんを睨んだ。

「なんか、話がぐるぐる回ってて、まとまらないよね」つーやんが冷静な意見を言う。

「正解。少し整理して考えようぜ。まず大体の地域だよな。これはしょうがないから、大人に訊いたりするしかないだろう？　そして見当がついたら、もっと場所を狭《せば》めてく。あ、でも、それも問題だな。うーん」

　僕は黙って考え込んだ。雄ちゃんのばかアイディアではないけど、地面の上から簡単に、そして確実に不発弾の在処が分かる方法は……。そんな機械とかあれば。探知機？　引きつける力？

「あっ」僕は声を上げた。

「お、出た。ブンちゃんの〝あっ〟が」雄ちゃんが座卓の上に身を乗り出す。

「爆弾って何でできてる？」僕が訊く。

「鉄じゃないの？」つーやんが答える。

「鉄だよな、きっと」

「それがどうしたんだ、ブンちゃん。もったいぶらず早く教えろよ」雄ちゃんが苛つく。

「では理科の時間です。鉄にくっつくもんて、なーんだ？」

「分かった。磁石だ」つーやんが答える。

「はい。つーやん、ごめいさん」

　つーやんは少しばかり誇らしげな顔をして雄ちゃんを見た。

「スクラップ屋で見たことないか？」

　町の西外れに屑鉄がいっぱい山積みされたスクラップ工場がある。ボロボロになった廃車なんかもたくさんある。巨大な磁石が付いたクレーンで、屑の山から鉄だけを選《よ》り分ける作業をしている。磁石に引きつけられた鉄屑が、まるで生き物のように宙に舞い上がる様が面白くて、その場にしゃがみ込んでずっと見ていたことがある。

　磁石を地面の上で滑らせれば、きっと引きがくるはずだ。

「あれと同じ感じで、埋まった不発弾も探せないかな」

「ああ、いいね。じゃあ、スクラップ屋のそのクレーン、ちょっとかっぱらっちゃうか？」雄ちゃんが目をぱちぱちさせる。

「どうやって盗む気なんだよ、あんな機械」

「じゃあ、どうすんだよ。磁石なんてねーじゃねーか」雄ちゃんが膨れる。

「ねぇ、学校の理科室に磁石あるよね？」つーやんが手を打つ。

学校の理科室にはU字型の磁石がある。砂場から砂鉄を採る理科の実験で使った。

「じゃあ、理科室に行ってかっぱらっちゃう」

どうして雄ちゃんは〝かっぱらう〟ことばかり考えるんだ。

「学校のもんはマズいだろ」

「じゃあ、夜中に忍び込んで、ちょっと借りる。で、こっそり返す」

「雄ちゃん、忍び込むの好きだよなぁ。それに理科室にあるだけじゃ足りないと思うんだよな」

「どこかにねーのか、磁石？」

「あっ」つーやんが声を上げた。

「あのさ、高井が……」

「高井？　あのヤローがどうなんだよ」

「こんくらいの丸い磁石、学校に持ってきてたことがあったじゃない」つーやんは親指と人差し指で輪を作ってみせた。

「ああ、そういえば、砂鉄を採る実験やってたとき、あいつ、学校の使わずに自分の使ってたな。

なんかいちいち目障りなんだよな、あいつ」雄ちゃんは座卓をどんと叩いて悔しがる。

「でも、そんなちっこい磁石じゃだめだよね」と、つーやん。

「ああ。でも、もしも、あれがいっぱいあったら、どうだ？」

「いっぱいってどれくらいさ？」と、雄ちゃん。

「百個くらい」

何の根拠もない。僕は適当に言った。

「百個か。うん、それならすげー強力になるな」雄ちゃんは、すぐに僕の話を鵜呑みにした。

「高井のヤツ、どこで手に入れたんだろうな？　あいつに訊いてみるか」と、僕。

「えー、高井に訊くのかよ。オレ、気が進まねーな」

雄ちゃんはあからさまに厭な顔をした。僕も気が進む訳ではない。でも、高井はどこか得体の知れないところがあるし、勘でしかなかったが、何かいいヒントがもらえそうな気がした。

「ま、ダメもとってことで」

「うーん。仕方ねーな。じゃあ、一発ぶん殴って、脅かしてみるか」

「おい、オレら矢口じゃねーんだからさ。聞き出せばいいだけ」

「よし、これから高井んちへ行ってみようぜ」雄ちゃんは急に張り切り出した。

「そうだ、高井んち、どこにあるか知ってる？」

僕が訊くと、ふたりは首を振った。

大体の地区は分かってもクラスメイトの家を全部知ってる訳ではない。ましてや、つきあいのない高井の家など知るはずもない。それでも、チューデン勤めのうちの転校生だ。そういう家族が住むのは〝丘原《おかはら》〟に決まっている。学校の南の方にある小高くなった地区だ。

「あの辺りを一軒一軒探せば分かるさ」

「そうだな」

「よっしゃ。じゃあ、早速行ってみるか」

僕らは高井の家に向かうために、座敷から席を立った。

と、おばちゃんが「あれ、もう帰るのかい」と声を掛けてきた。

「うん。ちょっと行かなくちゃいけない所があって」僕が答える。

「かき氷でも食べてから行けばいいのに」

「かき氷」と、目を輝かせる雄ちゃんの背中を突っついて「今日はいいよ」と僕が断った。勿論、僕としても雄ちゃんと同じで、氷いちごは魅力的だったけど、つーやんのことを考えると長居はしない方がいい。丁度いい退散時だ。

「そうかい」とおばちゃんは残念そうだ。

「ごちそうさま」と僕らが言うと、おばちゃんはつーやんの腕をつかまえ、つーやんの顔を覗き込むように腰を屈めた。

「いいかい、司。ちゃんと考えておくれよ、おばちゃんたちは……」

話がぶり返しそうな雲行きだったので、僕はおじちゃんに話し掛けた。

「おじちゃん」

「おう」

「昔、戦争中、空襲があったんでしょ？　爆弾っていっぱい落ちた？」

「ああ、落ちたな」

「どの辺りにたくさん落ちたか知ってる?」

「どの辺りって、工場を狙ったんだから。でも、どうしてだ?」

「うん、夏休みの自由研究で、戦争のこと調べてるんだ、な」僕は、雄ちゃんとつーやんにウインクしながら同意を求めた。

「そうそう、自由研究」

「で、工場以外なら、どの辺りに多く落ちた?」

「そうさなあ。ああ、裏の飛行場の格納庫は随分狙われたって話だな」

堰のある水田地区のすぐ北にある松林に囲まれた一帯を、町の人は〝格納庫〟と呼ぶ。ただ今は何もない。コンクリートが一面に広がる敷地があるだけ。

「零戦をしまっておくでっかい格納庫があったんだ。それに、ほれ、あの林の中、あん中には軍の建物もあった。お前ら、行ったことねーか?」

勿論、行ったことがある。僕らは顔を見合わせてにやっと笑った。

松林の中に朽ち果てたコンクリートの塀が立っている。背の高い草に覆われ、そのコンクリートの塀には蔦がびっしりと絡んでいる。大人数で遊びに行き、かくれんぼや、それこそ戦争ごっこをやるにはもってこいの場所だ。でも、なんでこんな所に塀が立っているのかと不思議だった。

それは塀ではなく、建物の壁だったのだと初めて知った。

「あの周りには高射砲陣地もあったからな」

「何それ?」

「敵の爆撃機を下から大砲で撃ち落とすんだ。もっとも、情けねーが、弾がB29まで届かなかったらしいけどな。こっちが全部やられちまった」

「ブンちゃん」と、雄ちゃんが僕を突っつく。

雄ちゃんの言いたいことが分かった。僕は「ああ」と相槌を打った。

つーやんをおばちゃんから助けようと思い、咄嗟に始めた話なのに意外な収穫になった。これで厭な思いをしたつーやんも報われる。

「じゃあね」と言って僕らは食堂の外へ出た。暖簾を潜って表に出たとき、しばらくは食堂に顔を出せないな、と僕は思った。

おばちゃんは外までついてきて「司、よく考えるんだよ」と、しつこく念を押した。その必死さに煩《わずら》わしさも感じたけど、少しだけおばちゃんが可哀想に思えた。


僕らは高井の家を探すために、町の南にある丘原を目指した。夕方とはいえ、まだまだ日差しは強く、その眩しさに自転車を飛ばしながら目を細めた。

チューデンを過ぎた辺りから、町工場が並ぶ。煙突は空に何本も伸び、白い煙を立ち上らせている。工場の大きさはまちまちだけど、囲む塀も特になく、道路から工場の中は丸見えだ。プレス機がガチャンガチャンと大きな音を立てていたり、溶接をする青い炎が見えたりする。

道路を左折し、大きな倉庫に挟まれた道を抜けると、僕らの通う学校が見えてくる。夏休みの校庭や校舎には人影もなくひっそりとしていて、どこか寂しげな上に不気味な感じがした。夜中にこんなところに忍び込むなんて、やっぱりご免だ。

僕らは車がいなければ赤信号を無視して自転車を走らせた。

じきに、道路は緩やかな上り坂になった。丘原地区に入った。段々と急な上り坂になり、尻をサドルから浮かせて、立ち漕ぎでペダルに力を込めないと、坂の途中で倒れてしまいそうになる。

「ううう、キツい」

僕とつーやんが息を荒くしながら、カーブの続く坂道に手こずっているのに、ギアを軽くした雄ちゃんは先頭をスイスイと上ってゆく。

「早く、こいよ」雄ちゃんが余裕で振り向く。

ちっくしょう。絶対、中学になったら変速ギアを買ってもらうぞ。

やがて、ペダルを踏む力がふっと抜ける。丘の上に着いた。

区画された住宅街は、僕の住む地区とは別世界のようだった。家の造りはみな一緒だったけど、長く並んだ白い塀が、とてもきれいに見えた。その地区に入っただけなのに、酷く場違いな所にやってきてしまったような気がした。

「じゃあ、端っこから順番に探すか？」

僕らは門柱の表札を頼りに高井の名を探した。五軒目であっさりと見つけた。あまりに簡単に辿り着いてしまって拍子抜けだ。

自転車を降りて家の前に立つと、バイオリンの音色が響いてきた。

「あいつ、本当にバイオリン弾けるんだ」

僕らは門柱の陰から中を覗いた。

手前にガレージがあった。うちには車を入れるガレージなどなく、父の軽トラは庭に停めるだけだ。敷地はうちの方が断然広いが、浅黄色の壁はお洒落に見えた。勿論、庭の隅に肥やし場なんてない。

僕らは玄関先で戸惑った。チャイムがあったからだ。僕らが普通、友達のうちに行くと、玄関先で名前を呼ぶ。

「雄ちゃん、押せよ」

「なんで、オレなんだよ」

「じゃあ、つーやん」

「えええ」

僕らはチャイムを押すのを押しつけ合った。

「分かった、じゃあ、オレが押すよ」

意を決したように雄ちゃんはそう言うと、一歩進んで人差し指をそろりと近づけてチャイムのボタンを押した。

ピンポーン。

「おお、鳴ったよ」

僕らはなぜか後ずさった。と、バイオリンの音色が消えた。

すぐに「はい」という女の人の声が聞こえ、ドアが開いた。引き戸ではなくドアなんだ。

玄関先に現れた女の人は紺色のスカートと白いブラウス姿だった。きっと高井の母親に違いない。顔に皺がない分、僕の母親より若いような気がした。普段から、化粧をしてスカートを穿いている母親がいるんだ。驚きだった。うちの母親のそんな姿など、入学式以来見たことがない。

一瞬、高井の母親から香澄先生と同じような匂いがして、その姿が先生とダブって見えた。

女の人は、少しびっくりした顔をした後、あからさまに眉をひそめた。顔に青あざをこしらえた子どもが玄関に三人も立っているのだ、怪訝そうな顔をしても無理はない。

「何かしら?」

たったひと言発しただけで、僕らと関わりたくないという響きが感じ取れた。

「あのー、高井くんはいますか?」

「いますよ。それで?」

そう言いながら、僕らの頭から爪先まで視線を落とした。厭な感じだ。高井の無愛想さ加減はこの母親の影響なんだ。僕はそう決めつけた。

「僕ら、高井くんと同じクラスなんです」

「だから、どういった御用なのかしら?」

「えーと、高井くんに教えてもらいたいことがあって」

「そうなの。でも、今、和彦は……」と、言いかけたとき、母親の背後に高井が現れた。

「ママ、どうしたの?」

「おい、ママだってよ」

雄ちゃんが小声だけど、しっかりした口調で笑った。僕とつーやんもくすっと笑った。僕ら地元の仲間で母親を「ママ」と呼ぶヤツはいなかった。もしそんな呼び方をしていたら、絶対に軟弱者扱いされ、相当いじめられる。二学期が始まったらクラス中に言いふらしてやる。

高井の母親は一瞬キッと雄ちゃんを睨んだ。一方、高井が気まずそうな顔をしたのを僕は見逃さなかった。弱味を握ったようで嬉しくなった。

「おう、高井」雄ちゃんが構わず手を上げて挨拶する。

高井はバツが悪そうに「おう」と答えた。普段、そんな答え方はしないヤツだ。いかにも無理して僕らの調子に合わせている様子で、クラスで見せるスマートさがなかった。すかした高井のペースを狂わせてやっているようで、小躍りしたい気分だ。

「あなたに教えてもらいたいことがあるそうよ」高井の母親は表情を変えずに言った。

「教えてほしいこと?」

「ああ、そうなんだ」

母親は僕らを家に上げるつもりはないらしく「用事が済んだら、バイオリンの練習をしなさい」と言うと、背を向ける前にもう一度僕らの頭から爪先に視線をめぐらせて奥に消えた。まったく厭な感じだ。

高井は靴を履くと玄関から出て、ドアを閉めた。

「何を教えればいいんだ?」

「あのさ、お前、磁石持ってただろ、こんくらいの丸いやつ」僕は指で輪を作ってみせた。

「磁石? ああ、あれか。それが?」

「どこで手に入れた?」

「何で?」

「必要なんだよ、さっさと教えろよ」雄ちゃんが突っかかる。

「雄ちゃん、そんなにカッカしちゃうと、雄ちゃんもママに叱られちゃうよ」僕は思い切りからかう口調で言った。高井の顔が歪むのが分かる。ざまあ見ろ。

「オレら、自由研究で必要なんだ」と僕は言った。

「ふーん」

高井は勘のいいヤツだ。僕の言葉に何か裏がありそうだという顔つきをする。

「自由研究って何をするつもりさ」

「そんなのお前に関係ねーだろ」雄ちゃんがまた突っかかる。

「教えてあげるんだから、当然、僕には知る権利がある」高井が落ち着いた口調で切り返す。

「権利？　なんだこいつ、難しいこと言いやがって。もういいよ、ブンちゃん、帰ろ。こいつに頭下げてまで教えてもらうことなんかねーよ。さっさと、ママと一緒にバイオリンでも弾けっ」

「まぁ、雄ちゃん」

身を乗り出して文句を言う雄ちゃんを片手で制して、そして耳打ちした。

「ここまできたんだ、もうちょっと粘ろうぜ。オレがちゃんと聞き出すから」

ここで短気を起こして引き下がったら無駄足になるし、何より僕の中には高井に対してライバル心の火が灯っていた。厭味の切り札もあることだし。

「しょうがない、じゃあ、何に使うか教えてやっか」僕がそう言うと「ブンちゃん」と雄ちゃんが僕の口を手のひらで塞ぐ。

僕はその手を払い除けて「大丈夫、高井は〝そんなばかばかしいことに興味はない〟って言うから」と片目をつむった。

「実は、磁石で砂鉄を集めてスクラップ屋に売るんだ」

「砂鉄？」

雄ちゃんとつーやんが小さな声を上げる。僕はふたりの方へ向くと、また片目をつむって調子を合わせろという合図を送った。

ふたりは理解したらしく「そうだよ、砂鉄だ」と口々に言った。

「たくさん集めるといい値段になるんだぞ。そしたら三人分、新しいグローブを買うんだ。いいだろ。でも、オレらは磁石を持ってない。それじゃあ、稼げない、グローブも買えない。で、お前が磁石を持ってたことを、つーやんが思い出して、それでわざわざここまで訊きにきたって訳さ」

「ふーん」

高井は疑いの目を向けながら「でも、あんな小さな磁石が一個あったって、そんなに砂鉄は採れない。一生かけても無理」と、最後は鼻で笑った。

笑ってろ。どうせ嘘なんだし。気にしない。

「おぼっちゃまには分からないだろうけどさ。オレら、そういう無茶なことをするのが大好きなんだ。お前も見たろ、雄ちゃんの池跳び。まあ失敗したけど。何事もチャレンジ精神だよ、高井くん。さあ何に使うか教えたぞ。どこで手に入れた、あの磁石？」

「分かった。教えてやるよ。あれは、うちのパ……父さんからもらった。父さんはチューデンでステレオ部門の責任者をやってる。磁石はスピーカーに必要な部品なんだって言ってた。スピーカーの箱の中に入れるらしい。そのひとつをもらっただけだ」

スピーカーの部品……。ひとつやふたつならなんとかなったとしても、百個なんてとても手に入らない。無駄足だったか。もっとマシなヒントがあると期待していたのに。

と、家の中から「和彦、いいかげんにしなさい」という高井の母親の声が聞こえた。

「もう終わったから」と、高井は答えると「じゃあ、もういいかな」と僕らに言った。

「ママに呼ばれちゃ行かなくちゃな」

雄ちゃんがそうからかうと、高井はむくれた顔つきで、家の中に消えた。

がっかりして「ちっ」と、僕が舌打ちをすると「ブンちゃん、そうがっかりするなよ。オレ、知ってんだ。いっぱいスピーカーのある場所」と、雄ちゃんがニッコニコしながら言った。

「ホントかよ？」

僕は疑いながら聞き返した。雄ちゃんの言うことだ、ピントが外れている可能性は大きい。

「あ、ブンちゃん、その目はなんだよ。信じてねーだろ？」

「だって、いっぱいだぞ、ひとつやふたつじゃねーぞ」

「行ってみなきゃ分かんないけど、ひとつやふたつなんてことはない」

行ってみなきゃ分かんない割には自信満々だ。

「親戚のあんちゃんに聞いたんだよ。ほら、バイクの……」

「ああ、不死身の十円玉持ってる……」

「そうそう。あのあんちゃんちに行くとすっごいステレオとか持ってて、でっかい音でレコードかけてくれるんだよ。あんちゃん、そういうのいじるの好きなんだってさ。レコードなんかも、こーんなに持ってて」と、雄ちゃんは両手を広げた。

「レコードの数はいいよ。スピーカーの話をしてくれよ」

僕は横道に逸れそうな雄ちゃんの言葉を遮った。

「ああ、悪い。でな、あんちゃんの部屋にはスピーカーがあっちこっちに置いてあって音が出るんだ。四つはあるな。で、その他に音の出ないスピーカーも五、六台積んであってさ。〝これ、どうしたの？〟って訊いたら〝チューデンからちょっと拝借してきた〟って言ってた」

「え、つまり、盗んだってこと？」つーやんが口を挟む。

「人聞きの悪いことを言うなよ。拝借ってのは借りるってことだろうが。盗んだんじゃねーよ」

でも、それはつーやんの言い分が正しい。

「分かったって。それで？」

「チューデンの倉庫あるだろ？」

さっき自転車で通ってきた場所に、高い金網に囲まれたチューデンの倉庫がある。

「あそこに、スピーカーとか山積みになってるんだってさ」

「そりゃあ、あるだろう、作ってるんだから」

「まぁ、ブンちゃん、人の話はちゃんと聞け」

雄ちゃんにそんなことは言われたくないけど……。

「あんちゃんが言うには、倉庫の敷地内に不良品で売れないものがいっぱい積んであるんだってよ。その中にスピーカーもあるんだって」

「へー」

僅かだけど、雄ちゃんの話に真実味が出てきた。

「でもさ、どうやって、その〝拝借〟ができたんだ？」

「いい質問。フェンスの角辺りに金網が破れてめくれ上がってる所があって、その穴から簡単に入れるんだってよ」

「えー、でもそんな穴ってあったか？」

僕とつーやんが首を傾げた。

「笹に隠れてて、普通は見えないんだってよ」

そういえば、倉庫周りの金網は隈笹《くまざさ》に囲まれている。

「で、笹を掻き分けると穴が空いてて、屈めば人ひとりくらいなら通れるらしいんだ」

「ふーん、そうか。じゃあ、ホントかどうか、今から行ってみるか。どうせ帰り道だし」僕がそう提案する。

「おう、いいね。行こうぜ」すぐさま、雄ちゃんが答えた。

「ブンちゃん……。もう、そろそろうちに戻んないと」つーやんがすまなそうな顔をする。

つーやんは風呂掃除があったんだ。

「そうだな。もう夕方だし、とりあえず今日は下見だけにして、ホントにそこに穴があるか確かめようぜ。あれば明日は朝からってことで」

「おう」

僕らは高井の玄関先に止めていた自転車に跨がった。僕は漕ぎ出す前に、振り向いて高井んちの家を見上げた。ふん、見とけよ。

帰り道はきたときと打って変わってラクチンだ。下り坂はペダルを漕ぐ必要もなく、勝手に自転車が下ってゆく。

「うっひょひょーい」

僕らは奇声を上げながら、道幅いっぱいに自転車を蛇行させる。気分の上がった僕は、得意の手放し運転だ。平らな道なら百メートルくらい平気で漕ぐことができる。

「どんなもんだい」

「おおおっ」

と、雄ちゃんが、対抗心丸出しにして、同じように手放し運転を始める。

「へへっ、ブンちゃんに負けねーよ」調子に乗った雄ちゃんは、後ろを振り向きながら余裕を見せる。

「前見ろよ。ひっくり返んぞ」と言う間もなく、次の瞬間、雄ちゃんはバランスを崩して自転車がグラグラとよたった。後続の僕は、慌ててハンドルをつかむと急ブレーキをかける。タイヤが横滑りするところを、片足を道路につけてなんとか止まった。ひやっとする。雄ちゃんもすんでのところで止まった。

「ばか、危ねーじゃねーか」

つーやんのおばちゃんに言った作り話が現実になるところだった。

「おお、セーフ」

「セーフじゃねーよ。雄ちゃん、いつか死ぬぞ」僕は思いっきり怒った。

僕のそんな言葉も気にせず、雄ちゃんは再び漕ぎ始めると「お先に」と前を走ってゆく。あれは死んでもあのままだな。

小学校の脇を通り、幾つか十字路を過ぎると、チューデンの倉庫が見えてきた。道路の両脇には桜の木が並んでいて、春には桜の花のアーチができてとてもきれいだ。

倉庫の敷地は、この真っすぐな道路を挟んで左右にある。倉庫を囲むフェンスは百メートルくらい続いていて、金網の向こう側から夕日を浴びた倉庫の影が伸びている。

「西側の倉庫で、角に近い場所だってあんちゃんが言ってたから、たぶん、この辺りじゃねーのかな」雄ちゃんはそう言うと自転車を止めた。

道路からフェンスに向かって、歩道分くらいの幅の緩やかな斜面があり、ちょっとした土手のようだ。その斜面にはびっしりとシロツメ草が生えている。

自転車を降りてスタンドを立てようとしたが、傾斜がある上に、柔らかな草に邪魔されて上手く立てられず、僕らは草の上に自転車を横倒しにした。

「中、見えねーな」

金網を半分くらい覆い隠すように隈笹が生えているせいで、敷地内の様子は分からない。僕らはその場でぴょんぴょんと跳ねてみたが、やはり中は見えなかった。

「とにかく穴を探そうぜ。つーやんは向こう、雄ちゃんはあっち」

「ＯＫ」

僕はふたりに指示を出し、目の前の土手を上り、錆びた金網に沿うように生える背丈一メートルくらいの隈笹の根元を掻き分けた。小さな羽虫やヤブ蚊が飛び出してくる。

僕らは腰を屈めながら、隙間らしき所があれば覗いてみた。時折、車が通ると四葉のクローバーを探すふりをし、車の姿が消えると、また隈笹を掻き分けた。

「あったあった、こっち」つーやんが興奮気味に声を上げて、僕と雄ちゃんを手招きする。

「どこどこ？」僕と雄ちゃんは駆けつける。

つーやんが隈笹を掻き分けた先に、赤錆びた金網が捲れ上がって、ぽっかりと穴が空いていた。

「ほーらな。ホントだったたろ」雄ちゃんが思い切り反っくり返って威張る。

「ああ」

僕らは土手に膝をついて頭を隈笹の中に突っ込むと、金網の穴から中の様子を窺った。左手に倉庫、右手に三台止まったフォークリフトの先に段ボールが堆《うずたか》く積まれていた。夕日を浴びたその山は、まるで宝石のように輝いて見えた。

「きっと、あの中にあるんだ」

「ああ」

僕らは大きく息を呑んだ。

「おい、今からやっちまおうぜ」

雄ちゃんは今にも中に飛び込みそうなほど鼻息を荒くして言う。

僕もそうしたいところだったけど、つーやんのことが気になり「いや、磁石を入れるものもないし、明日ちゃんと準備してからの方がいい」と、雄ちゃんの背中を叩いた。

「ちぇっ。まぁ、仕方ねーか」雄ちゃんは渋々あきらめた様子だ。

宝の山を目の当たりにし、はやる気持ちをぐっと抑えながら斜面を後ずさって下りた。

雄ちゃんは「お、石、石」と言うと、足下をきょろきょろ見回した。

「何する気?」

「目印に置くんだよ」

一度見つけてしまえば、明日も簡単に分かるだろうけど、雄ちゃんの気持ちはよく分かった。

僕もつーやんも適当な石を探して、穴に続く土手の下に積んだ。

「早く明日になんねーかな」雄ちゃんがフェンスを見上げた。

「うん」僕とつーやんも、雄ちゃんと同じ方向を見上げた。

*

ワクワクして、なかなか寝つかれなかった。なのに、いい目覚めだった。牛乳配達の自転車の荷台で牛乳瓶がカチンカチンと立てる音も心地よく聞こえた。僕は七時前には寝床を這い出た。

「どうしたんだ、フミ」

起きていくと茶の間にいた家族が皆、不思議そうに同じことを訊いた。

「別に」と答え、僕は洗面所に行き、鼻歌を歌いながら歯磨きを済ませた。

茶の間に戻って、ちゃぶ台の前に座ると「美幸、今日はあんちゃんと遊んでもらうか?」と、母がこちらの都合も考えずに、余計なことを言う。

「うん、あんちゃんと遊ぶ」

袖無しのピンク色のワンピースを着た妹が大きな声で答える。

「だめだって」

「あんちゃんと遊ぶ」美幸が僕の隣に座り込む。

毎日、工場に連れて行かれ、ひとり遊びをしている美幸のことを可哀想だと思うけど、面倒をみるのは大変だ。それにやらなきゃならないことがあるし。

「オレ、雄ちゃんたちと約束がある」

「ちったぁ、妹の面倒くらいみろ」僕の正面であぐらをかいていた父が言う。

「だから、今日はだめなんだって。宿題の自由研究をやるんだから。遊びに行くんじゃないんだよ、まったく」

僕が口を尖らせて言い返すと「何が宿題だ。どーせ、遊んじまうくせに」と、父は苛ついたように、ちゃぶ台越しに手を伸ばすと、僕の頭を小突いた。

「痛てーな」

折角、心地よかった朝が父のせいで台無しだ。小さい頃「お前は利根川の橋の下から拾ってきたんだ」とよくからかわれたけど、その話が本当だったらよかったのにと思った。

「今日は、ばあちゃんはうちにいるから、美幸はばあちゃんと留守番すればいい」傍らにいた祖母が助け舟を出してくれた。

「美幸、そうしろ」

僕はそう言うと、後は黙ったまま玉子かけご飯を一気に搔き込んで食べた。

両親が工場へ出掛けると、大急ぎで〝夏休みの友〟を予定分片付けた。

九時に穴の前に集合だ。

「じゃあ、行ってくるね」

　磁石を入れるためのバッグを襷《たすき》がけにすると、自転車に跨がって家を出発した。

　前の家の垣根を勢い良く曲がった所で、急に視界に人影が入った。僕はブレーキを固く握った。自転車が激しくお尻を振って砂利道を滑る。自転車を斜めにしながら、右足で踏ん張ったが、自転車の向きは反転した。危うく正面衝突をするところだった。

「危ねーな」

　そう僕は大声を出しながら、顔を上げると、そこに突っ立っていたのは〝帽子ババア〟だった。この婆さんは、一年中、黒い毛糸の帽子を被っているので、僕ら子どもだけじゃなく、大人たちもそう呼ぶ。夏のどんなに暑い日でも帽子を目深に被っている。

「頭がおかしいんだ」近所の大人たちはそう言う。

　帽子ババアは、近所の武田さんちの離れに住んでいる。武田さんちは、この辺では〝お大尽〟と呼ばれていて、他のうちとは比べものにならないほど屋敷は立派だ。でも、そんなうちの離れにどうして帽子ババアが住んでいるのか、僕は不思議だった。

　帽子ババアは昼夜関係なく、近所をふらふらと歩いている。時々、人様の玄関先で、ぼーっと立っていたり、ひとのうちの畑に入り込んで、トマトやキュウリを齧ったりすることはある。大きな悪さをする訳ではないけど、やっぱりどこか薄気味悪い。僕が低学年の頃には、幾つか噂もあった。〝やまんば〟のように、つむじの所に口があって、夜になると、包丁を片手に赤ん坊をさらってむしゃむしゃと食べる。帽子を一年中被っているのはつむじにある口を隠すためなんだと。雄ちゃんなら大喜びしそうな噂だけど、勿論、誰も信じていない。大体、そんなことをしたら、とっくの昔にお巡りさんに捕まっているはずだ。

ハンドルを握ったままの僕を帽子ババアは顔色ひとつ変えずに見ている。

「カツ、ト、シ……」

はぁ？　誰だって？

帽子ババアが誰かの名前を呼んだふうだったが、ぼそぼそとした声は上手く聞き取れなかった。と、帽子ババアは両手を僕の方に伸ばして近づいてくる。

「うわわわわっ」

ブルブルと寒気がして、自転車の体勢を整えると、ペダルを踏んだ。それでも気になって振り返ると、帽子ババアは僕の方をまだ見ていた。

今朝はいまひとつツキがないような気がしてきた。


町の東西に延びる国道を横切り、チューデンの西側道路を走る。就業時間になっているので、チューデン渋滞もない。右手に須永食堂が見えた。食堂の前を通り過ぎ、更にビュンビュンと車道を飛ばした。

ゆうべ雷様《らいさま》が降らした雨が水溜まりになっているところへわざと自転車を通し、水しぶきを上げる。半ズボンから出た脹《ふく》ら脛《はぎ》に水しぶきが跳ねる。

五分くらい全力で漕ぐと、チューデンの正門が見えてくる。正門を右折すると倉庫は、もうすぐそこだ。と、前方にミニサイクルを猫背になって漕ぐつーやんの姿を発見。

「おーい、つーやん」

僕は馬力をつけてペダルを踏むと、一気につーやんに追いついた。

「あ、ブンちゃん」

僕らは並んで、チューデン前の信号を右折した。

と、緑の葉を茂らせた桜の木に、一台の変速ギア自転車が立て掛けてあった。銀色の変速ギアは雄ちゃんのものじゃないし。木の陰に青いシャツがちらちらと見える。

つーやんも気がついたらしく、自転車を止めると、僕らは顔を見合わせた。

誰だ？

と、その青いシャツが木の陰から出てきた。

「え、高井？」

「どうして？」

僕とつーやんは、自転車から降りるとハンドルを握ったまま立ち止まった。高井は腕を組みながら、僕たちが近づくのを待っている様子だ。

と、僕らの後ろから「おーい」と雄ちゃんの声が聞こえた。雄ちゃんもすぐに高井に気づいたらしく、僕の傍で自転車を降りると「なんで、あいつがいるんだよ」と口を尖らせた。

「さぁ、分かんない」

そのまま無視する訳にもいかず、僕らはとりあえず、自転車を昨日と同じようにシロツメ草の上に横倒しにすると、高井に近づいた。

「なんでここにいるんだよ？」と、僕は尋ねた。

「金網の話は本当だったみたいだな」高井はニヤッと笑った。

「何のことだ?」僕はしらばっくれてそう答えた。

「スピーカーのことさ」

僕らが呆気にとられていると「昨日、うちの前で話してたろ」と、高井が続ける。

しまった。聞かれてたんだ。

「なんだ、オメー。盗み聞きしてたんだな」雄ちゃんが詰め寄る。

「君らが勝手に僕のうちの前で話してたんだぞ。そういう言い掛かりはやめろよ」

「そうかよ、でも、お前には関係ねーじゃねーか。くるなよ」雄ちゃんが言い返す。

「小木くんは僕に本当のことを言わなかった。あんな嘘が通用する訳ないだろ」高井は僕らに一歩近づいてそう言った。

「どっちにしろ、お前には関係ねーだろ。さっさと帰れ」雄ちゃんが、手で追い払う真似をする。

「厭だね」

「あー、こいつ頭にくる」と、雄ちゃんが高井の肩を小突く。

「やめろよ」

高井は首を振って乱れた髪を戻すと「なんなら、うちの父さんに言いつけてもいいいんだけど」と、髪を手で撫でつけた。

「きたねーぞ」雄ちゃんが怒鳴る。

「じゃあ、高井、お前、オレらとどうしたいわけ?」僕が訊く。

「確かめたいんだ。君らの本当の目的はなんなのか」

「ふざけんな」

雄ちゃんが高井に突っかかろうとするのを、僕は右腕で制した。

ここで邪魔されたら一日の計画がパーになる。それに僕らと行動を一緒にするということは〝共犯者〟になるということだ。チューデン勤めの父親に告げ口もできなくなる。

桜の幹にとまって鳴いていたアブラゼミがおしっこをして飛び去った。

「分かった。じゃあ、一緒にこいよ」

「おい、ブンちゃん、本気かよ」

雄ちゃんばかりでなくつーやんまでが不服そうに僕を見た。

「しょうがねーだろ。高井はここにいるんだから」

僕は両肩を上下させ、アメリカ人がするようなお手上げポーズをした。高井は少しだけ頬を緩ませて勝ち誇った表情を見せた。見とけよ、ちゃんと利用してやるから。僕は雄ちゃんとつーやんだけに分かるようにウインクをした。

「だけど、高井、オレたちの邪魔はするなよ。お前はついてくるだけだ」

そういう僕に高井は「分かった」と答えた。

僕らは目印に置いた石の前に立った。

「よし、じゃあ中に入るか」

土手をよじ登ると、隈笹を掻き分ける。小さな羽虫がぱたぱたと飛び出して、口に入りそうになった。

僕ら四人はその金網から敷地内を窺った。

「あ、ちっくしょう、人がいるよ」

段ボールの山と僕らの間で、従業員が三台のフォークリフトを動かしている。見渡しても身を潜められる物陰もない。素早く駆け抜けて段ボールの山に身を隠すか……。段ボールの山までは、五十メートル以上はありそうだし。たぶん、入った途端に見つかってしまう。フェンスをよじ登ったとしても、上の縁には有刺鉄線がある。製品を運ぶトラックの荷台につかまって中に入る手はある。でも、門の手前で停まったトラックから下りるのとは訳が違う。そのまま中に入らなければならないし、そうなると走ってるときに荷台から飛び降りることになる。それに四人がしがみつくのは難しそうだ。

「ちぇっ」僕は舌打ちした。

「今日は出直すか?」雄ちゃんが言う。

「そうしよう」つーやんが賛成する。

でも、僕はその気にはなれなかった。

「うーん。何かいい方法が……」

僕は頭の隅にひっかかるものがあるようで、考え込んだ。

と、高井が「別の入り口とかは知らないのか」と尋ねた。

「別の入り口?　そんなもん、ある訳ねーだろ」雄ちゃんが怒鳴る。

「入り口……。あっ、そうだ」僕は指をパチンと鳴らした。

「おい、こっちだ、ついてこいよ」

僕は隈笹の間から出ると、フェンスに沿って南へ走り出した。フェンスの角までくると僕は右に折れた。南側のフェンスに沿って用水路がある。その上にはコンクリートの蓋が続いていて、歩道のようになっている。僕らはその蓋の上を走った。爪先で蹴るたびに、その蓋はゴトゴトと音を立てた。

「おい、ブンちゃん、どこまで行くんだよ」

「あと少し」

僕は倉庫の敷地の南側の真ん中までくると立ち止まった。全速力で走ったので息が上がって、膝に手を当てて腰を屈めた。他の三人も同じようにはあはあと息を荒くしている。

ちょっと呼吸が整うと僕は噴き出す額の汗を拭いながら「ここ」と足下を指差した。フェンスの下に腰の高さまで伸びた夏草に囲まれた四角い穴がある。それはコンクリートで固められていて、幅は二メートルくらい、深さは一メートルちょっとくらいのものだ。そこだけ蓋は付いていない。底には捨てられた缶や瓶、ビニール袋が散乱している。

「いいか、よく見ろよ」

僕は夏草を手で掻き分けると「ほら、フェンスの下にトンネルがあるだろ」と、指を差した。穴の側面に一メートル四方の入り口がある。正確に言えば出口なんだろうけど。

「この用水路、いやトンネルは倉庫の敷地の下を通ってるんだ。ここから入ると、きっと段ボールの山の向こう側に出られる」

「そんなことなんで分かるんだよ」雄ちゃんが訊く。

「オレ、ここに入ったことあんだ」

「えーっ」三人は声を揃えて驚いた。

三年生の春。雄ちゃんやつーやんとは別のクラスメイトと下校したときのことだ。そのクラスメイトたちの通学路は、僕の通学路とは違っていた。学校の西門から出て、この倉庫に沿ってチューデンの西側の道路へと出る。下校は決まった通学路を通らなくちゃいけない訳ではない。そのルートは僕のうちに帰るには少し遠回りになるけど、クラスメイトと帰った方が面白い。

この用水路の入り口に差し掛かったとき、飯村というクラスメイトが言った。

「なあ、近道していく？」

「近道？」

「ここだよ」と、その時飯村が指差したのが、この四角い穴だった。

「ほら、あそこのトンネル。あれをずっと潜って行くだろ。そうするとチューデンの南門の近くに出るんだって。うちのあんちゃんが教えてくれた」

「でも水が……」そう言いかけて、僕が覗いた穴の底に水はなく、ゴミが散らかっているだけだった。

「ずっと前から水なんか流れてないんだ。なあ、行ってみる？」

興味を惹かれた僕は勿論「行く」と答えて、トンネルに入り、無事、南門の辺りに出た記憶がある。だけど、もう二年以上も前のことなので、すっかりそんなことを忘れてしまっていた。

僕はそのときのことを三人に説明した。

「このトンネルの途中に、確か倉庫の敷地に出る場所があった……はず」

「はずってさ、大丈夫なの」つーやんが不安げな顔をする。

「だって、よく覚えてないんだよな」

でも途中で空が見えたような。たぶん……。

「さあ、どうする？　行くかやめるか」僕は三人に訊いた。

「行こうぜ。探検隊みたいで面白そうだしよ」雄ちゃんがすぐに答えた。

「じゃあ、行く人、手挙げて」雄ちゃんが音頭取りをする。僕は手を挙げた。それを見てつーやんはそろりと手を挙げる。

手を挙げなかった高井に「そうだな、オメーはやめとけ。帰ってママとバイオリンでも弾いてろ」と、雄ちゃんがからかう。

「誰が行かないって言った？　ぼ、僕も行く」

高井の声は少しうわずっていて、強がったのが分かる。僕は思わずほくそ笑んだ。

「よっし。じゃあ下に降りようぜ」

僕らは穴の底に、次々と飛び降りた。足下はゆうべの雨で湿っていたが水溜まりはなかった。コーラの空き瓶に足をとられた高井が尻餅をつきそうになる。

「高井、しっかりしろよ」雄ちゃんが笑う。

入り口を覗くと、そのトンネルは地球の裏側まで続くような暗闇だった。どれくらいの距離かは見当もつかない。でも微かに点のような小さな光が見える。

「なんだか、おっかないなぁ」つーやんがそれだけで怖じ気づく。

高井を見るとつーやん以上に不安げな顔つきをしていた。

「やっぱり、高井はやめといた方がいいんじゃねーの」僕は意地悪く言った。

「平気だ」と高井は答えた。

「へー。でも知らねーよ。何がいるかも分からねーし」

これだけの暗闇だ、蜘蛛やトカゲ、下手をすればヘビだっていそうだ。前に入ったとき、僕の頭は蜘蛛の巣だらけになったし、ズックにはゲジゲジが這っていた。

「先頭はブンちゃんだよな」雄ちゃんが僕の肩を叩いた。

「はぁ?」

それを言うなら〝先頭は高井行け〟だろ。肝心なところで裏切るんだから。

「なんでだよ、雄ちゃんが先頭でもいいんだぞ」

「入ったことのあるヤツが案内する方がいいだろ」

「トンネルは一本だぜ。案内もクソもあるかよ」

「はいはい。ブツクサ言わずに、ブンちゃん先頭」

自分で言い出したことだったが、いざ入るとなるとやっぱり躊躇《ためら》う。でも、もう後には引けない。僕は仕方なしに、バッグを腹に抱えるとしゃがんだ。入り口の縁をぐるりと見回し、幅や高さを確認すると、水の中にでも潜るように、すーっと息を吸って肺の中に溜めた。

トンネルに入るといきなり蜘蛛の巣が顔面に張り付いた。「ぶあ」僕は慌てて蜘蛛の巣を顔から払った。

暗闇の中はひんやりしていて、カビ臭いというかドブ臭いというか。

「臭せっ」僕は思わず鼻をつまんだ。

「ブンちゃん、屁こくなよ」雄ちゃんがくだらないことを言いながら、僕の後に続いた。

尻を落としてしゃがんだまま足を滑らせるように交互に前へ出す。〝おいっちにおいっちに〟と前進する。まるで運動会のムカデ競走のようだ。摺り足が埃を巻き上げるせいで、後ろの雄ちゃんがゲホゲホと噎《む》せる。

「ブンちゃん、埃立てんなよ」

「先頭で行けって言ったのは雄ちゃんじゃねーか」

「おい、それにしてもまだかよ？」

「そんなに簡単に着くかっ」

まだ二十メートルくらいしか進んでない。

「ちくしょー。腰痛てー」雄ちゃんがボヤく。

確かに腰と太腿の辺りが張ってきた。四つん這いで進むことも考えたが、見えない地面を素手で触るには抵抗がある。汚れるのは厭じゃないけど、ゲジゲジはつかみたくないし。

「スゲー、疲れる」雄ちゃんの声が反響する。

「文句ばっかり言うな。誰だ、探検隊みたいで面白そうだって言ったのは？　もう黙って進めっ」

僕がそう怒鳴ると雄ちゃんは静かになった。

ズッズッハッハッ。ズッズッハッハッ。みんなが摺り足で立てる音と息だけが聞こえるようになった。

それにしてもこんなトンネルの中に、最初に入ったヤツは偉い。僕らには磁石という目的がある。一体、そいつはどうして入ろうと思ったんだろう？　僕はふとそんなことを思った。

十分経ったのか、二十分経ったのか。時間がどれくらい過ぎたのか分からないが、前方の光が大きくなった。

「よし、あと少しだ、頑張れ」

僕は自分に言い聞かせるように声にした。

「おう」と疲れた返事が後ろから返ってくる。

やがて頭上からスポットライトのように光が落ちているのがはっきり見えた。更に二メートルくらい進むと、急に明るくなった。僕が見上げると、水色の夏空が四角く見えた。トンネルはまだ先へと続いているので、きっと敷地内に違いないと確信した。僕の記憶は正しかった。

「ブンちゃん、早く上がれよ」雄ちゃんが僕の尻を押す。

「しっ。待てって。上の様子を見なくちゃマズいだろ」

僕を押しのけてでも我先に地面の上に出ようとする雄ちゃんを制した。

僕は砂漠に住む小動物のように、顔を恐る恐る四角い穴から出す。目の高さが地面の高さだ。

間近に迫ったシロツメ草が、異様に大きな葉っぱに見えた。僕は首をぐるりと回すと、地上の様子を窺った。と、目指す宝の山が後ろにあった。身体を回転させ、表の様子を探る。フォークリフトの音は聞こえてくるけど、人影はない。

「お、やったぞ。誰もいない」

僕が、一旦しゃがんで暗闇に待機する三人に報告すると「よっしゃー」という声が返ってきた。

「しっ。でかい声を出すな」

この状態で誰かに気づかれたら、暗闇を頑張って潜ってきた苦労が水の泡だ。

「よし。じゃあ、上がるぞ、いいな」

僕はバッグを腹から背中に移して、出口の縁に手を掛けると膝を折り曲げ、その反動で飛び上がった。おなかの辺りが縁に当たった。足が宙ぶらりんになってもがいていると、雄ちゃんが僕の足の裏に手を当てて荒っぽく押し上げた。僕は飛ばされるように、シロツメ草の上に顔面から倒れた。

僕が声を押し殺しながら「痛てーな。このヤロー」と、穴の中を覗くと、雄ちゃんは歯茎を剥き出して笑いながらも、手を合わせて詫びるポーズをしていた。

「さぁ、つかまれ」

僕は気を取り直して、雄ちゃんが差し出す手をつかむと、大根を引き抜く要領で思いっきり引き上げた。勢い余って雄ちゃんと僕はそのまま、またシロツメ草の上に倒れ込む。おまけに雄ちゃんが僕の上に覆いかぶさった。

「もうっ。ふざけんなよっ」

「はは、悪りー、悪りー」

起き上がった僕と雄ちゃんは、ふたりがかりで、つーやんと高井を引き上げた。

僕らは片膝を地面に着けながら身を屈めると、今一度周りを見渡した。

僕は左の手のひらを右手の拳で叩くと、その右手を段ボールの山に向けた。

「お、忍者部隊月光だな」

雄ちゃんには、僕のポーズが分かったようだ。隊長が隊員に行動の指示を出すときの決めポーズなのだ。

みんな忍者走りのように素早く走り、野積みされた段ボールの山の麓に身を潜めた。

「ふー。やったー」

誰からともなく、そんな声が漏れた。

ほっとひと息ついて、みんなを見ると、頭には蜘蛛の巣が張り付き、壁を擦《こす》ったシャツの肩は真っ黒になっていた。

「まいったなぁ」と口々に言いながら、僕らは蜘蛛の巣や埃を払った。

段ボールの山を見上げると、僕らの背丈の三倍くらいあり、ひとつの三角山というより榛名連山のように幾つもの山が連なったものだった。その姿は巨大なティラノサウルスの背中のようにも見えた。

麓の段ボール箱は潰れていたり、腐って黒ずんでいたり、随分と雨ざらしにされていたことは分かる。ゴミの山なのだ。ちょっとだけもったいない気持ちと、捨てられた製品が可哀想な気がした。でも反面、これなら〝拝借〟してもいいやと罪悪感が消えた。

山に足を掛けると、雨で湿ったせいか、段ボールは柔らかく、ずぼっと足が埋まった。

「これ、全部、スピーカーか?」と、雄ちゃん。

僕は段ボールの脇に印刷された文字を確かめた。それはたぶん英語で、意味は分からなかった。

「開けてみれば、分かるさ」

その中で比較的新しそうな段ボール箱を選び、雄ちゃんが無造作に破いた。

「お、スピーカーだ」

スピーカーは茶色の木箱で、前面には銀色の布が張ってあった。

「だけど、どこに磁石があるんだ?」僕らは色んな角度から覗き込んだ。

「えーい、分かんねーよ。ぶっ壊すしかねーな」

雄ちゃんは、そう言うと荒っぽく地面に叩きつけた。ガチャンと大きな音がした。

「ばかかっ」

その音に驚き、僕らはまた身を屈めながら周囲を窺った。でも、誰もこちらにくる気配はなく、ほっとした。フォークリフトの音に紛れたのかもしれない。

僕らの足下には歪《いびつ》になったスピーカーが転がっていた。板の繋ぎ目に隙間ができていた。雄ちゃんが、今度は踵で思い切り踏んづけると、バリッという音とともに中身が現れた。濃いねずみ色をしたお椀の形をしたものが現れた。

僕はそれを拾ってひっくり返した。

「あったー」

裏側に、高井が持っていたのと同じ磁石があった。

「おおっ」

磁石の周りを幅広のU字形をした金具が囲んでいる。僕は指先で磁石を取ろうとしたが、うんともすんとも言わない。

「おい、動かねーぞ」

僕が苦戦していると横から「オレに貸せ」と、雄ちゃんがそれを手に取って試したが、金具にがっちり挟まれた磁石はびくともしなかった。

「おりゃー」

雄ちゃんは顔を真っ赤にして、力任せに押したり引っ張ったりしたけど、それでもだめだ。

「くそー」

僕らはしゃがみ込んだ。こんな仕組みになっているとは思わなかった。磁石はもっと簡単に取れるものだと信じて疑わなかった。ここまできて、また出直すなんて。

「トンカチとか持ってくればよかったよな」僕は自分の準備不足を反省した。

と、高井が「ちょっと僕にやらせてくれ」と、それを手にした。

「お前みたいなヒョロヒョロなヤツにハズせっこねーよ」雄ちゃんは呆れ顔だ。

そんな言われ方も気にせず、高井は草の上を歩きながら何かを探しているようだった。

「あ、これくらいかな」高井は、その場にしゃがんで小石を拾った。

「いいか、この小石をこの金具の間にかませると、石の先が磁石に当たる」今度は、拳大の大きめな石を拾うと高井はかませた小石を上から叩いた。

「これで、どーだ」

僕らが磁石を覗くと、半分ぐらい外に向けてズレている。

「おお、やるな、高井」

雄ちゃんとつーやんは素直に感心した様子だったが、僕は正直、面白くなかった。もう少し考えれば、それくらいのことは思いついたのに……。

高井がもう一撃加えると、磁石がぽとんと地面に落ちた。

「お前を連れてきてよかったよ」

一番反対した雄ちゃんが調子のいいことを言う。

「よし、じゃあ、オレも一発」

雄ちゃんはそう言うと石を拾った。段ボール箱からスピーカーを取り出して壊すと、高井がやった要領で磁石を取り出した。

「うほほーい、一丁あがり」雄ちゃんが小躍りする。その隣でつーやんも磁石を取り出し「取れた」と喜ぶ。

高井に手柄をあげられたことは面白くなかったけど、僕も同じように磁石取りを始めた。癪だが、自分で最初にぽろりと磁石を落としたときは嬉しかった。思わず「ほら、やったぜ、高井」と笑顔で磁石を見せていた。

スピーカー本体の木箱を壊すのに手間がかかったが、磁石の取り出しには時間をかけずに作業ができた。僕らの足下に、段ボールの破片や壊したスピーカーの部品が散らかった。近場にスピーカーがなくなると、僕らは山の上に登って段ボールを抱えては降り、そして磁石を取り出した。みんなが磁石を取り出すたびに、僕はそれを受け取ってバッグの中に放り込む。

「はい、小木くん」

高井も磁石を取り出すたびに嬉しそうにそれを僕に渡す。気づけば、付いてくるだけだったはずの高井が一番楽しそうに作業をしていて、すっかり僕らに馴染んでいる。

と、ウォーンというサイレンの音が鳴った。

「ああ、お昼かよ。そういえば腹減ったなぁ」雄ちゃんが額の汗を拭った。

夢中で磁石取りをしていたせいで、あっという間に時間は過ぎていた。それでも磁石はまだ五十個くらいにしかなっていない。目標の半分だ。

「昼飯喰ってから、またこようぜ」雄ちゃんが呑気なことを言う。

「何、言ってんだよ。一気にやっちまおうぜ」

またトンネルを行き来するのは億劫だった。

「小木くんの言う通りだ、一気にやった方がいい」

高井からの援護射撃だ。嬉しいような嬉しくないような。でも、昼に戻らなければ、うちの人が心配する。後で怒られるのは覚悟しなくちゃならない。

「高井、お前、うちに戻らなくて大丈夫なのか？」僕は厭味ではなく素直に訊いた。

「う、ううん、ああ、平気さ」

明らかに無理をしているのは分かる。あの厭味な母親のことだから、僕らとこんなことをやっていたと知っただけで、こめかみくらいまで目が吊り上がるに違いない。

「お前がいいなら、いいけどよ」僕はできるだけ素っ気なく言った。

「じゃあ、やるか、あーあ」と、雄ちゃんは不満を漏らしながら、段ボール山に登った。

太陽が強烈に照りつける中、僕らは黙々と磁石取りに熱中した。時々、フォークリフトの音が近づくと見つかるんじゃないかとドキドキした。ただ雄ちゃんだけは「腹減った」「喉渇いた」とブツブツ文句を言いながら作業を続けた。

三時のサイレンが鳴った頃。

「よっしゃー、これが最後の一個」僕はそれを空高く突き上げた。

「おお」みんなが答える。

腹が減ったのを我慢して頑張った甲斐がある。ついに目標の百個目を僕らは手に入れた。

「んじゃあ、脱出作戦に移るぞ」

僕はそう言ってバッグを拾い上げようとしたが、磁石百個分の重みは想像以上にあった。襷がけにしたバッグの重さで、ショルダーベルトが肩に食い込む。

「重過ぎる。少しは、みんなも持ってくれよ」

「ああ、分かった」

僕はバッグの中から磁石を取り出すと、みんなに渡した。

雄ちゃんは張り切って、短パンの脇のポケット、尻のポケットに無造作に次々と詰め込んだ。重さでポケットの位置が垂れ下がっている。

と、そのときだった。

「こら、お前ら、そこで何やってるっ」

振り向くと、フォークリフトが僕らから10メートルくらいの所に停まっていた。作業服姿の若い工員が、今にもフォークリフトから降りようとしている。

「ヤベー、逃げろっ」

「こら、ガキどもっ」

トンネルの入り口はフォークリフトが立ちはだかっていて通れない。僕らは段ボールの山を一気に駆け上り、そして今度は一気に下った。どう逃げていいのか分からず、僕らはジグザグに走った。磁石が重くて、僕は一番後ろを走ることになった。

「おい、待てよ」僕はそう言いながら、バッグの底に手を回し、小脇に抱えながら全力疾走だ。

「か、金網の穴だ」高井が叫ぶ。

僕らは最初に入ろうとした金網の穴を目指して必死に走った。金網まで50メートル。たかがその程度の距離が永遠に続く原っぱのように感じた。後ろを振り向く余裕なんてなかった。息が切れ、足がもつれた。

「早くっ」

金網の穴を、高井が一番、続いてつーやんが潜った。雄ちゃんがずり落ちそうなズボンを手で引っ張りながらすぐ目の前を走り、身を屈めると金網の穴に身体を突っ込んだ。と、「ああ」と雄ちゃんが情けないような声を上げた。

金網を潜ろうとして体を屈めた僕の顔の前に、短パンがずり落ちて丸出しになった雄ちゃんの尻があった。焦っていた僕は勢いが止まらず、その丸出しになった雄ちゃんの尻に顔面を激突させた。

「うげーっ」

雄ちゃんは、僕が当たった勢いで土手を転げ落ち、僕は必死に這いずりながら、埃を巻き上げて金網を抜けた。と、そのとき、太腿の辺りに痛みを感じた。金網の先に引っ掛けたことは分かった。でも、いちいちそれを確認する余裕もなく、僕もやっとこ外に出た。

「逃げろー」雄ちゃんがずり落ちた短パンを持ち上げながら叫んだ。

僕らは一斉に自転車を起こすと飛び乗って漕ぎ出した。少し遠くの桜の木に自転車を立て掛けていた高井が遅れた。

「早くこいっ」僕は高井に向かって、大きく手を振った。

僕らはもう後ろを振り向くことなく、とにかくペダルを漕ぎ続けた。チューデンの南側道路を東に向かい、踏切を通り越し、示し合わせることもなく役場前にある公園に入った。藤棚のある砂場の木陰に自転車ごと乗り入れた。

「ここまでくれば安心だろ」

「ああ」

僕らはぜいぜいと息を切らしながら、自転車を砂場に横倒しにすると、玉のように噴き出した汗を袖で拭った。

「ふへー、危なかったぁ」僕はよろよろと立ち上がってみんなに声を掛けた。

「ああ」

「でも、楽しかったね」つーやんがにこやかに笑う。

「ああ」

「磁石、百個獲得っ」僕はバッグを叩いた。

と、雄ちゃんが「あああ、ブンちゃん」と僕を指差した。

「ん?」

「血が、血が出てるっ」雄ちゃんが大声を上げる。

雄ちゃんが指差す先へ視線を落とすと、僕の右の太腿が真っ赤になっていた。ぱっくりとした十センチくらいの傷口から血がしたたり落ちていた。それを確認した途端、今まで感じていなかった痛みがズキズキと這い上がってくる。

「うわー」

僕は驚いて、慌てながらその傷口を両手で押さえた。

「ブンちゃん、血が、血が」

雄ちゃんは、自分のことでもないのに、涙をボロボロこぼしながらわめき散らしている。おかしなもので、雄ちゃんに泣かれてしまったせいで、僕は落ち着かなければいけないと思った。

「雄ちゃん、大丈夫だって」

痛いのは僕だ。慰められるのは僕の方だ。

「ブンちゃん、水道」

つーやんに声を掛けられて、砂場脇に設置されている水飲み場へ足を引きずりながら移った。ズックを脱ぎ捨て、半ズボンの裾を股深くめくると、蛇口を捻った。勢い良く流れ出す水を傷口に当てた。

「ぎゃー、しみるっ」

僕は痛みを堪《こら》えながら、血に染まった足を洗った。でも出血は治まる気配はない。

「ブンちゃん、病院行った方がいいよ」つーやんが心配そうに覗き込む。

「病院？　ああ、オレ絶対いや」

僕は大の病院嫌いだ。とにかく注射が嫌い。

「でも、縫ってもらわないとマズいよ」つーやんが言うと「ああ、そうだよ、ブンちゃん、病院だよ、病院」と、雄ちゃんが洟を啜りながら言う。

縫うなんて死んでも厭だ。

「押さえてりゃ止まる」

僕は傷口を手のひらで押さえたが、指の間から血がまた溢れた。

「小木くん、これ使って縛れよ」

高井が水色のチェックのハンカチを差し出した。こいつハンカチとかちゃんと持ってるんだ。僕は妙に感心した。

「いらねーよ。大体、血が付いちまうぞ」

僕がそう断ると「いいからさ」としゃがみ込むと、僕の太腿にハンカチを器用な手つきで巻いた。最後にギュッと力を込めて固結びにする。

「ひー、高井、痛てーよ」

「我慢しろよ、強く結ばないと血は止まらないんだから」

そう言われては、それ以上文句は言えない。

「よし。とりあえず、これでどーだ」高井は鼻の頭を人差し指で掻いた。

「サ、サンキュー」僕は小声で礼を言った。

目を落とすと、巻かれた水色のハンカチはドス黒く変色していた。悪いけど、もうこのハンカチは使い物にならないなと思った。

＊

僕はそっとうちに戻った。

戦利品の磁石はバッグごと雄ちゃんに預けた。庭先で自転車を降りると静かに自転車を転がしながら玄関まで近づいた。土間に自転車を入れず、その場でスタンドを立てる。

開け放された玄関の戸口に顔だけを入れて家の中をキョロキョロと窺った。と、裏の方から美幸と祖父母の声が聞こえた。きっと、裏の畑で糠漬けにする茄子とキュウリでも採っているんだろう。でも、家の中に他の家族の気配は感じられない。泥棒にでも入るように抜き足差し足で上がり端に近づいた。なんか自分のうちに忍び込むというのも妙な気分だ。

上がり端を上がると、今度は一気に素早く動き茶の間へ走った。茶の間の茶棚の上に薬箱がある。薬箱を取ろうとして木製の踏み台に乗った。それでもまだ手が届かず、爪先立つと足がブルブルと震え、踏み台から危うく転び落ちそうになった。おっとっと。薬箱を頭のてっぺんに載せるように注意しながらゆっくりと下ろす。薬箱を胸に抱えると風呂場に入り、扉を隙間なく閉める。洗濯機の上に一旦薬箱を置くと、血がこれ以上服に付かないように、急いで服を全部脱いで真っ裸になる。脱いだ服は丸めて洗濯機に放り込んだ。

太腿に巻かれたドス黒く変色したハンカチを外そうとしたけど、ハンカチの結び目は思った以上に固く、しかも焦っているときに限って簡単には解《ほど》けてくれない。おまけに血が乾いて傷口に張り付いている。

「ちっくしょー。痛てて」

ハンカチを剥がすとき、思わず声が出てしまって、慌てて手で口を塞いだ。

手桶に水道の水を溜めて、恐る恐るチョロチョロと脚全体に水を掛けた。脱脂綿を使って傷口周りの水滴を押さえる。

傷は太腿の外側にあるので、身体を捩らないと見ることができない。薬箱を取ってタイルの上に座った。尻からタイルのひんやりした感触が伝わってくる。じっくり傷口を見ると、傷の長さは十センチくらいで、中央の辺りが深い。ハンカチを外した傷口から治まっていた血がまた滲み始めた。なんか別の生き物のように、そこだけぴくぴくと動いている。傷口を両方からつまんで寄せてみても、そんなことくらいでくっつくはずもない。でも、医者に行くのはご免だし、何より親に怒られるのはかなわない。

薬箱からオキシドールの容器を取り出して、直接、消毒液を掛けると傷口には白い泡がシュワシュワと溢れた。

「ううう、うんぎゃー」

歯を食いしばって仰け反《のぞ》った。汗が額に滲むのが分かる。ところが、いつものことながら、その泡立つ様子が面白い。そんな場合じゃないのに、僕は面白さに、何度かオキシドールを傷口に掛けては楽しんだ。

何やってんだ、オレ……。

校庭で転んで膝を擦りむいたとき、保健の先生にやってもらった手順を思い出しながら、次は赤チンを塗ってみる。またしみる。

「うううっ」

赤チンが太腿を滴り落ちる。慌てて脱脂綿でそれを拭う。

ガーゼを幾重にも折り畳むと傷口の上に三枚並べて、その上から包帯をぐるぐる巻きにする。

高井がしたようにかなりキツめに巻いた。

短パンに付いた血はそれほど多くはない。傷口さえ見られなければ、「ちょっと引っ掛けただけだ」そんなふうに家族にはどうにでも言い逃れはできる。

あとは証拠隠滅だ。

僕は血が付いてしまったハンカチをポリバケツに放り込んだ。粉末洗剤をその上から振り掛けて、ゴシゴシと洗う。ハンカチを広げて注意深く見てみる。完全には血の痕が落ちない。マズい。それでも、頑張ればもっときれいになるのかもしれないと思い、何度もゴシゴシとハンカチを揉んだ。でも、くしゃくしゃになったハンカチは古ぼけた布になってしまったように見えてくる。

やっぱり、このハンカチは使い物にならないな。弁償しなくちゃいけないだろうな。ハンカチ一枚で高井に借りをつくるのは厭だし。でも、どうしたらいいのか。弁償といっても、こんなタイプのハンカチっていくらするんだろう。千円か、五百円か。お年玉の残りはヘソクリとしてあるけど、弁償するのは痛い。僕は溜息をついて、ハンカチをキツく絞った。

風呂場を出て台所に下りる。流し台の脇にはスーパーの袋が溜めてある。一枚をそこから選ぶと、再び風呂場に戻ってハンカチを入れた。とりあえず自分のバッグにでも隠しておいて、祖父が庭先に置いてあるドラム缶で焚き火をしているとき、隙を狙って火の中に投げ入れて燃やしてしまえばいい。

風呂場を出て納戸部屋へ行き、タンスの引き出しから、パンツとランニングと、長ズボンのトレパンを引っ張り出して着替えた。ハンカチを入れたスーパーの袋はマジックバッグに入れた。茶の間に戻り、僕はちゃぶ台の前にへナへナと座り込んだ。

「ふー」

大きくひと呼吸する。ここまではなんとかなった。

ググー。すると腹の虫が鳴いた。普段なら祖母に何か作ってくれとねだるところだが、どこか後ろめたく、僕は台所に下りて食器棚の中を探した。チキンラーメンがひと袋だけ残っていた。

「これでいいや」

早速お湯を沸かし、丼にあけたチキンラーメンに注いだ。皿でふたをして三分待って、ちゃぶ台に丼を運び、扇風機のスイッチを押す。扇風機の風に麺を当てるようにして冷ましながら喰う。太腿の痛みはヒリヒリとしたが、足を伸ばした状態にしておくと和らいだ。

結局、母が「気をつけなよ」と声を掛けるくらいのもので、拍子抜けするくらい家族は僕の怪我に大した関心を示さなかった。昼時にうちに戻らなかったことも「雄ちゃんちでごちそうになった」と嘘をついたので「ちゃんとお礼は言ったんだろうね」と言われるくらいで叱られることはなかった。

夜。心配した雄ちゃんとつーやんから相次いで電話があった。玄関口の電話台の前に座り込んだ僕は、小声で「ああ、そのことね、心配しなくていいよ。大丈夫、大丈夫。うんうん、じゃあ、また明日な」と答え、受話器を置いた。

＊

勝手口から出た井戸の傍で歯磨きをしていると、北の空から〝ヴィーン〟とか〝バリバリバリッ〟という音が聞こえる。ラジコン飛行機のエンジンが唸る音だ。大人の間ではラジコン飛行機が流行っていて、雨の降っていない土日は、朝っぱらから裏の飛行場に大勢の人が集まってラジコン飛行機を飛ばす。僕が幼稚園に通っている頃から、そんな光景がある。カンペー山を過ぎた場所まで行くと、ラジコン飛行機は、松林の上を旋回する赤とんぼの群れのように見える。

ラジコンマニアは車に飛行機を積んでやってくる。飛行場の中でも格納庫と呼ばれる一面コンクリート敷きの広場はラジコン飛行機にとってうってつけの滑走路だ。それを見る見物人も多く集まり、格納庫の敷地は車の展示場のようになる。

僕も何度か行ったことがある。飛ばす前、ラジコンの持ち主が整備する様子を近くにしゃがんで見た。ラジコン飛行機の翼は両手を広げたくらいの大きさだ。機体の先端に付いたプロペラが高速で回転する。と、爆音が響き僕らは耳を塞いだ。

「おお、スッゲー」

僕らが声を上げると「な、スゲーだろ」と、持ち主は自慢げにエンジンを噴かした。そのくせ、僕らがアンテナを伸ばした操縦機に手を伸ばして「ちょっと触っていい？」とねだると「だめだめ」とあしらわれた。

「お前ら、子どもじゃ無理だ。大人になってからだな」

僕らも大人になったら、こんなラジコン飛行機を買いたいと思った。

大空に舞い上がり、自由自在に飛び交うラジコン飛行機を見上げていると、訳もなくワクワクさせられた。でも本当のところ、僕らが一番期待している瞬間は別にある。操作を誤って飛行機がバランスを失い、錐揉み状態に墜落し始めるとドキドキする。体勢を立て直せず、原っぱの上に激突すると、僕らは一斉にその場所へ走り出す。持ち主には悪いけど、無惨にバラバラになった機体を見ると嬉しい気もした。

僕はそんなことをぼんやりと考えながら、口を漱《すす》いだ。

今日は一日がかりで、あの格納庫近くにある軍の建物跡で不発弾を探す予定だ。

朝飯をかき込んで、両親と美幸が工場に出掛けると、僕はいつものようにちゃぶ台で〝夏休みの友〟を広げた。30分くらいしかやらない割には、順調にページは進んでいて、この分なら来週の登校日までには〝夏休みの友〟は終わりそうだ。

九時を過ぎたところで宿題はおしまい。僕は筆箱と〝夏休みの友〟を重ねてテレビの上に置くと、廊下の拭き掃除をしている祖母に言った。

「ばあちゃん、おにぎり作ってくんない？」

「おにぎり？」祖母は雑巾を持つ手を止めると、板の上に座り直した。

「今日も自由研究の宿題に行くんだけど、雄ちゃんちで続けて食べさせてもらうのも悪いからさ」

「宿題って、一体、お前たちはどこに行ってるんだい？」

「それは内緒。でも、スゲー自由研究なんだぜ。きっとばあちゃんもびっくりするぞ」

「ふーん。びっくりすることなんかい。でも、遅くなるときは連絡しなよ」

「うん、分かった」

「最近は物騒だし。ほら、大久保清みたいな事件だって起きるしね」

今年、大久保清事件が大きなニュースになった。何人もの女の人をさらって殺して、山の中に埋めたという話だ。学校でも随分と話題になったし、ピッカリン大佐だけでなく香澄先生からも「とにかく知らない人に声を掛けられてもついていっちゃいけません。ましてや車に乗ったりしてはいけません」と何度も注意があった。

「ああ、大丈夫。それにオレ男だし」

「男の子だって分かるもんか。誘拐されて、お金を要求されて、殺されちゃった話なんて昔からあるんだから」

うちの場合は身代金自体が払えそうにもないし、僕の身なりじゃ狙われない。僕を誘拐してお金を取ろうなんて誘拐犯は相当間抜けだ。

「うん、気をつけるよ」

祖母は「どっこいしょ」と立ち上がると、台所へ行った。僕は祖母の後に続いた。

「おにぎりは三つくらいかい？」

「五個」

雄ちゃんはきっと「ひとつくれ」とか言って、横から必ず僕のおにぎりに手を出すに違いない。余分に持って行かないと。

「五個？　ばあちゃんとじいちゃんのお昼の分がなくなっちゃうね」

「ご飯なんてまた炊けばいいじゃん。あ、二個は海苔で、三個は味噌ね。それに茄子の漬け物を三本とソーセージも。ばあちゃんのおにぎりは旨いからなぁ」

ちょっとばかりお世辞を加える。

「はいよ」祖母は目尻を下げて笑うと、流し台で手を洗った。

「な、ばあちゃん」僕は台所の板場に座って、おにぎりを握る祖母に尋ねた。

「じいちゃんは戦争に行きたかったの？」

「え、なんだって？」

「この間、じいちゃんが戦争に行って死にたかったみたいなこと言ったんだよな」

「そんなこと言ったのかい？」

「うん。でもさ、それってどう考えてもおかしいだろ」

「じいちゃんなりの訳があるんだよ」

「訳？」

「じいちゃんの兄さんが戦死したとき、くめばあさん、ほら、お前のひいばあちゃんだ。そのくめばあさんから〝正太郎はお国のために死んだ。なのに、お前は身体が弱くて何の役にも立たない〟って言われたらしいんだよ。昔っからじいちゃんは細っこくて、その頃はすぐ熱が出た。だから兵隊の検査も落ちたし。くめばあさんも本心じゃなかったんだろうけど、長男が戦死して辛かったんだろね。言わなくていいことまで、つい言っちゃったんだろ。だけど言われた方のじいちゃんは、それをずっと気に病んでいて」

祖母は、三個目のおにぎりを皿に載せた。

「だけど、生きるの死ぬのっていうような大病は一度もしたことがないんだけどねぇ。きっとああいう人は長生きするんだよ、ははは。でも、本人は神経質になっちゃって、ちょっと頭が痛い、胃が痛いって言っちゃすぐ薬を飲んでる。笑っちゃうくらい用心深い」

台所の食器棚、茶の間の隅、枕元には祖父専用の薬箱が置いてある。薬箱といっても、それはお菓子の空箱で、中に「ノーシン」「太田胃散」「龍角散」が入っている。祖父はその三つの薬は切らしたことがない。気がつくと薬を口に運んでいるイメージが祖父にはある。

「身体が弱いと役立たずになるって思い込んでるんだろうね。反対に、丈夫でいれば、何かしら人の役に立てるって思ってる。だから、ほら、じいちゃんは何でもかんでも引き受けてきちゃうだろ。農政委員とか区長とか。感謝状なんか貰ったって、一銭にもならないのに」

うちの座敷の鴨居には額に入れられた賞状がたくさん飾ってある。

「じいちゃんは〝人のためになるんだから〟って言ってさ。性分もあるんだろうけど、そんなに他人のために骨を折ってもしようがないのにね。町議でもあるまいし」

「だったら、じいちゃん、町議になっちゃえばいいじゃん」

「近所のみんなも、正次郎さんは町議選に出ないのかいって言うけどね。そう簡単になれるもんじゃない」

「なんで?」

「フミには、まだ分かんないだろうけど、選挙ってのはお金がかかるんだよ」

「え、なんで?」

「応援してもらうのに、飲み食いもさせなきゃなんないだろ」

選挙のとき、お祭り騒ぎのように盛り上がった家の前を通ったことがある。つまり、あれがそういうことなんだろうか。

「選挙に通りゃいいけど、落選したら、うちなんか下手すりゃ身上《しんしょう》潰しちまう。ああいうのはお大尽の武田さんちの辰男さんみたいな人が道楽でやるもんだ」

「あ、そういえばさ。武田さんちの離れにいる帽子ババアだけど」

「どうかしたかい？」

「この間、自転車漕いでたら、前んちの角でぶつかりそうになった」

「まったく、年中、そこらをふらふらしてるから、危なくってしょうがないねぇ」

「でもさ、なんで武田さんちにいるのかな？」

「ああ、他所様《よそさま》んちのことだから、よく分からないけど……」

祖母は、近所の噂話をするとき、決まってそう前置きをする。でも、近所のことにかなり詳しいと、僕は思っている。

「なんでも、辰男さんの奥さんの梅代さんの姉さんだとかで、一旦は嫁に行ったんだけど、旦那は戦死して、空襲のときに男の子を亡くしたらしいんだよ。それで気がふれちまったって聞いたことがある。本当だったら可哀想な話だけどね」

〝カツトシ〟……。あれは、その死んだ男の子の名前なのかな。そうだとすれば、気の毒に思えた。

「それで？」

「嫁ぎ先も実家も身寄りがなくなっちまって、梅代さんが辰男さんに頼んで引き取ったって話だ。

最初の頃は、離れの柱に紐で縛り付けておいたらしいから、近所のもんは誰も知らなかったけど、縄を解《と》いて外に出ちゃって、隣町で見つかった。ちょっとばかり騒ぎになったもんだから、それでみんな、そういう人がいるって知ったんだよ」

縛られるなんて雄ちゃんがくらうお仕置きみたいだ。

「今も縛られてるのかな？」

「今はないだろ。辰男さんは、ゆくゆくは町長にもなりたいそうだから、世間体もあるし、酷い扱いもできないだろ。でも、ちょっと目を離すと、近所をブラブラし始める。別に、悪さする訳でもないからいいけどね。ただ、あそこの嫁さんが、世話を押し付けられて厭になるってぼやいてるそうだけど」

祖母はご飯粒の付いた指先を口に近づけると、ぱくっとご飯粒を食べた。

「まったく、どこのうちでも色んなことがあって大変だ、ははは」

祖母はそう笑うと、五つ目のおにぎりに味噌を塗った。

僕は祖母に作ってもらった弁当と水筒、それに肝油ドロップを缶ごと、大きめな紙袋に入れた。

「昼飯の準備はよしっと」

今日は雄ちゃんちに集合し、〝不発弾探知機〟を作ってから格納庫に向かう予定になっている。でも、その前にやっておきたいことがある。高井の家に寄って、だめにしたハンカチの代金を渡すことだ。

僕はヘソクリを怪獣ブースカの人形の中に隠している。ブースカの前はロボタンに入れていた。ヘソクリといっても、家族はそのことを知っている。だから居間の茶箪笥の中に堂々と置いている。僕はブースカを取り出した。長い間使っているのでブースカの表面は色褪せてしまった。首の辺りから折り曲げる。ビニール製の人形は首の所で胴体と分かれるようになっていて、中は空洞だ。一五八〇円。僕は残金を紙の切れ端に書いて一緒に入れている。

「千円だったら……」

借りは作りたくないと弁償することを決めたはずなのに、お金を取り出すと別の方法はないものかとちょっと惜しい気になる。千円あれば、ホームランバーアイス百本、いや贅沢にメロンアイスだって五十個は食べられるのに。溜息をつきながら、仕方なく僕はトレパンの左ポケットに百円玉五個、右ポケットに千円札を押し込んだ。

柱時計が一回鳴った。九時半だ。急がなくちゃ。

土間に下りると、自転車の籠に弁当を入れ、自転車を庭に出してスタンドを立てた。そして物置に入ってスコップを選ぶ。不発弾の場所が分かったらすぐに掘り出せるようにだ。

スコップを自転車の後ろ座席にゴム縄で縛り付ける。スコップの柄が後ろに飛び出していて、自転車から尻尾が生えているように見えた。

自転車に跨がり、さぁ出発とペダルに足を掛けたとき、軽トラが庭に入ってきた。父の軽トラだ。何か忘れ物でも取りに戻ったのか。軽トラは僕の行く手を阻むように自転車の前に停まった。

軽トラの座席から降りてきた父に「そんなもん持ち出してどこに行くんだ」といきなり怒鳴られた。

「自由研究の……」

父は僕の話など最初から聞く耳持たずで、僕が全部言葉を言い切る前に「毎日毎日、遊んでばかりいやがって。ちったー、手伝いとかする気はねーのか」と不機嫌そうに言い放った。このところ、父が苛々している様子は分かっていた。だから、あんまり関わらないようにしていたのに。

「だから遊びじゃなくて、宿題の……」

「どうだっていい、そんなことは」

「どうだってよくないね。オレらは今に、新聞にだって載るくらいのスゲーことやって……」

「何が新聞だ。生意気な口をきくな」

「だから……」

父はまた僕の頭を叩こうとして手を伸ばした。僕はそれをかわしたが、それがかえって気に入らなかったのか、空振りした手を逆に振り上げて僕の頬を手の甲で引っ叩《ぱた》いた。

「痛てぇーな」

何も悪いことはしていない。叩かれた意味がまったく分からず、僕はぶたれた頬を押さえながら父を睨み返した。

「なんだ、その目はっ」と、更に父は手を上げた。僕は身構えながら「きたねー手で触んなよ」と言い返した。父の指先は爪まで真っ黒だ。ふとそのことが頭を過《よぎ》って出た言葉だ。

「何だとっ」

父の手が高く上がったとき「庭先で何やってるんだい。みっともないね」と祖母の声がした。その声に父の動きが止まった。僕はその隙に自転車に飛び乗ると一気にペダルを漕いでその場を離れた。

父は僕の言うことなど何ひとつまともに聞こうとはしない。本気で僕のことが嫌いなんだ。全力でペダルを漕ぎながら、悔しくて涙が出そうだったけど、絶対に泣くもんかと必死に堪えた。泣いたら父に負ける思いがした。

厭な思いを引きずったまま、高井の家を目指した。

「ちくしょー、とうちゃんのせいだ。今にみてろよ」

上り坂では踏み込むペダルが余計に重く感じられた。


高井の家に着いた。玄関前に立ってひと呼吸すると、チャイムを押した。

ピンポーン。

「はーい」

ドアが開いて高井の母親は僕を見るなり、顔色を変えた。歓迎されないのは分かっていても、少しくらいお愛想笑いができないものなんだろうか。

「また、あなたなの？」と、高井の母親は言うと、僕の後ろを見て「今日はひとりなのね」と独り言のように呟いた。

「それで今日は何かしら？」

「高井くんに返す物があって」

「和彦があなたに何か貸したの？　じゃあ代わりに受け取りますよ」

「いやー、それがその……」

僕はポケットの中に手を突っ込んで千円札を握った。いくら何でも母親にお金を渡すのは抵抗がある。

「どうしたの？」

僕が答えあぐねていると「小木くん」と奥から高井が現れた。なんだよ、いるならもっと早く顔を出せよ。僕はほっとしながらも心の中で悪態をついた。

「よっ」僕は軽く右手を上げた。

「和彦、何か小木くんに貸してあげたの？」

「うん？　ああ……」

高井が言葉に詰まる。僕は気づいた。高井は昨日、僕らと一緒にいたことを母親には話していないんだと。

どうせこの母親は僕を家に上げるつもりはない。僕は顎を振って、ちょっと表に出ろよという合図を送った。高井は気づいたらしく「ちょっと小木くんと話がある」と靴を履いた。

「早く済ませるのよ」

「うん、分かってる」と、高井は答えてドアを閉めた。

「あのさ、お前から借りたハンカチな、洗濯したけど血が落ちなくてさ」

「別にいいよ」

「よかねーよ。それで弁償しようと思って。あのハンカチっていくらくらいだ？　五百円とか、千円くらいか？」

「そんなこと知らないよ」

五百円くらいだと答えてほしかったのに、知らないと答えられて僕はがっかりした。でもケチ臭いと思われるのも厭なので、僕は渋々ポケットから千円札を取り出し、くしゃくしゃになってしまった札の皺を伸ばして、高井に渡そうとした。

「これ」

「いらないよ、お金なんか」高井は両手を身体の後ろに隠した。

「受け取れよ」僕はお札を押し付ける。

「だから、いらないって」高井は何かきたないものでも押し付けられたように上体を反らした。

「厭なんだよ、お前に借りを作るのが」

高井は腕組みをすると、何かを企むような顔をした。そしてゆっくりと口を開いた。

「だったら、僕も君らの仲間に入れてくれ」

「あん?」

僕は想像していなかった高井の申し出に言葉を詰まらせた。

「あの磁石で何をするつもりなんだ?」

「何って……」

「仲間に入れてくれれば、ハンカチのことはおあいこにするけど」

「厭だって言ったら?」

「あのハンカチを元のきれいなものに戻して返してくれ」

こっちの足下を見やがって。ホントに鼻持ちならないヤツだ。

「それができねーから、弁償するって言ってるんだろ」

「しっ。声が大きいよ」高井は家の中を気遣った。

「ああ」僕は少し間を空けて「でもよ、もし仲間に入れてやるって言っても、オレらと一緒にいること、お前のママが許さないだろ。これから夕方までずっと。いいや毎日だぞ」と、厭味の逆襲だ。

高井は口元をちょっと歪めると「平気さ。ちゃんと話す」と答えた。

昨日のことだって黙っていたくらいだ、そんなことが高井にできるはずがない。

「分かった、話してくる。だからここで待っててくれ」

高井はそう言い残すとドアを開けて家の中に入っていった。

僕はドアに耳を当てて中の様子を窺った。

するとすぐに、叫ぶような悲鳴のような高井の母親の声が聞こえてきた。

「何を言ってるのっ」

ほら始まった。あの母親が聞き入れるはずがない。

「もうっ、妙な子たちと関わると影響されちゃうから厭なのよっ」

妙な子たちってオレらのこと？　かなりカチンときた。

「これだからこんな田舎に転勤するなんて反対したのにっ。それをパパが勝手に承知しちゃうから。あなただって中学受験が控えてるのよ。八月に入ったら東京に戻って塾にも行かなくちゃならないし、そんなくだらない遊びなんかして、フラフラしてる暇はないのよ」

高井はこれで撃沈だろうな、と思った矢先。

「ママは僕のことを何でも思い通りにできないと気が済まないんだよ。バイオリンだって、ピアノだって、ママの自己満足じゃないかっ。僕だって遊びたいんだよ。学校に行ったたってずっとひとりだし。楽しくないんだ。そうさせてるのはママなんだからっ」

おっ、あの高井が激しく母親に言い返している。

すかしていて気に入らないヤツだと思っていたが、高井は高井で大変なのかもしれない。親なんて案外どこでも同じようなものなんだ。僕は父に叩かれた頬を摩《さす》った。すると、高井を応援する気持ちが湧き起こってきた。いいぞ、いいぞ、高井、もっと言ってやれ。

「もうっ勝手にしなさいっ」

「勝手にするっ」

玄関のドアが開くと高井が飛び出してきた。

「小木くん、行こう」

高井の顔は紅潮していて、いつもの高井のクールさが感じられなかった。

「おい、平気なのかよ？」

「平気だ」

高井はガレージに置いてある変速ギアの自転車を運び出した。

「さぁ、早く行こう」

全く予期せぬ展開になってしまって戸惑ったけど、とりあえず、高井を雄ちゃんちまで連れて行こうと思った。横暴な父の鼻を明かすためにも、高井は戦力になるかもしれない。事実、磁石取りでの一番のヒーローは高井だった。

ゆっくりとした速度で高井と並んで自転車を漕いだ。

「お前、オレらの本当の目的って分かってないのに、かあちゃんとケンカしちゃってよかったのか？」

「ああ……。でもいいよ、別に。あの人はいつもキーキーキャーキャーヒステリーを起こすんだ」

最初は少し口籠もったものの、高井の答え方は妙に清々しく、そして大人のような感じがした。

「そうか。じゃあいいけど……」

不発弾探しのことを教えてやってもいいと、つい喉まで出かかった言葉を飲み込む。もっとも一緒についてきたら分かってしまうことだ。ただ、雄ちゃんとつーやんに意見を聞かずに話すのはルール違反だ。


高井の家から十分もかからずに、雄ちゃんちの赤い屋根が見えてきた。それでも約束の十時は回っていた。

雄ちゃんちは去年、建て替えて新しくなった。自分の部屋をもらった雄ちゃんが羨ましい。ベッドも勉強机もある。もっとも机は雄ちゃんには不要かもしれないけど。

玄関先にしゃがんだ格好のつーやんと雄ちゃんの背中を発見。

「おーい」僕が声を掛けるとふたりは振り向いた。

でも、僕が高井と一緒だと気づくと、きょとんとした顔をした。

ふたりの前で自転車を降りると「なんで、高井と一緒なんだよ」と、雄ちゃんが不満そうに言う。もっともだ。僕が逆の立場なら同じことを言った。

「あのさー。高井も仲間に入れたいんだけど」

「えぇーっ」ふたりが素っ頓狂な声を上げて驚く。

「オレは反対だな。絶対に厭だ」雄ちゃんは頑なに拒否する。

雄ちゃんは僕とつーやんの腕をつかむと門柱の陰まで引っ張って「ブンちゃん、不発弾のこと話したのかよ」と尋ねてきた。

「それはまだ」

「ああ、よかった。あいつを仲間に入れたら、オレらの手柄を横取りされちまうじゃねーかよ。ヒーローになるのはオレらなんだぜ。ブンちゃん、そこんところ分かってる？」

「まぁ、オレに任せろよ。決して手柄を横取りになんかさせねーし」

「納得いかねーな」

「だけどさ、昨日だって、あいつがいなきゃ磁石も取れなかっただろうがっ」僕は少し苛つきながら語気を強めた。

「そうかよ、じゃあ、ブンちゃんの好きにすれば。オレは知らねーからなっ」雄ちゃんは不機嫌そうに横を向いた。

見兼ねたつーやんが「仲間割れはやめようよ」と割って入る。

僕は横を向いたままの雄ちゃんに構わず高井を手招きした。

「お前を仲間に入れるよ。だけど秘密は絶対に守れよ、いいな」

「分かった」高井は大きく頷いた。

「じゃあ、教えてやるよ。オレらが探してるのは不発弾さ」

「不発弾？」

「戦争のとき落とされて爆発しないまま土の下に埋まっているやつ。それの在処《ありか》を磁石で探すんだ」

「ふーん、面白そうだな」

「だろ？　で、これから不発弾探知機を作って、今日は格納庫の松林に行く。あ、つーやん、絵は描いてきた？」

「こんな感じにするのかな」

つーやんは広告紙の裏に探知機の絵を描いてきた。絵には矢印が描いてあり「空き缶」「針金」「バネ」「磁石」と説明がついていた。「ああ、いいね。おい、雄ちゃん、缶は用意したか？」

「ああ、用意した」

ぶっきらぼうに雄ちゃんは答えて、柿の種と煎餅の入っていた平べったい四角い空き缶とバネを出した。

バネは、雄ちゃんが親戚の人からもらった古いエキスパンダーをバラしたものだ。以前、雄ちゃんと大リーグボール養成ギブスを作ろうとして失敗したまま放っておいた。

「じゃあ、作ろうぜ」

僕らは玄関前にしゃがみ込むと〝不発弾探知機〟の製作に入った。

まず、缶の側面にトンカチで釘を打ち込み穴を空ける。同じように他の側面にも穴を空ける。各側面に空いた四つの穴に、一本ずつ針金を通す。そうして通した四本の針金を缶の上の方へ伸ばし捻りながら一本に束ねる。ちょうど壁のないピラミッドのような形になる。ピラミッドの頂点に、バネの先を括り付ける。大きなバネばかりのようになる。そして最後に、缶の内側に磁石をきれいに並べて完成。

「意外と簡単だろ」僕はみんなに言った。

「よし、あと三機、ぱぱっと作っちまおうぜ」

「おう」

それから僕らはあっという間に、同じ要領で三機作った。

「不発弾探知機、全部完成。じゃあ、実験だな」

僕はそう言うと、地面にバラまいた釘の上に探知機を移動させた。すると、釘が起き上がって缶の底にくっついた。

「おお。スゲー」

真っ先に声を上げたのは雄ちゃんだ。どうやら機嫌の悪さも少し治った様子だ。

「釘は地面の上にあるから、釘の方からくっついてくるけど、土の中の不発弾に磁石が反応すれば、バネがびょんびょんって伸びるはずだ」

「釣りの浮きみたいだね」

「つーやん、またまた、ごめいさん」

と、アイディアを説明しながら、僕は急に不安になった。これくらいの磁力で、本当に埋まっている不発弾に反応するんだろうか？

「高井、これくらいの磁石で大丈夫だと思うか？」

「うーん」高井はちょっと考え込んだが「アイディアは面白い。ま、とにかく試してみればいいんじゃないか」と答えた。

「けっ。すかしやがって。上手くいくに決まってるだろうが」雄ちゃんが言う。

「あ、そうだな、ごめん」高井は素直に謝ってみせた。明らかに雄ちゃんに気を遣っているのが分かった。

「じゃあ、出発するか」

僕らは探知機を各々の自転車の荷台に括り付けると、一斉に自転車を漕ぎ始めた。


格納庫へ通じる道路を走る。昔、零戦が飛行場へ運ばれた道だ。

拡張工事中の道路は完成すると、飛行場の中を突っ切るバイパスになって隣の市まで延びる。そうすると、朝夕のチューデン渋滞も随分、緩和されるのだと祖父が言っていた。

バイパスの工事と一緒に休耕田の区画整理も始まった。休耕田は原っぱとして僕らの格好の遊び場だった。春には一面、赤紫色のレンゲの花が咲いた。バッタやコオロギを採るにはピカイチの場所だったし、柔らかな夏草が伸びた上で、バク転の練習もできた。でもすっかり、そんな原っぱも、ブルドーザーやショベルカーに掘り起こされてしまっている。もうすぐ、たくさんの家やアパート、チューデンの独身寮なんかが立ち並ぶ。僕らは遊び場を奪われたような気分だった。

うちにも〝裏田んぼ〟と呼ばれる休耕田が堰の近くにある。

「もっと区画整理が西にまで伸びてくれりゃ、売っぱらえたのになぁ」

いつだったか、酒を呑みながらそう愚痴る父の言葉を思い出した。

きっと何年か先には、堰の近くまで区画整理は進められ、あの川もコンクリートの川になってしまう。

工事中の道路脇はデコボコなので、探知機が荷台から落ちないように、注意深く自転車を走らせた。その脇を何台ものダンプカーが砂埃を上げて走ってゆく。吹き付けられたコールタールの臭いがぷーんと鼻に届く。僕はその臭いが嫌いじゃない。

前方に格納庫のある松林が見えてきた。松林の上に、ラジコン飛行機がたくさん飛び交い、次第にエンジン音が大きく聞こえてくる。

「左に曲がれ」

先頭の僕は振り返ってみんなに指示する。

松林に沿った舗装のされていない狭い道に入る。薄《すすき》が道路まではみ出すように伸び、鬱蒼としている。薄の中に、無断で捨てられたゴミが山積みになっている所もあって、かなりきたない。中には洗濯機、食器棚、布団やベッドのマットレスなんかも捨ててある。

それから道端には、僕らの関心を惹くものも落ちている。エロ本だ。雨露に濡れてガビガビになった雑誌を見つけると、僕らは棒の先でめくっておっぱいを見たりした。誰がこんなところに捨てていくのか分からないが、また行くと別のエロ本が捨ててある。でも、今日はそんなことをしている暇はない。

松林には自転車がやっと通れるくらいの道がある。獣道のように両脇から木々の枝が伸びていて、地元の人じゃなければ分からない。でも、僕ら子どもはみんなこの抜け道を知っている。真っすぐ抜けてしまえば、一面コンクリートが敷き詰められた格納庫に出る。正確に言えば、格納庫跡だ。須永食堂のおじさんに聞くまで格納庫の意味さえ知らなかった。でも今では、僕の頭の中に、零戦がしまわれた巨大な格納庫がしっかりと浮かぶ。

抜け道の途中で自転車を降りる。ここからはもっと狭い藪を通る。

「荷物は持ったか？」

僕らは探知機と自分の荷物を荷台から下ろす。

両脇から伸びる木々の枝を払って、足下の枯れ枝をミシミシと踏みしめながら奥へと進む。弁当とスコップを余分に持った僕はヨタヨタしながら最後尾を歩く。

先頭を行く雄ちゃんが、枝を弓のように引っ張る。枝が充分にしなったところで手を離すと、高井の顔目がけて枝が飛んだ。

「痛てっ」

「ほらほら、ぼやっと歩いてんじゃねーぞ」

わざとやっといて雄ちゃんもよく言うよ。

たった三分くらいの道程が酷く長く感じられた。

「おお、着いたぜ」雄ちゃんの声がする。

最後の枝を掻き分けると、蔦の葉がびっしりと張り付いたコンクリートの壁が見えた。周りに高い木はなく、生えているのは背の低い雑草だけだ。ポートボールのコートくらいの広さで、風の通りが悪く、おまけにこの場所だけ虫眼鏡で光を集めているように蒸し蒸しと暑い。歩いている間にかいた汗とは別の汗が、身体全体の毛穴からダラダラと溢れてくるみたいだった。

「へー、これが軍の司令部だったなんてなぁ」

僕は朽ち果てた塀、いや壁をマジマジと見上げた。壁には四角い枠が空いている。きっとこれは窓だったんだな。一体どんな形をした建物だったのだろう。ここでどんなことしていたんだろう。想像すると、ちょっとワクワクした。

と、雄ちゃんが手を広げ、「ヒューン、ヒューン、ドカーンとか、爆弾が落ちたのかな」と走り回る。

雄ちゃんはすっかりいつものお調子者に戻ったようだ。

「よーし。じゃあ、早速、探知機で探そうぜ。雄ちゃんとつーやんは西の端から。オレと高井はこっちの端から探す」

僕らは四隅に散った。雑草すれすれの位置に探知機をぶら下げながら、亀の歩みより遅いくらいゆっくりとそれを移動させた。学校での廊下掃除みたいに、端から端までいくと、探知機の幅の分だけ横にズレて、また端までゆっくり移動する。

こめかみの辺りから伝った汗が顎の先からぽたぽたと落ちた。

「おい、どうだ？　引きはあったか？」

そんなに簡単に見つかるはずはないと思いつつも、僕はみんなにそう訊かずにはいられなかった。でも、当然みんなの答えは「ない」だ。これは相当根気の要る作業だなと、早くもうんざりしかけた。

時計を持っていないので、どれくらい時間が経ったのかは分からないけど、おそらく二十分くらいが過ぎたところで、ふたつのチームは中央で合流した。

「ここにはないんじゃねーの」雄ちゃんが腰を伸ばしながら言う。

「磁石が弱いのかも。今度は探知機を二機くっつけるようにして、磁力を二倍にしたらどうだ？」高井が提案する。

「同じだって」雄ちゃんは譲らない。

「高井の言う通りだ」

「なんだよ、ブンちゃん、高井の肩持つ気かよ」

「そういうことじゃねーだろ。やれることは全部試そうってことじゃん。二機でだめなら、三機、最後は四機、全部使ってさ」と、僕。

「えー、そんなにやんのかよ」雄ちゃんはまだ不満を言う。

「オレも面倒だって思うけどさ、しようがねーだろ、まったくっ。雄ちゃんはここに何しにきたんだっ」僕は口を尖らせて文句を言った。

「はいはい、やればいいんだろ。つーやん、やるぞ」雄ちゃんはやる気ゼロといった感じで持ち場に戻った。

　でも、二機ずつ並べて探した結果も、何も反応なしだった。

「ここにはねーって」雄ちゃんが草の上にしゃがみ込んだ。

「分かったよ、じゃあさ、四つ合わせて反応がなかったら、もうやめる」僕は雄ちゃんを見下ろしながら言った。

「あーあ」雄ちゃんは大袈裟な溜息をつくと、むしった草を叩きつけて「暑いしさ、休憩してからやんねーか」と僕を見上げた。

喉も乾いたし僕も休憩してもいいと思ったけど、雄ちゃんの態度がどこか気に入らなくて「なんで、いつもそうなんだよっ」と怒鳴ってしまった。

「すぐ休もうって言うし、探し方は適当だし。高井の方が余程戦力になってるじゃねーか」

雄ちゃんは僕と目を合わせようとせず、また千切った草を投げた。

「立てよ」

「いい。オレはもういい。お前らで続ければ。オレは休む」雄ちゃんはふてくされた。

「ふざけんなよ。大体さ、矢口にぶん殴られて、絶対、不発弾探してやるって宣言したのは誰なんだよっ」

「そんなこと言ったか、オレ」雄ちゃんは完全に開き直った。

「だから、雄ちゃんはだめなんだ。そんなことだから〝うんこ屋〟ってばかにされるんだ」僕はついそう口走ってしまった。

するると、雄ちゃんが鋭い目つきで僕を睨んだ。僕は取っ組み合いのケンカも覚悟した。ところが、雄ちゃんはゆっくり立ち上がると、尻の辺りを手のひらで払って、ぼそっと「オレ、帰る」とだけ言って歩き出した。拍子抜けした反面、その態度に僕は妙にムカついて「ああ、帰れ帰れ、うんこ屋」と背中に言葉を浴びせた。

「雄ちゃん」

「根岸くん」

つーやんと高井が心配そうな声で雄ちゃんを呼び止めた。

「放っとけよ、あんなやつ。どうせ邪魔にしかならねーんだから」僕は吐き捨てた。

「だけど、ブンちゃん」

「やっぱりマズいよ、小木くん」

僕はふたりの投げ掛けに答えることなく、額の汗を腕で拭って、緑の葉っぱの陰に消える雄ちゃんの背中を見ていた。

「さぁーて、邪魔者は消えたし、不発弾探し続けるかっ」僕は雄ちゃんの姿が消えた獣道に向かって、わざと大声を出した。

と、つーやんが「雄ちゃん、大丈夫かな?」と、心配そうな顔をした。

「知らねーよ、あんなヤツ。さぁやろうぜ」

今更、追いかけて連れ戻すなんて癪に障る。それに雄ちゃんのことだ、もしかすると、何喰わぬ顔で、サイダーを手にしてひょっこり戻ってくる可能性だってある。だとしても、そう簡単に許してやる気はないけれど。

「だけど、あんな言われ方されたら」つーやんが珍しく食い下がる。

「悪いのは雄ちゃんだろ。つーやん、雄ちゃんの味方なのかよ」

日頃から、雄ちゃんのしつこいちょっかいにうんざりしているのに、こんなとき、雄ちゃんの肩を持つなんて納得ができない。

「そ、そうじゃないけど……」つーやんは蚊の鳴くような声を出すと俯いた。

「じゃあ、もうちょっと頑張ろうぜ。なぁ高井」僕は高井に同意を求めた。

「確かに根岸くんはいけないと思うけど、追い払わなくてもさ」

高井、お前もかよ。僕はガクッときた。

「大体、帰るって言い出したのは雄ちゃんだし、オレが追い払ったんじゃねーぞ」僕は軽く舌打ちしながら言い返した。

「ああ、分かった分かった。オレ、ひとりでやるから、お前らも帰れよ。オレが必ず不発弾を探して……」と、その後の言葉は飲み込んで、父に叩かれた頬に触れた。

「帰りたいなんて言ってないだろう」と、高井が言うと「うん」とつーやんも頷いた。

「じゃあ、続けるんだな」

「うん」ふたりは相槌を打った。

「よっし。今度は四機並べて探そうぜ」

僕らは三人横一列に並んで、敷地の端から探し始めた。雄ちゃんを帰した手前、僕が進んで二機の探知機を両手にぶら下げる。不格好な歩き方で、高井とつーやんの歩調に合わせるのは結構難しい。額から伝った大粒の汗が顎の先からぽたぽたと落ちる。敷地の半分ぐらいまできたところで、探知機の重さに腕は痺れ、脚を踏ん張ったせいで、太腿の傷が痛んだ。でも、さすがに「重いっ」とか「痛いっ」との文句は言えず、僕は必死に我慢した。

僕らは敷地の端から端まで移動した。

「反応、なかったね」と、つーやん。

雄ちゃんが言ったように、ここに不発弾はないのかもしれない。でも雄ちゃんが正しかったとは認めたくない。そもそも、雄ちゃんの意見は適当な勘で、ちゃんと探しての結果じゃないし。

「どうする?」高井が尋ねる。

「どうするって……」僕は口籠もった。

すると、南の空からウオーンとサイレンが鳴り響いた。チューデンの正午のサイレンだ。

「あ、お昼だ。メシ食べながら、これからのことは考えようぜ」

僕はサイレンに救われたような気分で、そう提案した。

「メシ……」

高井がぼそっと言うと、下を向いた。そうだ。高井は弁当がない。

「僕、パンでも買ってこようかな」

そういう高井に「心配すんなって、オレのを分けてやるからさ」と、僕は高井の肩を軽く叩いた。

「悪いからいいよ。パン買ってくるよ」

「お前、どこまで買いに行く気だよ」

この辺りにはスーパーも駄菓子屋もない。駅前の商店街まで自転車を飛ばしても片道十分以上はかかる。

「オレ、ばあちゃんに多めにおにぎりを作ってもらったんだ、それを喰えばいい」

元々、雄ちゃんに横取りされることを予測して余分に握ってもらったおにぎり。雄ちゃんが帰ってしまって、高井に回すことができる。

「気にすんなって。お前だって仲間なんだし。帰っちまった誰かさんより、ずっと役に立ってんだから遠慮すんなって。なっ」

高井はまだ少し躊躇う感じで「じゃあ、そうするよ。ありがとう」と頷いた。

「よーしっ。つーやん、メシだメシっ」

僕とつーやんは日陰に置いておいた紙袋を取りに走った。

松の木陰につーやんが手際良く新聞紙を敷く。僕らはその上に座って、弁当を広げた。見上げると松の枝の隙間から、真っ青な空が輝いて見えた。

僕はおにぎりをひとつ取ると、高井に渡した。

「ばあちゃんの味噌にぎりは、最高にうめぇんだぞ」

高井は汚れた手を少し気にした様子で、軽く指先をシャツの裾で拭うと、おにぎりを受け取った。そしてゆっくりとひと口齧りついた。

「ホントだ、美味しい」高井の顔がほころぶ。

「だろ」僕はすかさず自慢げに言う。

案外、僕は高井のことを誤解していたんじゃないかと、祖母のおにぎりを頬張る高井を見ながらそう思った。

「ほら、茄子の漬け物もある。これがまたうめぇんだ」

今度は茄子を高井に渡す。丸ごとの茄子の漬け物を手にした高井は、明らかにどうやって食べていいのか迷ったふうだった。

「なんだ、お上品な東京もんは喰い方も分からねーのか」

僕は高井をからかいながら「こうやって、齧ればいいんだよ」と言うと、茄子の丸いお尻に齧りついた。口の中に塩《しょ》っぱい味が広がる。

「やってみな」

高井は僕に促されて、僕の真似をするように茄子のお尻に齧りついた。

「しょ、塩っぱっ」

高井はゲホゲホと大袈裟に噎せた。教室では決して見せたことのない、妙に慌てふためいた高井の表情がおかしくて、僕はゲラゲラと笑った。

「つーやん、水、水」

つーやんも笑いながら、水筒の水をカップに注ぎ、それを高井に渡した。高井はカップを受け取ると、蟬の鳴き声にも負けないくらい喉を鳴らして水を飲んだ。

「ふー。死ぬかと思った」

目をきょろきょろとさせる高井に、僕とつーやんはひっくり返って笑った。

「そんなに笑わなくてもいいだろっ」高井が少しムッとする。

「お前、意外と面白いヤツなんだな」と、僕が言うと「そうでもないさ」と高井は苦笑いをした。

「お、そうだ、ソーセージだってあるぞ」

すっかり僕は兄貴気取りで、高井の世話を焼く。

「いいか、ソーセージはな、こうやって」

僕は留め金を奥歯で強く嚙むと、ソーセージをグルグルと回した。すると、ビニールが捩《ねじ》れて切れる。あとはバナナの皮を剝《む》く要領でビニールを剝《は》がす。ソーセージがくたっと曲がる。

「ほら」

そのソーセージを手渡そうとしたら「自分でできる」と高井に拒まれた。

「そっか……」

僕は手にしたソーセージを、ちょっと残念な気持ちで頭から齧った。

高井に別のソーセージを渡すと、僕がやったように高井は留め金を奥歯で噛んだが、うまく引き千切れない。そんな必死の顔つきに、僕とつーやんがまた大笑いする。

「ほらほら、高井くん、しっかり頑張れ」

ぎゅーっとビニールが伸びてパチンと音を立てると、高井はめちゃくちゃ嬉しそうに「ほら、できた、な、できただろ」と大はしゃぎでソーセージを見せた。ふと、高井はずっと昔から僕らの仲間だったような気がした。

口いっぱいにソーセージを頬張る高井に尋ねた。

「なぁ、東京じゃ、中学校に行くのにも試験があんのか？」

「私立ならある」

「私立って何だ？」

「だから、公立じゃないってこと」

「なんだ、それ？」

「今、僕たちが通っている学校は町立だろう。そういうのは公立。あ、大学でいえば、慶応とか早稲田とか、そういうのが私立」

「へー」

よく分からなかったけど、僕は分かったフリをした。

「それでお前、ホントに受験するのか？」

「うちの母さん、伯母さんと何でも張り合う癖があって。で、従兄がいい中学に入っちゃったもんだから、それで僕も私立に行かせたいんだ。口じゃ僕のためだって言うけどさ」

「で、お前は厭じゃないのか」僕が訊く。

「そりゃあ、厭だよ。でも、まぁ仕方ないし。それに将来、その方が就職とか色々有利だって僕も思うから」

僕もこの先、中学へ行って、高校へ行って……。それくらいのことは分かる。でも、高井はそれ以上の何か僕の知らないことを、たくさん知っている。そう思うと急に高井が大人びて見えた。

「だったら、お前んちのかあちゃん、オレらと遊ぶの、絶対に許さねーだろ」

「たぶんね」

「親なんてさ、文句ばっかり言って、全然分かってねーんだから。うちのとうちゃんなんか、すぐ殴るんだぜ。あ、つーやんなんか、とうちゃんがいないから、殴られないで済むし、いいよな」

つーやんの顔がみるみる曇った。

「殴られたっていいよ、生きていてくれれば……」

しまった。つい調子に乗って余計なことを言った。それにきっと、つーやんの父親なら子どもを殴るようなことはしない。

高井がすぐに〝その言い方はマズいだろう〟という視線を送ってくる。

「ああ、違う。そうじゃないんだ。うちのとうちゃんの話だよ。うちのとうちゃんなんかいない方がいいってことさ」

慌てて取り繕っても、あまり効果がなかった。

折角、昼飯で雰囲気が和んだのに、その雰囲気を壊してしまって気まずくなった。これも出掛けに喰らった父の一発のせいだ。

「小木くん、これからどうする？」高井が沈黙を破ってくれる。

「ああ、そうだなぁ」

格納庫付近を探すのは、ラジコンを飛ばしている人がいて目立つ。まさか不発弾を探しているとは誰も思わないだろうけど、興味は持たれるに決まってる。

「お前ら、何やってるんだ？」と訊かれて「別に」とごまかすのも面倒だ。格納庫付近の探索は、平日にする方がいい。

僕は口をモゴモゴさせながら「もう少し範囲を広げて、藪の中も探してみるか」と答えた。

「藪の中？」ふたりは驚きながら、あからさまに厭な顔をした。

「だって、可能性はあるだろ」

「虫とかヘビとか、いっぱいいそうだよね」つーやんが弱音を吐く。

「ヘビがいるのか」と高井が驚く。

普段なら「だから、つーやんは弱虫って言われるんだよ」と言うところだけど、さっき傷つけたばかりということもある。代わりに僕は高井に向かって「ヘビなんか怖がってんじゃねーよ」と言った。

「はい、昼飯タイム終了」

そう言うと、僕はさっさと立ち上がった。ふたりは半ばあきらめ顔で、僕に続いた。

僕らは探知機を持って、鬱蒼とした藪の中に入った。

棘のある枝や笹を掻き分けながら、一方で探知機をぶらさげての探索は骨が折れる。でも、僕にだって意地がある。後になって、あそこを探しておけばよかったなんて悔やむのも厭だ。服から覗いた手足に、笹や棘のある枝が触れるたびに痛みを感じたけど、とにかく探索を続けた。

藪の中は風がまったく吹き抜けずに、酷い湿気だ。おまけにヤブ蚊が飛んでいて、僕らはいいカモになる。気づくと、脹ら脛の裏に喰われた痕がみっつもある。きっと、蚊に好かれるつーやんは、もっとスゴいことになっているに違いない。

「おーい、どうだ」

定期的な僕の問い掛けに返ってくる言葉といえば「反応なし」だけだった。

一時間くらい探して、収穫のない僕らは一旦、藪の中から出た。

「ひえー、痒い」

みんなヤブ蚊に喰われた場所を、ボリボリと掻いている。

「じゃあ、ちょっと休憩したら、またやろうぜ」と僕が言うと「えーっ、まだやる気」と、ふたりが声を上げる。

「だって、まだ十分の一も探してないし」僕はそう答えた。

「ブンちゃん、ここにはないんじゃない」つーやんが首を振った。

「僕もそう思うな」高井がつーやんに賛成する。

「お前ら、辛いから、ここにはないって言ってるんだろっ」

ふたりは黙った。僕も藪の中の探索は厭だ。正直、もうやめてもいいと思っていた。でも、雄ちゃんだけじゃなく、今日はみんな僕のやることに反対ばかりしているように思えてきた。

「そんなに厭なら、もうやめる」

僕がそう言い出すと、ふたりはほっとした表情になった。

「ああ、いいよいいよ。明日からオレひとりで、残りの藪の中探すから。お前らなんかアテにしない」僕は強い口調で言った。

「一緒にやらないなんて言ってないだろっ」高井が言い返す。

おにぎり分けてやったのに、なんだよ。

「どうせ、また途中でブツブツ文句言うんだから、お前ら。だけど言っておくけど、もしオレがひとりで探して、この藪の中で見つけたら、手柄はオレひとりのものだからな。いいなっ」

「そんなに怒ることかぁ」高井が首を捻る。

「怒ってねーよ」

僕はそう言い放つと「さぁ、荷物まとめて帰ろうぜ」と、探知機とスコップを担いだ。

獣道を足早に通って、自転車を置いた場所まで戻った。雄ちゃんが置き去りにした分の荷物も、僕が持ち帰るハメになった。

「とにかく、あってもなくても、残りを探し終わったら連絡する」

そう告げると、さっさと、自転車を漕ぎ出して、ふたりに振り向くことなく家路を辿った。


翌朝。いつものように宿題を済ませ、自転車にスコップと探知機を載せて、出掛ける準備はしたけど、自転車に跨がることはなかった。

残りの藪の中での不発弾探しをひとりでやると大見得を切ったものの、いざとなると億劫だった。

冷静になれば、たったひとりであの藪の中に入るのは不気味だ。それに、もしもひとりで出掛けて、矢口たちとばったり鉢合わせなんてことも考えられる。考えただけでもぞっとする。

このままでは、不発弾探しは完全にストップしてしまう。これも元はと言えば、雄ちゃんのせいだ。その雄ちゃんからは何の連絡もない。何やってんだ、あいつはよ。

仕方なく家で、美幸相手に、ババ抜きや神経衰弱をしながら暇潰しをしてみたけど、勝負には圧勝する。負けたら悔しいけど、絶対に負けないというトランプほどやっていて面白くないものはない。

夜は夜で、殴られた日からできるだけ父の傍に寄ることは避けた。お陰で、父が帰宅すると見たいテレビ番組も我慢して、僕は茶の間から離れた。

不発弾探しをサボり始めて三日目の朝。

〝夏休みの友〟もちゃぶ台に広げたまま、何か気が乗らずに手を付けられない。

「あー、つまんねーなぁ」

茶の間のテレビをつけっ放しにして、床の上にゴロゴロする。

美幸が「兄ちゃん、遊ぼ」と寄ってきても、いいかげん相手をするのが面倒で「あっちに行け」と、足で蹴って追い払った。美幸は泣きながら、庭先の祖母に「兄ちゃんが蹴った」と告げ口しに行く。

祖母が庭先から「フミ、何、泣かせてんだ」と僕を叱る声が届く。

「もう、煩せーな」

僕は起き上がると、縁側の端に移動した。

縁側の西隅には、叔父たちが昔使っていた木製の勉強机が、ミシン台と並んで置いてある。所々、表面が剝げた酷く古ぼけた机だ。

部屋中にある座布団を集めてきて、それを机の脚に立て掛け壁を作った。机の下に小部屋ができる。それを僕は〝基地〟と呼んでいる。

基地に入るたびに厭な思い出が浮かぶ。基地の中に入るときは、決まって叱られたときや腹が立ったときだ。

「一年坊主になったら、勉強机、買ってやるからな」

父は僕が小学校に上がる年の正月に、そう約束をした。なのに、入学式が近づいても父が机を買ってくれる気配はなかった。近所の友達が次々に本棚やライトの付いた流行りの機能デスクを買ってもらったという話を聞いて「新しい机は？」とねだったとき、父は「そんなものは要らねぇ、あそこにある机を使え」と、ひと言で終わらせてしまった。

「机くらい買えない訳じゃないだろ」

泣きじゃくる僕を見かねた祖父母がそう言ってくれたが、父はムキになったように首を縦に振らなかった。

「じゃあ、じいちゃんたちが買ってやる」と祖父母が言うと「余計なことはするな」と、父は頑として受け入れなかった。

「まったく、お前のとうちゃんはへそ曲がりだね」と、祖父母も呆れ顔だった。

僕は絶対に、こんな机は使わないと決め、夏はちゃぶ台、冬ならこたつで勉強をした。お古の机はランドセルや教科書を置いておく、物載せ台でしかなくなった。

あれが僕の記憶にある父の最初の嘘だった。父はいつも喜ばせておいて、結局は「だめだ」と言う。だったら、喜ばせるようなことを言わなきゃいいのに。この分だと、中学に入っても変速ギアの自転車も買ってもらえないかもしれない。

基地の中に、祖父母が寝るときに使っている電気スタンドを引っ張り込み、膝を抱えながら漫画を読む。夏場は中に籠もると暑さで全身が汗だくになるけど、基地の中にいると落ち着いた。

「何やってんだ」祖母が、立て掛けていた座布団を外して訊く。

「別に」

「ばかだね。こんな暑い日に、そんな所に潜って」

「いいんだよ」僕はムッとしながら答えた。

「みんなと遊びに行かないのかい?」

「うん、ああ。しばらく、やめる」

「ケンカでもしたんじゃないのかい?」

図星だったが、僕は「そんなんじゃない」と言うと「放っといてくんない」と、剝がされた座布団を直して基地を修復した。

額や顎の汗を手で拭いながら、漫画本を二冊読み終える頃には、ランニングも汗でぐっしょりと濡れた。

と、自転車が庭先に入ってきて、ブレーキを掛ける音がした。近所の人がやってきたのだと思った。

「あのー、すみません」

玄関先の祖母に話し掛ける声に僕は驚いた。その声は高井の声に間違いなかった。

「小木くん、いますか？」

「フミかい？　いるけど……」

「あれま、小木くんと同じクラスの高井と言います」

僕は祖母に呼ばれる前に、自分から基地を抜け出して縁側に出た。

「あれま、しっかりした物言いだね。ちょっと待っててね、今、呼んであげるから」

「小木くん」

「おう、高井」

僕はこっちにこいよと、手招きした。

祖母は僕に近づくと「見かけない子だね」と小声で訊いた。

「ああ、東京からの転校生だから」

「そうかい。道理でこの辺りの子とは感じが違うと思ったよ」と言うと、祖母は家の奥に行った。

「よくオレんち分かったな？」

「学級名簿で調べた。でも、ちょっと分かりづらかったけど、あとは勘で」

高井はそう言いながら、何気なく家を見回した。洒落た高井の家とは似ても似つかない古い家だ。恥ずかしい思いがした。

「ボロいうちだろ」

「いや、うちよりずっと広いし、庭だって大きい」

高井が咄嗟に気遣ったのが分かった。

「お前、よく家を抜け出せたな?」

「母さんが買い物に出た隙に」

「大丈夫なのかよ?」

「やることはやってるし。ただ、あれから、あんまり口をきいてくれないけどね」

あの母親ならそういう態度もとるだろうな、と高井に同情した。

たぶん強がりを言っているんだ。

「でも、煩くなくっていいよ」

「ふーん、そうか。で、何の用だ?」少しぶっきらぼうに訊く。

「不発弾探しはやってるの?」

「ああ、ちょっとは行ったけど、昨日と今日は行ってない。作戦を考えてるんだ」

さすがに全然行っていないとは答えづらく、嘘をついた。

「ふん、だと思った」

以前よりは打ち解けたとはいえ〝お見通しだよ〟といった鼻持ちならない感じがやっぱりする。

きっと、僕の嘘も見抜かれているのかもしれない。そう思うと余計、癪に障る。

と、祖母が丸いお盆に切ったスイカを載せて運んできた。

裏の畑でスイカを作ったこともあるけど、トマトや茄子とは違い、スイカのデキはよくない。

中身が薄いピンク色で甘味がなかった。だから、丸ごとのスイカをスーパーで買って、裏の井戸の中に吊るして冷やす。

「あんまり冷えてないけど、これでも食べな」

祖母が茶の間から扇風機を持ってくると、首振りのポッチを押した。生暖かい風が左右に行き来する。

僕らはスイカを挟んで縁側に並んで座った。僕は裸足の脚をぶらぶらさせた。

「スイカ、喰えよ」

「うん、じゃあ。いただきます」

僕らはスイカに手を伸ばし、それを口に運んだ。祖母の言うように冷え冷えではなかったが、かなり甘くて美味しい。三日月に切ったスイカに歯形が付き、両方の頬っぺたに汁が流れた。

「根岸くんに連絡した?」

僕はかぶりついたスイカの種を口の中で選り分けると、ほっぺたを膨らませて庭の遠くへ種を吹き出した。

「してない。向こうからだってこないし」

高井はスイカの種を手のひらに出すと、それをお盆の隅に丁寧に置いた。

「みんなで不発弾探し再開しよう。藪の中だって探せばいい。ちゃんと蚊に喰われないように長袖のシャツとか着て、薬も用意して。それと、意地を張ってないで、根岸くんも誘ってさ」

「意地なんか張ってねーよ。それに悪いのは雄ちゃんだし。なんで、オレが謝んなきゃいけねーんだよ」

「小木くんに謝れなんて言ってないだろ。でも、みんなでやった方が効率もいいし、それに……」と、高井は言葉を切った。

「それに、なんだよ」

「それに……。みんなと一緒の方が楽しいだろう?」

雄ちゃんに意地悪されていた高井が、一緒の方が楽しいなんて。僕は黙ったまま、また種を吹き出した。

「根岸くんは、確かにお調子者で、すぐ怠けるし、気分屋だと思うよ。それに、僕のことは嫌いだろうし……。でも、小木くんとはずっと友達なんだろ?」

「うん、まぁ。幼稚園のときからな」

「だったら、余計だ」

「お前が気にすることじゃねーよ」

縁側の前には、種を目当てに蟻が群がり始めていた。

「羨ましいって思ってたんだよな」

「はぁ?」

思わずスイカを口に運ぶ僕の手が止まった。

「教室でもどこでも、君ら、いつも三人で楽しそうじゃないか」

「お前は迷惑そうな顔してたじゃねーか」

「ああ、あれはポーズさ」

僕が拍子抜けするほど、高井はあっさりと答えた。

「なんだ、それ?」

「僕は小さい頃から、習い事ばっかりやらされてたから、放課後、誰かと遊ぶこともなかった。クラスメイトはいたけど、気づいたら仲のいい友達がいない。こっちに転校してきても、実は一年で戻るって決まってるし。それに転校生だろ、仲間外れにされるのが厭だったんだな。どうせ、仲間外れにされるなら、自分から近づかないようにした方がカッコ良く見えるかなって思ったんだ。ほとんどの男子からは嫌われると思ってたけどさ。でも、君らがふざけてると楽しそうで、羨ましくてさ。なんかそんなの見ててムカッとすることもあったし、バカだなぁって思うこともあったけどさ。ほら、池跳びだって」

「バカで悪かったな」

「でも、一緒に磁石取りに行ったり、不発弾探したりするのって面白かった。友達と遊ぶのって楽しいんだなって。ほら、小木くんがさ、お前も仲間だって言ってくれただろう。嬉しかったな。だから、続けたいんだよ、仲間で不発弾探し」

以前ならきっと、キザなヤローだとムカついたのだろうけど、高井は妙に素直に喋っている気がした。

「だから、根岸くんと仲直りしろよ。根岸くんが僕を嫌ったままでもいいからさ。明日は登校日だし、どっちみち学校で顔を合わさなきゃならないんだから」

「ああ、考えておく」

僕はそう言うと、またスイカの種を遠くへ吹き出した。

高井が帰って昼ご飯を食べてから、しばらくゴロゴロしていたけど、どうにも高井に言われたことが気にかかって、僕は起き上がった。

「ああ、もうっ、くっそー。ちょっと行ってみるか」

謝るんじゃない、ただ様子を見に行くだけだ。僕は自転車に跨がって雄ちゃんちへ向かった。気が進まない分、漕ぐペダルは重く、照りつける太陽が憎らしく思えた。

雄ちゃんちが近づくと、ゆっくりとペダルを漕いだ。

もし会ったら最初になんて言えばいいんだ?

僕は言葉が見つからず、そのまま雄ちゃんちの前を通過した。そして角を三回曲がって、もう一度、雄ちゃんちの前に回り込んだ。でも、また通過した。

向こうから僕を見つけてくれて声を掛けてくれないかな。そんなことを考えた。同じ道をぐるぐると四周しかけたときだった。雄ちゃんちの玄関扉が開いて誰かが出てきた。雄ちゃんのかあちゃんだ。僕はその姿に気づかないフリをして、スピードを落とすと目線をペダルの方へ下げた。

「あら、ブンちゃん」

おばさんが僕に気づき名前を呼んだ。

僕はいかにも今やってきたように、おばさんの前で自転車を降りた。

「こんちは」と、僕は頭を下げる。

「雄二かい?」

偶然、通りかかっただけだと言うつもりだったのに、つい、うんと頷いてしまった。

「ごめんね、ブンちゃん」おばさんは、いきなりそう謝った。

「え？」

「ケンカしたんだって？　まったく、あのばか。ホントにごめんね」

おばさんはパーマのかかったくしゃくしゃの髪に手を当てながら、僕に軽く頭を下げた。

「いや、ううん、その……」

予期せぬ先制パンチをまったく別の人からもらってしまった気がした。

「ちょっと待ってね、今、雄二、呼ぶから」

おばさんは、玄関から階段を見上げながら「雄二、ブンちゃんがきてくれたよ。ほら、雄二、何やってるんだい、もうっ」と、大きな声で雄ちゃんを呼んだ。

でも、二階からの返事はなかった。

「あのグズ。ごめんね、今、とっつかまえて下ろしてくるから」と、おばさんは腕まくりをした。

すると「オレ、会わねーから」と雄ちゃんの声が聞こえた。

「何、ごちゃごちゃ言ってるんだい、お前は」

おばさんは、玄関に立て掛けてあったほうきをぐっとつかむと、勢いよくつっかけを脱いで上がり端に片足を掛けた。

「おばさん、いいよ」

僕は慌てて声を掛けた。放っておけば、雄ちゃんはほうきの柄で二、三発は殴られそうだ。

「拗ねちまって、男のくせにみっともない。ああいうのはガツンとやんないと」

「ホント、いいから」僕はおばさんの袖をつかんで、大きく首を振った。

「だって、ブンちゃん」

無理矢理、雄ちゃんを引っ張ってこられても、気まずさが増えるだけだ。

「またくるよ」

「えー、そうかい、悪いね。今晩、ポカンとやっとくから、ごめんね」おばさんは、拳を握って息を吹きかけた。

「ねぇ、おばさん、雄ちゃん、何か言ってた?」

「え、ああ」

おばさんは、にやっと笑うと「転校生で高井くんっていう子がいるんだって?」と、訊いてきた。

「う、ううん」

「雄二が言うには〝ブンちゃんがその子の肩ばっかり持つ〟って膨れてんだ。男のくせにヤキモチ焼いてんだね、あの子は」

ヤキモチって。そう言われるとなぜか気恥ずかしい。

「ほら、雄二はブンちゃんのこと大好きだから」

大好きはどうかな。でも、いつも一緒だったし、楽しかったことは間違いない。時々、面倒くさい存在ではあるけど。

「他には?」

「え、他に。いいや別に何も言ってなかったけど。何かあったの?」

逆に訊かれて、僕は大きく頭を振った。雄ちゃんは、僕が〝うんこ屋〟と言ったことは黙っていたんだと察した。

「おばさんさ、雄二がブンちゃんみたいな子と友達になれてよかったって思ってんだよ。あれはブンちゃんと違って頭が悪いからね。普通は相手にされないじゃない？　それに、ほら、うちの仕事がね。随分、学校とかでからかわれてるんだろうし、雄二には厭な思いをさせてるんじゃないかってさ。なのに、ブンちゃんは仲良くしてくれて」

そう言われると、後ろめたい気持ちになる。

「親として負い目があるもんだから、ねだられたら新しい自転車なんか買ってやったりして。ブンちゃんなんか中学までちゃんと待ってるのに。甘やかし過ぎだね」

確かに物は買ってもらっているとは思うけど、おばさんの叱り方を知っていると甘やかしているようには思えない。ただ僕だって、もしねだって買ってもらえるなら何でも買ってもらいたい。

「親なんて、みんな自分の子どものことが心配でさ。ブンちゃんちだって同じでしょ」

「うちの親は違うけど……」

僕は小さく頭を振って溜め息をついた。

「そんなことないよ。ブンちゃんのこと気にかけてるって。子どものことを心配しない親なんていやしないよ。当たり前じゃないか。でも、いいよね、ブンちゃんは勉強ができるから。自慢の息子だ。鼻が高いだろうね。あ、こんなこと言うから、雄二が僻《ひが》むんだね、ははは。でも、あれでいいとこもあってさ。勉強がだめだからって別のことで目立って、あたしを喜ばせようとしたりするし。ま、運動会の駆けっこくらいなもんだけどさ」

普段おちゃらけた雄ちゃんが運動会の徒競走だけは真剣に走るのは、そういう訳もあるんだ。おばさんは雄ちゃんのことが可愛くて仕方ないのだろう。羨ましさと少しの嫉妬を感じた。

「あ、ごめんね。ついつい、つまんないことばっかり喋っちゃって。でも、あんなばかだけど、ブンちゃん、見放さないでね。中学校は一緒だけど、あの頭じゃ、ブンちゃんと同じ高校は受からないだろうし、もし別々になってもかまってやって。ずっと一生、つきあってやってね」

知らないとはいえ、息子に酷いことを言った僕に、一生、友達でいてやってくれと頭を下げるおばさんの姿に、心の底からすまない気持ちが湧き上がってくる。

「おばさん、雄ちゃんのことぶたないでよ。オレも悪いんだ」

僕はそう言って玄関の外に出ると、二階の窓に向かって声を掛けた。

「雄ちゃーん、明日、登校日だな」

返事はなかった。

「じゃあ、学校でな」

開け放された雄ちゃんの部屋の窓に、風になびくブルーのカーテンが見えた。

僕は自転車に跨がると、もう一度雄ちゃんの部屋を見上げた。窓の縁の所に手が掛かるのが見えた。するとゆっくり頭が出てきて目の高さで止まった。隠れながら僕を見ているつもりなんだろうけど、バレバレだ。

「じゃあな」僕は後ろ向きに手を振った。

雄ちゃんちからの帰り道。ふと遠回りして、両親が働いている工場に立ち寄ろうかな、と思った。雄ちゃんのかあちゃんの話を聞かされて、親がなんとなく恋しくなったからだ。胸の奥がむず痒いような、なんか妙な気分だ。

猛スピードで国道を西に向かった。掘っ建て小屋の工場が見えてきた。

僕は自転車をトタンの壁に立て掛けた。

「お盆明けまで？　そりゃあ、無理だ」

正面に回ろうとしたとき、工場の中から父の大声が聞こえ、僕は怯んで足が止まった。

「え、はい。そうですか。じゃあ、なんとかしますよ。はい、はい。そういうことで」

チン。受話器を置く音が聞こえた。

僕は壁を背にして、そのままそこに腰を下ろして身を潜めた。

「何だって？」母の声だ。

「お盆明けまでに、全部納入しろだとよ。ふざけんなってんだ。お盆明けってことは、こっちは休みなしで働けってことだろ。まったくよ、ヤツらはお盆は休むんだろうがっ」

父は相当怒っている。

「たまには断ってもいいんじゃないの？」

「ばか。そんなことできっこねえ。じゃあ、他に回すって言われちまう。現にあのヤロー、いっつも、そういう匂わし方をする。脅しやがって。それも偉そうに。クソ面白くねえ。前の担当者はいい人だったがな。あの若いのに代わってから、いつもギリギリになって言ってくる。去年のお盆もそうだった」

父の声は段々大きくなる。どうやら今夜は近寄らない方がよさそうだ。もうこのままここを離れよう。

「じゃあ、今年のお盆もどこにも行けないね」

「ああ」

「うちの子も、どっか遊びに連れてってやりたいけど」

「だから、そんな暇がどこにあるっ」

「だったら、もう期待させるようなことは言わない方がいいよ。去年だって、万博に連れてってやるって、あんだけ喜ばせておいて。フミが可哀想だよ。とうちゃんは、飲んじゃうと気が大きくなるんだから、気をつけなよ。ホント、悪い癖だよね」

「それとこれとは話が違うだろ。オレだって、ヤツらを遊びに連れてってやりてえさ。だけど、仕事がなくなっちまったら、うちはやってけねえぞ」

「そうだね」

「百姓やってたって、喰うだけしか稼げねえから始めた仕事だ。それにうちだって建て替えてえしな。近所だって、みんなうちを新しくしてる。オレだって、うち建てるのが夢なんだからな。それには今、厭な思いをさせられようが、休みがとれなかろうが、我慢して働くしかねえだろ。稼いでうち建てたら、ヤツらにだって部屋も持たしてやれるし、新しい机だって椅子だって、お、ふかふかのベッドだって、全部揃えてやる。誰にも文句は言わせねえ」

「ホントだね。だけど、いつになったら楽になるのかね。あの子たちには、こういう思いをさせたくないけど。この先、どうなることやら……」

　母が最後に大きな溜息をつくのが分かった。

「オレだって、あいつらの将来のことを考えてねえ訳じゃねえさ。美幸はまだ分かんねえけど、文弘のヤローは、じいさんに似たんだろう、頭のできがいい。だったら、いい大学だって行かしてやりてえしなぁ」

「あれ、工場、継がせる気じゃなかったのかい？」

「こんなもんやったってしようがあるめえ。あいつがホントにできがいいんなら、下請けみてえにペコペコ頭下げる側じゃなくて、下げさせる方になんなきゃ意味がねえんだ。それには大学くらい出してやんねえと。あいつには厭な思いはさせたくねえ。なのによ、まったく。親の心子知らずだ。あのヤロー、歯向かってくるばっかりだ」

　オレって期待されてるんだ……。あのとうちゃんが、オレに……。

「とうちゃんも、ちゃんとそういう気持ちを話せばいいんだよ。もう、ごまかしとか利かない年なんだから。いつまでも、文弘だって子どもじゃないよ」

「そりゃあ、そうだろうが」

「とうちゃんが、ぶっきらぼうに接するからじゃないのかい？　不器用なんだから」

「そんなことはねえさ」

「まったく、親子して反抗期かい。こりゃあ、どうしようもないね、ははは」

　両親の話を盗み聞きしているうちに、むず痒かった胸の奥が、次第に苦しくなってきた。

〝子どものことを心配しない親なんていやしないよ〟雄ちゃんのかあちゃんに言われた言葉が聞こえた気がした。

　なんだか急にすまない気がした。自分でもよく分からないまま、いてもたってもいられずに、僕は立ち上がると、熱気の籠もった工場の中に入った。

「あれ、フミ。何しに……」

段ボールの裁断屑を集める作業をしていた母が僕に気づいて声を掛けた。

僕は母に答えることなく、段ボールの屑を工場の表にある屑山に運び始めた。今の僕にはそれくらいのことしかできないんだ。

「何やってるっ」父が怒鳴った。

「手伝う」

僕はひと言だけ答えると、また屑を抱えて表に運んだ。

「何が手伝うだ、邪魔だから帰れっ」と父が大声を上げる。

それでも構わず、また僕は屑を両手いっぱいに抱えると、屑山に運ぼうとした。

「余計なことをするなっ」

苛立った父は僕に近づくと、僕の首根っこをつかんで工場の外へ連れ出し、突き飛ばした。僕は真後ろに尻餅をついた。転んだ勢いで屑が宙に舞う。僕は膝をついて地面に這いつくばると、散らばった屑をかき集めた。

「さっさと帰って勉強でもしろっ」

「たまには手伝えって言ったじゃねえかっ」

拾った屑を屑山に捨てると、僕はまた工場の中に戻ろうとした。

「親の言うことが聞けねえのかっ」

父は僕を捕まえると、もう一度、そしてさっきより強く突き飛ばした。今度はヘッドスライディングをするように、僕は地面に横倒しに転んだ。

「とうちゃん、人通りがあるんだから、やめなよ」

母が駆け寄って、僕のズボンの汚れを叩いた。

「フミも、一体どうしちゃったんだい？　何があったんだい？」

僕はそう問い掛ける母の手を振りほどいて、工場の中へ向かった。

「しつこいヤローだなっ」と、父にまた突き飛ばされても、今度はよろけただけで転ばなかった。工場の中へ戻ろうとする僕の前に父は立ちはだかって、両手で僕の肩をつかむと、前に進もうとする僕を押し戻した。

僕は堪えきれなくなった涙をこぼしながら「手伝うんだっ」と、足を踏ん張った。

「とうちゃん、手伝うって言うんだから、好きにさせればいいじゃないの。そういうとこが不器用って言うんだよっ」

母がふたりの間に割って入り、揉み合いになる。母が父の手を僕から放そうとしたとき、バランスを失った父が尻餅をついた。

「まったく、親子でばかなんだから」母が呆れたように言う。

「手伝うんだ……。手伝うんだ……」

僕は呪文のように、その言葉を繰り返した。

父はゆっくり起き上がって「バカヤロー。勝手にしろっ」と言うと、それ以上は何も言わず、裁断機の前に戻ると僕に背を向けた。

母は僕の前にしゃがむと、服のあちらこちらに付いた埃を叩きながら「お前だって、なんでそんなに手伝いたいのか、訳を言わなきゃ分からないだろ」と言った。

僕は全身を震わせながら嗚咽した。それでも母の問いに答えずに、工場の中に入った。涙と鼻水でぐちゃぐちゃになった顔を手の甲で拭いながら、僕は裁断屑を何度も何度も屑山へ運んだ。

＊

自転車のスタンドを立てる音が、寝床にいる僕の耳まで聞こえた。納豆売りのおばさんだ。

「今日も暑くなりそうだね」

「そうだね」

母とおばさんのやり取りが遠くに聞き取れる。

毎朝六時前には必ず、納豆売りのおばさんが、この辺りの家を一軒ずつ回ってくる。牛乳や新聞の配達より早い。僕が生まれるずっと前から、おばさんは、たとえ大雨が降っていても、黒い合羽を着て回ってきた。おばさんが売っているのは三角納豆だ。うちの朝飯には必ず、その納豆が出る。

いつもなら、そんな物音が聞こえても、寝床から這い出ることはなかったが、今日、学校で雄ちゃんと顔を合わすことを思うと、なんとなく寝てはいられずに、目を擦りながら寝床を出た。

網戸の外はすっかり明るくなっていて、枕元に置かれた蚊取り線香の白い燃えカスが、缶の中できれいな輪になっている。

僕は、隣でまだ丸まって眠っている美幸を跨いだ。

寝癖のついた頭を掻きながら、茶の間に行くと、父がお茶を啜っていた。台所からは味噌汁のいい匂いが漂ってきている。

僕は大あくびをすると、あぐらをかいて、父の正面に座った。

あの後も、父は何も言わなかった。

昨日の夕方、仕事を終えて工場を出るとき、僕が勝手に軽トラの荷台に自転車を積み込んでも、そして僕も荷台に乗って一緒に帰ろうとしても、父は何も言わずに軽トラを発進させた。

夕飯のとき、父は手酌でコップ酒を飲んだ。それはいつもと変わらない父の様子だったが、ひとつだけ、いつもと違うことをした。酒のつまみ代わりにしていたメンチカツをひと切れ箸でつまむと、僕の皿の上に置いた。いや、置いたというには少しばかり荒っぽく、投げ分けたという感じだった。

父の口から「喰え」という言葉は出なかったけど、顎を少しだけしゃくってみせた。僕には、そのメンチカツのひと切れが、手伝いのお駄賃のようで少しだけ嬉しかった。僕はメンチカツを箸でつまむと、黙ったまま口に運んだ。そして「お代わりっ」と茶碗を母に向けた。……二度目の大あくびをしながら、そんなゆうべの出来事を思い返した。

ちゃぶ台の上に朝飯の準備ができ、家族全員が揃った。母が納豆を掻き混ぜながら「納豆屋のおばさんも偉いねえ、女手ひとつで息子を大学まで出してやってさ」と、感心するように言った。「フミもちゃんと勉強して大学行きな。かあちゃんたちが頑張ってやるから、ね、とうちゃん」

母のそんな問い掛けにも父は黙ったままだったが、昨日、工場で父母の話を立ち聞きしてしまった僕は、すまない気分になり「オレ、たまに手伝うから……」と、ぼそっと父に向かって言った。本当は、毎日手伝うと言いたいところだったけど、不発弾探しのこともある。

父が何も言わない代わりに「そうか、とうちゃんの手伝いか、そりゃあ偉いな」と、祖父が僕を見ながら笑った。

「たまにだから。別に、偉くねえよ」

僕は照れ臭くなって「歯、磨いてくる」と、茶の間を立った。

洗面所で、歯ブラシに練り歯磨きを付けると、裏木戸から井戸端に出た。見上げた空は真っ青で、梢のどこからか、山鳩がホーホロ、ホーホロと気持ちよさそうに鳴く声が聞こえた。


折角早起きしたんだ、たまには教室に一番乗りしてみようと思った。

「行ってきまーす」

普段の登校より、30分早く家を出た。でも、本心を言えば、登校日はやっぱり面倒臭い。こんなものなきゃいいのにとずっと思っている。ただ雄ちゃんとのこともある。今日の登校日は、ちょっとばかり意味がある。

通学路を時々走りながら急いだ。

いつもなら、授業前にキックベースやドッジボールをするために早く登校する連中がいる。でも、登校日の校庭に、そんな姿はない。

途中、ちらほらと登校してくる生徒を見掛けたけど、僕のクラスでは一番乗りになった。

他に誰もいない教室はガランとしていて、なのに空気はモワっと生暖かく、少しカビ臭いような気がした。急いでマジックバッグを、机のフックに下げると、窓枠の鍵を捻って、全部の窓を全開にした。亀池の周りに立つ柳の枝を揺らす風が、二階の窓まで吹いてくる。ふと雄ちゃんの池跳びのことを思い出した。でも、そんなことが、随分昔の出来事のように感じられた。

窓の敷居の上に肘をつきながら、登校してくる生徒たちを眺めた。

雄ちゃんは、どんな感じで僕の前に現れるんだろう？　僕は何て言えばいいんだろう？　そんなことをぼんやり考えた。

しばらくすると、クラスメイトたちが教室に姿を現し始め、「おはよう」という女子の声と「オッス」という男子の声が響いた。各々の仲良しグループが教室のあちらこちらにでき、僅か一週間くらいの間の出来事を報告し合っている。一気に賑やかになる。

「ブンちゃん」つーやんがやってきた。

「ブンちゃん、早いね」

「オレ、一番乗りだからな」

「ええっ、ウソ」

予鈴ギリギリにしか登校したことのない僕だ、つーやんが不思議がるのも無理はない。

「ねぇ、例のあれ。ホントにブンちゃんひとりで探してたの？」

つーやんとも、藪の中を探した日から一度も会ってないし、電話のひとつも掛けてなかった。

「まぁ、それがさ、なんつーか、色々あって……」

全然探しに行っていないとは言えず、僕が答えあぐねていると「小木くん」と、背後から声がした。

「おう、高井」

高井はにこやかに笑いながら、僕らに近づいた。

その様子に「えーっ、なんで？」と、女子がざわついた。無理もない、こんな挨拶を交わすことなんて、一学期中、ただの一度もなかったのだから。僕は他のクラスメイトの反応が妙におかしくて、驚くみんなの表情を満足気に見渡した。

僕ら三人は、教壇に置かれた先生の机の上に半身を載せ、みんなに背を向けるように横に並んだ。そして顔を突き合わせると、ヒソヒソ話を始めた。

「で、小木くん。根岸くんに連絡した？」

「あ、うん。昨日、うちに行ってきた。でも、お前に言われたから行ったんじゃねえぞ」

僕はバツが悪くて、こめかみの辺りをポリポリと掻いた。

「ああ、分かってるって」高井はニヤっと笑った。

「じゃあ、仲直りしたんだね」つーやんが訊く。

「いや、うちまでは行ったけど……」

仲直りできるかどうかは、これからだ。

「じゃあ、これで、またみんなで不発弾探しが再開できる」

僕がまだ結果を言い終えないうちに、高井が嬉しそうにそう言った。

「あ、でもよ。お前、東京の塾に行くんじゃねぇのか」

「それはやめた」

「そんなことできんのかよ」

「問題集とか、しっかりこっちでやるからって、母さんに言ったんだ。母さん、カンカンだったけど、父さんが味方してくれてさ。それに、東京に帰っても、気になってしょうがないだろ、不発弾のこと」

たとえ塾に行くのをやめたとしても、高井が母親の目を盗んで、毎日僕らと不発弾探しを続けるのは難しいような気がした。

「まぁ、高井がそうしたいんなら、オレはいいけど。な、つーやん」

「うん。いいよ」つーやんがこっくりと頷いた。

「じゃあ、あとは根岸くんが、僕を仲間だって認めてくれるかどうかだなぁ」

高井がそんなことを言い出したときだった。肛門に激痛が走った。僕は思わず身体を海老反りにして跳び上がった。すると、つーやん、高井の順番に、僕と同じように「痛いっ」と叫んだ。

「カンチョー、カンチョー、カンチョー。カンチョー三連発」

僕らが振り返ると、そこには雄ちゃんが立っていた。雄ちゃんは合わせた両手の人差し指の先に息を吹きかけた。西部のガンマンを気取ったポーズだ。たぶん本人は『ララミー牧場』のジェスにでもなったつもりなんだろうけど、ジェスはカンチョーはしない。

「お前ら、油断し過ぎっ、がはは。どうだ高井、オレ様のカンチョーは」

高井は〝初カンチョー〟を喰らって、尻を押さえ、顔を酷く歪ませながら、その場でぴょんぴょんと跳ねた。その姿に僕は、お尻の痛みを忘れるくらい笑った。

雄ちゃんは、僕との間に何もなかったかのように、いつも以上にノー天気な登場の仕方をした。その姿にほっとした。同時に、雄ちゃんの高井へのカンチョーは、高井を仲間だと認めた一撃のように思えた。

「コノヤロー、やりやがったな。つーやん、高井、雄ちゃんを押さえろ」

僕がそう号令を掛けると、つーやんと高井が一斉に雄ちゃんに飛びかかった。

「こら、お前ら、やめろって、おいっ」

雄ちゃんは暴れたけど、高井とつーやんがふたりがかりで、雄ちゃんを机の上に押さえつけた。

「ケツ、こっちに向けろ」

僕は、人差し指を合わせると、雄ちゃんの肛門目掛けて、思いっきりカンチョー攻撃をした。

「お返しだっ」

「痛てぇ」

雄ちゃんの尻がぴょこんと跳ね上がった。

「よっしゃあ、今度はつーやん」

僕はつーやんと交代して雄ちゃんを押さえつけた。

「こら、おとなしくしろって」

「おい、勘弁しろよ」

つーやんはニコニコしながら、雄ちゃんにカンチョーをお見舞いした。でも、それは優しい一撃だ。

「高井、お前もやれよ」

「僕も？」

「当たり前だろ。さぁ早く」

一瞬躊躇った様子の高井だったけど、高井の一撃は僕が想像したより強めのカンチョーだった。

雄ちゃんの背中から押さえつけていた手を放すと、雄ちゃんは右手の手のひらで肛門を押さえたまま、内股で教壇の上をグルグルと回った。高井は「やったぁ」とガッツポーズだ。

「ばか、高井。本気で痛てぇよ。ああ、血が出たかも、ううう、痛てぇ」

僕らはそんな雄ちゃんの姿にゲラゲラと腹を抱えながら笑った。

「きゃー、高井くん、どうしちゃったの?」ひとりの女子が素っ頓狂な声を上げる。ふと気づくと、女子だけでなくクラス全員が僕ら四人を見ている。挨拶や話をしているだけでも不思議に思ったはずだ。それが、クールな高井が、僕らと〝カンチョー〟で盛り上がっているのだ。

女子たちが周りに集まってきて僕らを取り囲んだ。

「高井くん、そんなヤツらと仲良くすると、ばかがうつっちゃうから」

高井は女子たちに詰め寄られて、少しばかり後ずさりした。

と、雄ちゃんは、その間に割って入って「高井くーん、ばかがうつるんだってよ」と、高井の身体をベタベタと触った。

「キャー、やめてぇっ。高井くんが可哀想」女子たちが思わず叫ぶ。

高井の女子からの人気は相当なもんだな、と改めて感心した。

「なぁ、ブンちゃん、ばかがうつるんなら、頭がいいのもうつんねぇかな」

雄ちゃんが真顔で言うのがおかしくて「それはないでしょ」と僕は大声で笑った。見れば、つーやんも高井も大笑いしていた。

ピンポンパンポーン。

〝朝礼が始まります。生徒のみなさんは校庭に集合してください〟という校内放送がスピーカーから流れた。

ばか騒ぎの余韻を残しながら、みんなガヤガヤと教室を出た。僕らも階段を下りて、下駄箱のある玄関へ向かった。

外履きに履き替えながら、僕は雄ちゃんに訊いた。

「なぁ雄ちゃん、おばさんに叩かれなかったか?」

「ああ、大丈夫だった」

「そ、そうか」

雄ちゃんは、ひと呼吸おいて「ブンちゃんが叩かないでくれって頼んでくれたんだろ」と聞き返した。

「いや、別に、オレはさぁ、ただ……」

「ブンちゃん、悪かったな」

雄ちゃんは、ズックの爪先をトントンとコンクリートの地面に軽く打ち付けながら、視線を僕に合わせずにそう言った。

本当なら僕から先に謝らなくちゃいけないところだった。それが先を越されてしまった。雄ちゃんが、どれくらい心配したのか、それともまったく心配なんてせずに登校してきたのかは分からない。カンチョー攻撃で現れたのだから、何も考えなかったのかもしれない。でも、今回だけは、そうじゃないような気がした。

「雄ちゃん、ごめんな。オレさ、あのとき、そんなつもりで……」

「ああ、痛てぇ。まだケツの穴がヒリヒリすんぞ。パンツに血が付いてたら、また、かあちゃんに怒られちまう」

僕の言葉を途中で遮るように、雄ちゃんはそう言うと、玄関から表に出た。白い日差しの中で雄ちゃんの背中が輝いて見えた。

雄ちゃんと僕は、前校舎に続く渡り廊下を勢い良く走って、先に行くつーやんと高井に追いついた。僕らは互いに身体をぶつけるようにじゃれ合った。

校庭に出る手前、表校舎の玄関にある二年生の下駄箱の辺りに差し掛かったとき「こら待て、うんこ屋」という不気味な声が、僕らの背後からした。すぐに振り向いた僕らの目に映ったのは、矢口と手下の富沢と安藤だった。

矢口たちは僕らを睨んでいる。

僕と雄ちゃんとつーやんは一瞬にして立ちすくんだ。堰での出来事を知らない高井だけが不思議そうに、矢口たちと僕らを交互に見た。でも勘のいい高井は、すぐに何かマズいことになったと察したのだろう、顔を曇らせた。

「うんこ屋は臭せーから、どこにいてもすぐ分かるんだ」矢口がニヤニヤ笑う。

殴られたあざの痛みはとっくに消えていたのに、左目の上が痛むような気がして、僕はそこを指先でなぞった。

「お前、まだ、あの自転車ちゃらちゃら乗り回してんじゃねーだろな」矢口が雄ちゃんに近づく。

雄ちゃんは後ずさりしながら「でも……」と声を震わせた。

「でもじゃねーよ。五年のくせに、変速ギアなんか乗りやがって。見せびらかして、いい気になってんじゃねえ、うんこ屋のくせによっ」

「見せびらかしてなんかいません」

よせばいいのに、小声だったけど、雄ちゃんはまともに言い返した。

「何だとっ」矢口が怒鳴った。

その怒鳴り声に気づいた生徒もたくさんいたけど、みんな矢口には関わり合いたくないのだろう、僕らを避けるように知らん顔で通り過ぎる。

矢口は、雄ちゃんのシャツの襟ぐりをつかむと、鼻先を雄ちゃんの首筋に近づけた。

「やっぱり臭せーな。お前、変速ギアなんか買ってもらう前に、服買ってもらえ。うんこの臭いがプンプンしてたまんねーぞ」

手下のふたりも、雄ちゃんに近づくと、大袈裟に「うんこ臭せー」と、堰で会ったときと同じように因縁をつけた。

「こりゃあ、ウジ虫の臭いだ」狐顔の安藤が鼻をつまむ。

「こう臭くっちゃ、銀蠅もたからねーよ」体格のいい富沢が続く。

僕とつーやんは、何もできずに、まるで先生に叱られて廊下に立たされたように、雄ちゃんの横に並んでうなだれていた。

「あのー」

高井が恐る恐るといった感じで、矢口に声を掛けた。僕は首を振って、やめとけと合図を送ったが遅かった。

矢口は「テメーは引っ込んでろっ」と高井の左肩を強く突いた。高井はよろけてあっけなく尻餅をついた。

と、そのときだった。

「ちょっと、やめなさいよっ」

その声に、僕らが一斉に振り返ると、日登美が立っていた。

矢口は日登美をジロッと睨んだ。でも、日登美の態度には怯んだ様子がない。

「何だ、お前は」と安藤が凄む。

「下級生いじめなんてしちゃいけないのよっ」

「煩せーな。オンナは黙ってろ、このブスっ」富沢が声を荒らげた。

「何よっ。先生に言いつけてやるから」

「お前、ぶっ飛ばすぞ」安藤が日登美の方へ一歩近づいた。

「やってみなさいよっ」

日登美は、六年生の男子、しかもワルを相手に一歩も引かない。それどころか、その態度はまるで、手下どもを圧倒しているかのように思えた。

矢口はニヤッと不気味に笑うと、つかんだ雄ちゃんの襟ぐりを放す前に「ずっと、見張ってるからな。夏休みだからって安心すんなよ、オメーのうちだって見張ってやる」と凄んだ。

「行くぞ」矢口はスタスタと歩き始めた。

「情けねぇ。オンナに助けてもらってんの。お前ら、オカマかっ」安藤が吐き捨てる。

助かった……。矢口たちが遠ざかると、途端に気が抜けた。

なのに、僕は日登美に「何、出しゃばってんだよ」と、助けてもらったのに、ついそんな言葉を吐いた。

「まったく、うちのクラスの男子は弱虫ばっかりなんだからっ。あんたたちもオトコならもっとしっかりしなさいよね。だらしないっ」日登美が溜息をつく。

「これから、ガンッていくところだったんだよ。な、雄ちゃん」

僕は、さも勇ましげに取っ組み合いでも始めるつもりだったのだと、力石徹のアッパーカットの真似をした。

「ふーん」

当然、そんな強がりなど日登美には通じず、鼻で笑われた。

「泣きべそかいてたくせに」

堰のときには、他に誰もいなかったけど、今度は一番見られたくない姿を見られてしまったことに、かなり傷ついた。

「高井くんも、こんなばかたちとつきあうから、ヘンなことに巻き込まれちゃうのよ」

日登美は呆れ顔で、背中を向けると「朝礼に遅れるよ」と校庭へ走っていった。

「野崎さん、迫力あったなぁ」高井が感心する。

「メスゴリラだからな。それにオンナだから矢口だって殴んなかっただけさ。それにしても、頭くるよな、日登美のヤツ。な、雄ちゃん」僕は同意を求めた。

雄ちゃんは、颯爽と走って行く日登美の後ろ姿を見送りながら「あいつ……。なんかうちのかあちゃんみたいだな」と呟いた。

「整列、小さく前へならえ、休め。それでは校長先生のお話です」

生徒会長の号令の後、ピッカリン大佐が朝礼台に上がって話を始めた。

時々、後ろを振り向いたりしながら、矢口はどの辺りにいるのか探した。矢口が、どこからか僕らを見ているような気がして、背筋が寒くなった。お陰で気持ちが落ち着かずに、ピッカリンの話の内容なんて頭に残らなかった。

朝礼が終わり、無事に教室に戻れると、僕らはほっとして顔を見合わせた。とりあえず、ここまでは矢口は追ってくることはないだろうし。

「小木くん、どういうこと?」

事情が分からない高井が僕に尋ねてきた。僕は堰での一件を簡単に説明した。

「そんなことがあったのか……」

おそらく高井はこんな目に遭ったことがないのだろう、僕の話を聞いている内に、明らかに不安そうな顔つきになった。

高井も変速ギアの自転車を持っている。ひょっとすれば、雄ちゃんと同じように矢口に因縁をつけられる可能性はある。でも、そのことは、怖がると可哀想だから高井に言わなかった。

香澄先生が教室にやってきて、みんな揃って「おはようございます」と礼をした後、日登美が「先生」と手を挙げた。

「野崎さん、何?」

「根岸くんが、朝礼の前に六年生にいじめられてました」

教室の雰囲気がぴりっと張りつめた。あいつ、余計なことを言いやがって。僕ら四人は日登美を振り返って見た。

「まぁ、ホントなの、根岸くん」香澄先生は驚いたように雄ちゃんに尋ねた。

雄ちゃんは椅子から立ち上がると「あのー、ちょっとからかわれちゃいました」と笑いながら頭を掻いた。精一杯のお芝居だ。でも、雄ちゃんのその判断は正しい。

「そう。でも揉め事があったら先生に言ってちょうだいね」

もしそれで完全に解決するなら、今すぐにでも香澄先生に話したいところだけど、あのハナピンでさえ持て余すヤツらだ、香澄先生じゃ手に負えそうもない。

「はい、分かりました、隊長」雄ちゃんはピッカリンの敬礼の真似をして着席した。

クラスにどっと笑いが起こり、張りつめた雰囲気が一気に和んだ。後ろの席の雄ちゃんに振り向いて、何度か頷いてみせた。雄ちゃんも何度か頷いて返した。

登校日には、〝夏休みの友〟や日記に、香澄先生から確認のスタンプを押してもらう。

〝夏休みの友〟を大体やり終えてしまった僕は「小木くん、毎日少しずつやりなさいって、先生、言わなかった？」と注意された。

全員のスタンプを押し終えた香澄先生は黒板の前に戻ると「夏休みはまだ続くので、きちんと生活しないといけませんよ。分かりましたか」と言った。

みんな「はーい」と、元気に答えた。

「では、掃除をして帰りましょう」

香澄先生の号令で、みんな掃除に取りかかった。

中庭掃除の当番の僕と雄ちゃん、つーやんは、矢口たちが現れないかとヒヤヒヤしながら、急いで掃除を終えた。

教室に戻って、高井と合流すると、僕ら四人は教室の隅っこでヒソヒソ話を始めた。他のクラスメイトは掃除が終わった順に下校していった。

「あいつらホントにオレたちのこと見張るつもりなのかな?」僕がみんなに尋ねた。

「見張られるのはオレだよ」雄ちゃんが溜息をつく。

「だとすると、不発弾探しもできないね」と、つーやん。

「ああ、そうだな。もし、あいつらに不発弾のことがバレたらマズいし」と、僕。

因縁つけられたり、妨害されるだけなら、まだマシかもしれないけど、手柄を横取りされたら、磁石取りや松林の中を探索した今までの苦労がすべてパアになる。何より、折角僕が思いついた不発弾探しを、あんなヤツらに盗られるのは許せない。

「脅かしだけじゃないのかな」高井が言う。

「まあな、雄ちゃんちを一日中見張ってるなんてことはないだろうし」と僕。

「でも、見張られてなかったとしてもさ、どこかでばったりってことも」つーやんが不安そうに言う。

つーやんの言う通りで、実際、堰でばったり遭ってしまったし……。

「これからお祭りとかもあるしな」と、僕が言うと「そうだよな」と雄ちゃんが肩を落とした。

夏休みの終わりの頃、町のお祭りがある。商店街の目抜き通りには提灯がいっぱいぶら提げられて、二日間、歩行者天国になる。駅前広場に組まれたやぐらでは八木節の太鼓がドンドコと鳴り響き、揃いの浴衣を着た婦人会のおばさんたちが踊りながら通りを進む。

「りんご飴とか食べたいよね。あ、焼きそばも」と、つーやんがごくりと生唾を飲み込んだ。

目抜き通りの両脇に並ぶ露天商で買ったりんご飴やチョコバナナ、今川焼きを片手に、ヨーヨー釣りやくじ引きをするのが、僕らの定番の楽しみ方。

「オレ、川に飛び込むの見てえ」と、雄ちゃん。

「あれ、面白《おもし》れえよな」と僕が答える。

「え、何それ？」祭りを知らない高井が訊く。

商店街の東端に百瀬川が流れている。神輿を担ぐ青年会の人たちが酔っぱらって、法被《はっぴ》とサラシ姿で川に架かった橋の欄干から次々と水の中に飛び込む。普段は禁止されていることだけど、お祭りのときだけは、お巡りさんも大目に見ているらしい。

「僕も見てみたいな」高井が関心を示す。

「でもさ、そんな所で、矢口なんかに遭っちまったら最悪だな。楽しいお祭り気分が台無しだぜ」僕は舌打ちした。

「ああ」みんなが同時に溜息をつく。

「このままじゃ、不発弾探しどころかさ、あいつらが卒業するまでビクビクしなくっちゃなんねえよな」僕が小声でそうこぼす。

「その内、お金とか持ってこいって脅かされるかも」つーやんが俯く。

同級生を脅かして、持ってこさせたお金で買い食いをしているという噂を聞いたことがある。

「いっそのこと、やっつけちまうか」雄ちゃんが威勢のいいことを言い出す。

「そんなことができれば苦労しないって。大体、ケンカじゃ、まったく歯が立たないじゃん」僕はだめだと手を振った。

「あーあ、ロケット戦争なら、勝つ自信あんだけどなぁ」雄ちゃんが拳を握る。

「ロケット戦争？」高井が目を輝かせるように身を乗り出した。

「高井は何も知らねえんだな」雄ちゃんが少しばかにした言い方をする。

「ロケット花火で撃ち合うんだよ」僕が説明する。

うちの近所に〝水道屋さん〟がいる。水道工事をする職人さんだ。水道屋さんちには、ビニールパイプがある。仕事で余ったパイプをもらって、ロケット花火銃を作るのだ。

パイプを80センチくらいの長さに切って、製材所の屑置き場から拾ってきた厚めのベニヤ板を、糸鋸《いとのこ》で銃の柄の形に切る。それをパイプに針金で括り付ける。すると、お手製のライフル銃が完成。

今年は不発弾探しに忙しくてまだ一度もやっていないけど、毎年、夏になると、15人くらい仲間が集まり、駄菓子屋で、爆竹や2B弾、それにロケット花火を買い込むと、裏田んぼと呼ばれる休耕田に行く。今、区画整理されている場所だ。

僕らは東西二手に分かれて、背丈くらいに伸びた夏草の中で、戦争ごっこを始める。

ロケット花火の棒を銃口、つまりパイプの先に突っ込んで、導火線に火を点ける。花火はピューンという音とともに、弾丸のように狙った方向へ飛んでゆく。時々、銃口にロケット花火が引っ掛かって、目の前で爆発することもあってびっくりする。

防御するときは、ベニヤ板か段ボールで作った盾の後ろに隠れる。

大人たちに見つかると「目にでも当たったら、危ないだろっ」と、怒られるけど、あのスリルは最高だ。それに今まで、誰一人、火傷も怪我もしたことはない。

でも、ロケット花火はあっという間になくなる。そうすると僕らの戦争ごっこの武器は〝手榴弾〟に変わる。爆竹や2B弾の出番だ。ときには煙玉を使うこともある。それもなくなると、別の手榴弾を作る。

バイパス工事で掘られた粘土のような土は、一旦、休耕田に山積みにされる。粘土は夏の日差しに照らされるとカラカラに乾く。その欠片《かけら》を投げ合う。その手榴弾は盾に当たると、粉々になってきれいに飛び散る。盾から覗かせた顔面に命中したりもするけど、酷くても鼻血を出すくらいで済んだ。

「矢口の顔面にロケット花火打ち込んだら、スカッとすんだろうな」雄ちゃんが愉快そうに笑う。

「手榴弾命中させてえ」

僕も笑いながら、その様子を想像した。

ふと気づくと、教室に残っているのは僕ら四人だけになっていた。

「とりあえずさ、今日と明日くらいは、矢口の出方を見るために、不発弾探しはやめとくか」僕はみんなに提案した。

「悔しいけど、仕方ないな」みんなが賛成した。

「じゃあさ、映画、観に行かねえか」と、雄ちゃんが呑気なことを言い出した。

「えっ？」

「明日から、大勝館でお化けの映画が始まるじゃん。オレ、観てえ」

町には古い映画館が一軒だけある。どういう訳なのかは知らないけど、大勝館が開くのは、お正月と春休み、夏休みの時期だけだ。かなり気まぐれな映画館だ。新作はかかったことがない。ゴジラやガメラ、それに喜劇もの。しかも、夏は決まって日本の怪談ものを上映する。それも大体、毎年同じ作品だ。だから、僕らが新作映画や〝東映まんがまつり〟を観たいときは、隣の市の映画館まで出掛けなければならない。

怪談話や超常現象好きな雄ちゃんにしてみれば、一日中、怪談映画が観られるのだ。たまらなく楽しいはずだ。

「そんな場合かよ、まったく。何のために不発弾探しを中止にするんだ。うろちょろすれば、あいつらに見つかるかもしれないだろ」僕は呆れながら言った。

「分かってるって。分かってるけどさ。でもさぁ」

それでも雄ちゃんはみんなで観に行こうとせがんだ。

「でも、おっかないしなぁ」そういう映画が苦手なつーやんが顔をしかめる。

「行ってみたいけど、明日はバイオリンの先生がくるんだ」高井が首を振る。

「なんだよ、お前ら。つきあい悪りーな。じゃあ、ブンちゃんは?」

「オレは……」

僕は少し考えた。つーやんは乗り気じゃないし、高井は難しそうだ。工場の手伝いも気になる。そして何より、矢口たちのことが。でも、気分的に雄ちゃんには借りがあるし。

「しょうがねえな、オレがつきあってやっか」

「おう、さすがブンちゃん」雄ちゃんは目を大きくして喜ぶと「じゃあ、ぼちぼち帰るか」と、満足そうに言った。

教室を出て、競い合うように階段を駆け下り、下駄箱でズックに履き替えると表へ出た。と、日差しの中から人影が現れた。一瞬にして、また地獄に戻った気分になった。矢口たちが待ち伏せていたのだ。

「ずっと見張ってるって言っただろうが」矢口が不気味に笑う。

咄嗟に目で合図し合った。逃げろ。僕らは一気に走り出した。

「テメーら、逃げげんじゃねぇ」

後ろから聞こえる矢口たちの足音は、何か得体の知れない怪物にでも追いかけられているように響いてくる。

「こっちだ」

「こっちだって」

逃げ惑う僕らは、ジグザグに走りながら体育館へ続く中庭を走った。息が切れる。足の遅いつーやんと高井が次第に遅れ始め、富沢に捕まった。

「つーやん、高井」と呼ぶ間もなく、今度は僕の襟がつかまれた。シャツに首が締め付けられて、足が止まった。

「へへっ、三匹目とっつかまえた」と安藤。

僕はそのまま羽交い締めにされた。

そんな僕を見て「ブンちゃん」と、雄ちゃんは立ち止まった。雄ちゃんの足の速さなら、もしかして振り切れたのかもしれないのに、雄ちゃんは捕まった僕らの方へ戻ってきた。

「逃げればよかったじゃん」僕がこっそり言うと、雄ちゃんは「ひとりだけ逃げる訳にいかねぇだろ」と頭を振った。

もし雄ちゃんの立場だったら、僕は戻ってきたかな。僕はそのまま逃げたかも。そう思うと恥ずかしい気がした。

「テメーら、こっちにこい」

僕らは、朝顔の蔓が地面一杯に伸びた体育館の裏手に引っ張っていかれた。こんなことなら、さっさと下校すればよかった。どうして人気《ひとけ》のない方へ走ったんだろう。せめて職員室の方へ逃げれば、先生に助けを求めなかったとしても、気づいてもらえたかもしれない。頭の中を、ああすればよかった、こうすればよかったという思いが駆け巡る。

「オカマちゃん、今度はオンナに助けてもらえねぇぞ」安藤がニヤつく。

体育館の壁を背に、僕らは一列に並ばされた。額に滲み出てくるのは脂汗。

矢口は、雄ちゃんの喉に肘をかませると、壁際へ押し付けた。

「うぐぐぐ」

雄ちゃんが、目をパチパチとしばたたきながら、息苦しそうに顔を歪めても、矢口は腕の力を弱める気配はなかった。

「く、苦しいです」

「オレに逆らうと、こういうことになんだよ。うんこ屋っ」

矢口は、そう言うと雄ちゃんのミゾオチにパンチを打った。雄ちゃんはおなかを押さえて蹲《うずくま》った。

「や、やめて……ください」

やっとの思いで僕がそう言うと「オメーは黙ってろっ」と、富沢にヘッドロックをかけられ、脳天を殴られた。

「うげっ」

そして、放り投げられた僕は地面に激しく尻餅をついた。

「いいか、うんこ屋。これから、オメーを見掛けるたびに、一発ずつぶん殴ってやるからな、よーく覚えとけっ。うんこ屋の分際で、いい気になりやがって。テメー、今度、あの自転車乗り回してたら、バラバラにぶっ壊す。分かったかっ」

鬼を見たことはないけど、もし本当に鬼がいるとしたら、矢口のような顔をしているに違いない。

「それから、いいか、お前ら。もし先公に告げ口でもしてみろ。テメーら全員のうち、火つけて燃やしちまうからなっ」矢口が凄む。

ふと高井を見ると、可哀想なくらい青くなっていた。かなりのショックに違いないし、僕らと関わったことを後悔しているかもしれない。

「うんこ屋を燃やしたら、本物のヤケクソだな」手下たちがくだらないことを言って笑った。

「おい、行くぞ」

矢口は手下たちに声を掛けると、蹲っていた雄ちゃんの脇腹を蹴った。

矢口たちが離れていくのを確認して、僕は雄ちゃんの肩に触れた。

「大丈夫か」

雄ちゃんは、僕の手を振り払うと、ゆっくりと立ち上がって矢口の背中を見つめた。雄ちゃんの全身が小刻みに震えていた。堰で、雄ちゃんが矢口に突っかかっていったときと同じだ。マズい。

「テメーら、ふざけんなっ」雄ちゃんが叫んだ。

折角、離れて行ったのに……。雄ちゃんの声に「何ーっ」と、踵を返すと、矢口たちは僕らの方に全速力で戻ってきた。

矢口たち三人に取り囲まれた雄ちゃんがまた叫んだ。

「うんこ屋、うんこ屋って、煩せーんだよっ。うんこ屋が変速ギアに乗っちゃ悪りーのかよっ。うんこ屋だって何だってな、とうちゃんとかあちゃんが一生懸命働いて買ってくれたんだ。テメーらに文句言われる筋合いはねえ。ほしけりゃテメーらも買ってもらえっ。ふん、だけど、どーせ、テメーらんちじゃ買ってもらえねえんだろっ。この貧乏野郎っ」

雄ちゃんが一気に捲し立てると、矢口の顔が、みるみる真っ赤になるのがはっきり分かった。

「テメー、ぶっ殺すぞ」

矢口が拳を握って、パンチを繰り出そうとした瞬間、僕は目をつむった。

と、「か、川跳びで勝負しろっ」と雄ちゃんの声。

えっ川跳び？　一体何のことだ？　僕は目を開けて雄ちゃんを見た。

矢口はポカンとした顔をして、振り上げた拳を途中で止めていた。

「じ、自転車で、百瀬川を飛び越す勝負だっ」

自転車で、百瀬川を飛び越すだって？　そんなの無茶苦茶だ。

「オメーが勝ったら、オレの自転車くれてやらあ。その代わり、オレが勝ったら、二度とオレらに手を出すなっ」

雄ちゃんは、矢口に向かって早口でそう言い放った。

「何、寝ぼけたこと言ってやがんだよ。川なんて跳べるはずがねえ。こいつ、頭、おかしいんじゃねえの」安藤が横から口を挟んだ。

「どうなんだよっ。やるのか、やんねえのか」雄ちゃんは安藤を無視して、矢口に迫った。

全員の視線が矢口に向けられた。微かだけど、矢口は顔を歪ませた気がした。さすがの矢口も動揺しているんだと感じた。

「おっかなくてできねえのかっ」

雄ちゃんがなおも迫ると、また安藤が横から「バカヤロー、やぐっちゃんにおっかねえものなんかねーよ。な、やぐっちゃん」と、口を挟んだ。

と、富沢も「テメーらみたいな根性なしとは違う。な、やぐっちゃん」と、矢口に言った。

「あ、ああ。当たりめえだ。テメー、なめんじゃねえ」

矢口は雄ちゃんを睨むと、雄ちゃんの胸元のシャツをつかんで「ああ、勝負してやらぁ。で、いつ、やるんだ?」と、雄ちゃんに顔を近づけた。

「え、えーと、それは、あ、一週間後だ。お昼丁度、百瀬川の橋にこい」

「偉そうに言っててんじゃねえ。おお、一週間後だな。逃げずに、ちゃんとこいよ、うんこ屋」

矢口はそう言うと、シャツをつかんだ手を放すとき、雄ちゃんを押した。雄ちゃんは、少しだけよろけたけど、倒れることはなかった。

「そっちこそ、逃げんなよ」雄ちゃんは言い返した。

矢口たちが体育館の角を曲がって完全に姿を消すと、雄ちゃんはヘナヘナとその場に座り込んだ。僕もつーやんも高井も、同じように座り込んだ。

「ふー」

深呼吸なのか大きな溜め息なのか、みんなが息を吐いた。

「雄ちゃん、スゴかったな」僕が最初に口を開いた。

「うん、ああ。ついカッとなっちまった。でも途中で、小便ちびりそうだったよ」雄ちゃんが苦笑いする。

「根岸くん、カッコよかったよ」高井が言う。

「お世辞言うなって」

「ホントだって。僕は何もできなかった。ほら、まだ指が震えてるもの」高井は震える指先を僕らに見せた。それは僕も一緒だ。

「高井、お前も巻き込んじまったな、悪い」雄ちゃんがコクッと頭を下げた。

「いいんだよ、友達だろ」

高井は後悔しているんだとばかり思っていた。案外、僕なんかより度胸があるのかもしれない。

「だけどさ、とんでもない勝負を約束しちまったな。でもなんで、川跳びなんだ」僕が尋ねる。

「オレにも分かんねえよ。でも、しょうがねえだろっ、咄嗟に百瀬川が頭に浮かんじゃったんだからさ」

さっき教室にいたとき、神輿の担ぎ手が川に飛び込む話をしたせいなんだろうか。

「一週間後っていうのは、なんか意味があんの？」僕が尋ねる。

「テキトーだよ、テキトー」

「やっぱり……。そうだろうと思ったけどさ」

「だけどよ、時間稼ぎにはなったろ。その間に、なんかいいアイディアをブンちゃんに考えてもらってさ」雄ちゃんが僕を見る。

「また、オレが考えんの。でもさあ、池跳びとは全然違うし。しかも自転車なんて。絶対に飛び越せない、無理だって」僕は首を振った。

「そうだよ、怪我しちゃうよ」つーやんが心配する。

「でもよお、こうなったらしょうがねえさ。もう勝てなくってもいいんだ。失敗してメチャメチャになっても、あいつだけは、絶対に、絶対に道連れにしてやる」

雄ちゃんはそう言うと青空を見上げ、手の甲で鼻の下を拭った。その横顔は、相当腹を括った顔だった。

＊

「雄ちゃんに、どうしても映画につきあってくれって頼まれちゃって。まったく、すぐオレを頼るんだから、まいっちまうよ」

手伝いのことも気になっていたので、ゆうべ、ご飯を食べながら、そう言い訳を言って、親の様子を窺った。

「ああ、行っといで」と、母は答え、父は何も言わなかった。予想外に素っ気ない反応だったけど、内心ほっとした。

朝八時前に家を出て、約束通り、雄ちゃんちに向かった。宿題は帰ってから、夕飯前までに片付ければいい。

雄ちゃんちに着くと、自転車に跨がったまま、玄関先で「雄ちゃーん」と、声を掛けた。と、丁度、雄ちゃんのとうちゃんが玄関から出てきた。上下灰色の作業服を着て、黒いゴム長を履いている。袖をまくった腕は日焼けして真っ黒だ。

「お、ブン吉、早えな」

おじさんは、自分の名前が貞吉なので、僕のことは〝ブン吉〟、雄ちゃんのことは〝雄吉〟、つーやんのことは〝つー吉〟と呼ぶ。

おじさんは階段の下から二階を見上げると「おい、雄吉、ブン吉が迎えにきたぞ」と、大きな声で雄ちゃんを呼んだ。

「ほら、ブンちゃんがきたってさ」と、おばさんの元気な声も家の奥から聞こえた。

「今すぐ行くーっ」雄ちゃんの声が返ってきた。

「雄吉のヤロー、まだ顔も洗ってねえんだ、ははは。だけど、ブン吉、こんなに早く行っても、大勝館は、まだ開いちゃいねーだろ」

大勝館が開くのは九時。上映が始まるのは九時半からだ。

「うん、そうなんだけどさ。でも、席を取るなら、最初の方に並ばなくちゃ。それに、ちょっと、寄る所があるんだよね」

まさか川跳びの下見に行くとは言えない。僕は、にやけ顔でごまかしながら答えた。

「そうか……。あ、そういえば、ブン吉、うちの手伝いしてるんだって。感心だな」

「うん?」

「雄吉が、ブン吉がうちの手伝いしてるから、オレも手伝うとか言い出してな」

「うん、まぁ」と、僕はバツが悪くて頭を掻いた。雄ちゃん、余計なことを言わなくてもいいのに……。「感心だ」と褒められてしまったら、まだ一回しか手伝ってないとは言えないじゃないか。

「ブン吉は、うちの跡を継ぐのか?」

「うーん、それは分かんないけど……」

「分かんないかあ、そうだな、分かんなくて当然だ。ま、ブン吉はデキがいいって話だから、もっと勉強して偉くなれるかもしれねえなぁ。その点、雄吉なんか、どうなるんだか」おじさんは、二階をまた見上げて笑った。

「雄ちゃんだって、頑張ってるし」僕は明らかに気を遣って、そう言い返した。

「ははは、そうか。雄吉も頑張ってるのか、ははは。まぁ、手伝いするって気持ちは有り難いが、それで仕事を覚えたからといって、どうにかなる訳でもねえーしな」

「え?」

「町の下水道整備も、あと十年もすりゃあ終わるだろうからな。これから建てる家なんか、みんな水洗便所だし。そうなりゃ、うちなんかおまんまの喰い上げだ。なんか商売替えでも考えなくちゃなんねえな。だからよ、もし雄吉が継ぎたくっても無理だ。あいつは、チューデンにでも勤めてくれればいいんだけどな」

言い方は違っていても、うちの親もおじさんも、将来にあまり期待を持っていないような気がした。その分、子どもの将来が心配なのかも。

「まあよ。先のことなんか分かんねえし、手伝いもいいけど、今は一生懸命、お前らは遊べ」

おじさんは、そう言いながら、ズボンのポケットをまさぐると、チャラチャラと音を立てた。

「ほれ、これでアイスでも買って喰え」

おじさんは、手のひらの小銭の中から百円玉を二枚選ぶと、僕に渡そうとした。

「いいよ」最初は手を振って〝いらない、いらない〟というポーズをした。

「いいから、ほら。雄吉に渡しておくと、なくしそうだからな。ブン吉なら大丈夫だろ、ほれ」

どうしたものかと迷ったけど、アイスの誘惑に勝てず「ありがとう」と手を出して受け取り、ペコリと頭を下げた。

「おう」おじさんは満足そうに僕の頭を撫でると、うちの軽トラと同じタイプの軽トラに乗り込んだ。

町外れの畑にある空き地を借りて、そこにバキュームカー二台を置いている。雄ちゃんちの近所に、次々と新しい家が建った頃から、近所に気を遣って、そうしているんだと、雄ちゃんから聞いたことがある。雄ちゃんやおじさんには悪いけど、家の前にバキュームカーが停めてあるのはカッコ悪いかも……。

軽トラが走り去ると、ドタドタタッと階段を下りてくる足音がした。雄ちゃんは、三段目からは飛び降りて床に着地した。

「ブンちゃん、お待たせっ」

矢口に、とんでもない決闘を申し込んだことなんか、すっかり忘れていそうなほど、陽気な登場だ。

「アイスを買えって、おじちゃんから、これ貰った」

僕は、百円玉を雄ちゃんに見せた。

「やったぜ。じゃあ、ソフトクリームがいいよな」

雄ちゃんは、舌を出して、ソフトクリームをぺろりと舐める真似をした。

「そうだな。じゃあ、出発するか」

僕がそう言うと、雄ちゃんはズックを爪先に引っ掛けて、自転車が置いてある車庫に入っていった。

雄ちゃんが転がしてきた自転車は、自分の変速ギアではなく、おばちゃんの婦人車だった。

「一応、用心してさ」

「ああ、それがいい」

僕らは自転車に跨がると、まず百瀬川を目指した。


駅前広場前の交差点を右折して、目抜き通りに入る。二車線道路の両脇に並んだ商店のシャッターはまだ降りたままだ。僕らは日差しの当たる車道ではなく、日陰になった歩道をスイスイと走った。

〝久保下《くぼした》洋品店〟〝松本薬局〟〝パチンコ屋・ゴールド〟の前を通過すると、百瀬川に架かるコンクリートの橋が見えてきた。

商店街の東端に百瀬川は流れていて、橋を渡った場所には消防署がある。二台の消防車と一台の救急車が車庫に並んでいる。

橋に着くと、スタンドを下げずに橋の欄干に自転車を立て掛けた。欄干は石造りで、僕らの胸の高さまである。橋の上は、白い日差しをコンクリートが照り返して眩しい。

僕は身を乗り出して、まじまじと橋の上から百瀬川を覗き込んだ。こんなことをしたのは初めてだ。

「うわっ」僕は思わずそう漏らした。

水面まで三メートル、いや、もっとある。水が流れている川幅自体は十メートルくらいか。深さはどれくらいだろう？　神輿の担ぎ手が飛び込んでも平気なくらいだから、結構深いはずだ。緑色の水草が水中でゆらゆらと揺れている。フナやメダカの泳ぐ影も見える。

「こりゃあ……」僕は首を振って雄ちゃんを見た。

僕の言いたいことが分かったらしく「こりゃあ、死ぬな」と、雄ちゃんが言った。

「ああ、確実に死ぬ」

死なないとしても、大怪我をする可能性はかなり高い。とんでもない勝負を言い出したものだ。

僕らは急に重くなった足取りで、橋の上から川縁《かわべり》に移った。川の両脇には遊歩道があり、大きな柳の木と桜の木がたくさん並んでいる。垂れ下がった柳の枝が緑の葉を茂らせて、風に優雅に靡《なび》いている。

川縁に柵はなく、足下の先から急斜面の土手が、水面に向かって下っている。

僕は商店街の歩道を振り返った。自転車の助走に必要な距離は50メートルか、いや100メートルは必要か。いやいや、それじゃ長い。80メートル……。

「だとすると、あの辺りからだとして」

たぶん、三軒戻ったお茶屋さんの前辺りからスタートすることになる。僕は指を差しながら、その順路を辿った。

通行人がいなければ、歩道を走って一直線に川縁に向かえる。ただ勝負は昼間だ、通行人がいるだろう。すると、自転車は車道を走ることになる。じゃあ、車道から斜めに自転車を進ませる必要があるな。

「こう走ってくるだろ。そして、この二本の柳の間で……」

覗き込む足下には、夏草が茂った土手。土手の幅は二メートルくらいありそうだ。

「土手のギリギリで、ハンドルをぐっと持ち上げて、ポーンとジャンプ……」

僕は自転車が宙に舞う様子を、何度も頭に思い描いてみた。でも、自転車は飛距離が足りなくて、必ず水面にドボーンと落ちる。

「ちぇっ」と舌打ちして、僕は足下にあった小石を蹴った。ポチャンと音を立てて川に落ちる小石の軌道が、失敗するイメージと重なった。

「自転車の勢いで何とかなるっていう幅じゃない。絶対にドボン。それに跳ぶタイミングを間違ったら、川にも届かず、この土手を転げ落ちるぞ。かなり上手く跳んだとしても、向こう側の土手の斜面に激突だな」

僕は大きな溜息をついて、土手の縁にしゃがんだ。雄ちゃんも隣にしゃがんだ。

「仮面ライダーのバイクだったら、楽勝かな?」雄ちゃんが鼻の下を人差し指で擦る。

「また始まった。真面目に考えろよ」

「ああ、ごめん」

「雄ちゃんもばかだけど、矢口もばかだ。いくらあいつだって、ここを跳び越えるのは無理だ。普通はやらねーよとか断るだろ」

「そうだよな、大体、あいつが断ればよかったんだよ、な、ブンちゃん」

「自分で言い出したのに、雄ちゃんが文句を言うな」

「だから、そこをなんとか。こんなもん、まともにやったって跳べっこねえし。な、ブンちゃん、いい作戦頼むっ。一生に一度のお願いっ」

また一生に一度のお願いか。池跳びのときも、そう言って手を合わせたくせに。

「そう簡単に言うなよ。学校の池とは全然違うんだから、まったく」

僕は自分が跳ぶような気分になり、気持ちが更に落ち込んだ。

「ま、今日のところは悩んでもしょうがない。お化け映画観て楽しもうぜ」

雄ちゃんは呑気に笑ってみせた。

「アホか」僕はそう言うと立ち上がって、もう一度、川跳びのルートを目で追った。

百瀬川の遊歩道を南に向かった。自転車を五分くらい漕ぐと大勝館に着いた。枝振りのいい大きな松の木が目印だ。最近、大勝館の隣には、大きなスーパーマーケットができた。

戦前に建てられた白壁の大勝館の正面入り口はアーチ型になっている。その入り口の屋根の上には、僕らくらいの背丈の十字架が載っている。昔、それに気づいた僕は不思議に思って祖父に訊いたことがあった。

「進駐軍がいた頃、大勝館は教会代わりに使われていたことがあってな。ハイカラな造りだから、アメリカさんが気に入ったんだろう。十字架はその名残だ。あそこは元々、映画館じゃなくてな、この辺りじゃ珍しく芝居をやる劇場だったんだぞ。だから名前も〝大勝座〟って前はいってたんだ。でも、戦後、映画をやるようになって〝大勝館〟って名前が変わったんだ」と、祖父が教えてくれた。

ただ僕らにとって大勝館は、初めから映画館だった。

夏休みに入って、大勝館が開く初日は、町にふたつある小学校の男子生徒が集まる。大人はまずこないし、中学生以上は部活があるからこない。女子も古い日本の怪談映画には興味がないらしく、大勝館にはこない。女子の間では『小さな恋のメロディ』が話題になっていて、隣の市にあるスバル座に観に行っているらしい。月刊明星や月刊平凡のグラビアに載っていた主役のマーク・レスターをカッコいいっと褒めちぎっていた。「クルクルの天パー頭のどこがカッコいいんだ」と、男子はそんな女子をからかった。

とにかく小学生の男子にとってはパラダイスだ。なのに大勝館が満席になったことはない。それでも早くきて並ぶには理由がある。

ちょっと大勝館に詳しいヤツらは、みんなある座席を狙っている。僕らが目指すのは二階席の左右にある、ちょっと突き出した特別席だ。映画を観るなら、一階の真ん中の席がいいに決まっているけど、そこは悪戯される座席なのだ。

二階席に陣取った悪ガキどもが、食べカスやゴミを投げ落とす。酷いヤツは唾を吐く。暗闇から出てくると、髪の毛に唾がついているなんてこともある。大体、そういう目に遭うヤツらは、四年生くらいまでのヤツらか、初めて大勝館にきたヤツと決まっている。

僕と雄ちゃんは、大勝館裏手にある自転車置き場に自転車を並べて、切符売り場へ回り込んだ。既に先客が三人いた。

「ちえっ。一番乗りじゃないのかよ」雄ちゃんががっかりして言った。

「百瀬川の下見に時間くったからな。仕方ないよ」

切符売り場の小窓の横に大きなガラスウインドウがあり、加山雄三の若大将シリーズのポスターと、クレージーキャッツの植木等のポスターが貼ってある。でも、それは何年も同じ物が貼ってあって、今日上映されるものじゃない。

雄ちゃんは植木等を指差して「なんである、アイデアル」と、傘のコマーシャルを真似した。

「なあブンちゃん知ってる？　大勝館ってさ、今年の冬には壊されちゃうんだってよ」雄ちゃんが言う。

「ウソ」

僕には大勝館がなくなって特別困る理由はなかったが、ちょっと驚いた。

「うちのとうちゃんが言ってた。ボウリング場ができるんだってよ」

「え、ホントかよ。それならいいなあ」

テレビでボウリング中継が始まり、プロボウラーの投げる大きく曲がるボールに驚いた。中でも、女子プロの中山律子が僕は一番好きだ。春からは、ボウリングドラマ『美しきチャレンジャー』もスタートして、毎週見ている。

ボウリングブームになってから、隣の市には、ボウリング場が、いっぺんにふたつもできた。ただ僕は一度も連れて行ってもらったことがない。仕方がないので、庭で空き瓶か空き缶を並べて、ソフトボールのボールを代わりに転がして雰囲気を味わった。でも、いちいち瓶を並べるのが面倒で、そんなときは美幸にやらせた。

「だけどよ。大勝館がなくなったら、お化け映画観られなくなっちまうだろ」雄ちゃんは、悔しそうな顔をした。

雄ちゃんには悪いけど、僕は、そんなにお化け映画を観たい訳じゃない。それにスバル座に行けば映画は観られる。しかも新作を。去年は『続・猿の惑星』を親戚の兄ちゃんに連れてってもらった。

切符売り場の前に列ができ始めた。切符売り場の丸い時計を覗くと、九時まで、あと15分だ。ガラス扉の向こうのロビーで、売店の準備を大勝館のおばさんが始める。

切符売り場の小窓が開いた。小人《こども》料金は百円。百円で一日中、大勝館にいられる。新作映画を上映するスバル座なら、二百円だ。

「小人二枚」

チケットを買った順に、入り口扉の前に移動する。僕らも移動した。

「ダッシュ勝負だな」

「ああ」

　僕らは作戦を練った。

「オレは右階段、雄ちゃんは左階段から攻めろ」

「ＯＫ」

　九時を少し回って扉が開いた。チケットもぎりのおばさんの動作がゆっくりで、僕は足踏みをしながら順番を待った。半券をおばさんの手から奪うように取ると、僕は右階段を猛ダッシュで駆け上がる。

　順番が先だった三人組が左階段を上っていくのが分かった。二手に分かれないなんてばかじゃないの。でも僕としてはしめしめって感じだ。あとは後ろのヤツらに追い抜かされなければ、目当ての座席は確保できる。

　木の手摺をつかんで巧くカーブする。二階席の扉から駆け込むと、映写室の脇を通って、今度は中の階段を一気に下る。最後は何段かポンと飛び越す。

「へへい、やったー」

　僕はゼイゼイと息を切らしながら、どっかりと座席に腰掛けた。帽子を脱ぐと隣の座席に置いた。雄ちゃんの席を確保。

「こっちこっち」左階段から攻めた雄ちゃんを手招きして、呼び寄せた。

「オレはくたびれもうけかよ」

　手柄をあげられなかった雄ちゃんが不満を言う。

「いいじゃねえか。こっちの座席が取れたんだから」僕は汗を拭った。

まだ冷房が充分に効いていない館内は蒸し暑く、久しぶりの開館なのでカビ臭さもある。

予想通り、二階の前列から席が埋まってゆく。一階の座席にも、ちらほらと人が座り始めた。と、あちらこちらでパンパンという音がし出した。訳はすぐに分かった。みんな一斉に座席を叩いているのだ。休館している間にビロード地の座席には埃が溜まる。指でなぞると文字が書けるくらいだ。みんなその埃を払おうとして座席を叩く。ただ、そのお陰で白い埃は館内に充満して、結果、目や喉を痛めることになる。ゲホゲホと咳き込む声も聞こえる。

「おい、やめろよ」という声も、どこからか聞こえてくるが、むしろ、みんな楽しんでいるようだ。

僕も雄ちゃんも、座席をパンパンと叩いた。叩いた座席には、手形が浮き出た。

「売店行く?」

帽子を座席に置いたまま、ロビーに下りた。

「まずは、ポップコーンとメロンパン。それとラムネ。ソフトクリームは、休憩時間だな」

おにぎり持参で、大勝館にくる者もいたけど、僕らは大概、パンとお菓子で腹を満たした。

座席に戻って、ポップコーンの袋を破く。雄ちゃんは不器用で必ず、破いた口からポップコーンを半分くらい床に撒き散らす。

「あ、もったいねえ」

「雄ちゃん、いっつもだよな」僕はラムネを飲んでゲップをしながら笑った。

目当ての座席を取れたのはいいけど、上映開始までの30分が長く感じられる。ようやく館内の明かりが落ちる頃には、ラムネを飲み終え、僕のポップコーンは殆どなくなっていた。

「おお、始まる始まる」

雄ちゃんは前の手摺に両肘をついて、身を乗り出した。

カラカラカラ。映写室から音が聞こえると、僕らの目の前に光の筋がスクリーンへと延びた。その光の中に、さっきみんなが叩いて舞い上がった埃が渦巻いている。それだけでまた、喉がいがらっぽい気がして、思わず痰を切るように喉を鳴らした。

今日の映画は『四谷怪談』『牡丹灯籠』『番町皿屋敷』の三本立てだ。

上映中、菓子袋が立てるガサガサという音があちらこちらから聞こえる。それは仕方ないとしても、びくっとする場面で、なぜか場違いな笑い声が響くのは不思議だ。普段、落ち着きのない雄ちゃんだって、おとなしく観ているのに。

「煩せえな、静かにしろよ」と、文句を言う声が飛ぶと、また「がはは」と笑う声が聞こえる。怖さを笑いでごまかしているのだろうか。怖い映画も、そんなことがあると拍子抜けして、怖さが半減する。もっとも、こういう映画を見たらその晩になったときの方が、怖さがぶり返してよっぽど怖い。まず夜中の便所には行けない。だから朝までおしっこを我慢する。

『牡丹灯籠』が終わると休憩時間になり、明かりが点いた。「あああ」と伸びをする声が聞こえる。僕もつられて伸びをした。

「ソフトクリームだ」雄ちゃんが嬉しそうに言う。

「いいねえ」

僕らは席を立った。

階段をふざけて突き合いながら下りていく途中で僕は足が止まった。そして慌てて雄ちゃんのシャツをつかんだ。

「何？」

「安藤がいる」

「え、どこ？」

「ほら、あそこ」僕は指を差した。

売店の前にできた人だかりの中に、矢口の手下の安藤がいた。

僕らは階段の途中でくるりと背中を向けてた。

「っていうことは、もしかして矢口もいるってことか」

「だとしたらマズいぞ、雄ちゃん」

「う、うーん」

「もうこのまま帰る？」

「ええっ、あと一本残ってるじゃねえか。それによ、ソフトクリーム喰ってねえしさ」

「そんなこと言ってる場合かよ」

「だって、矢口が一緒だって決まった訳じゃないしよ。なあ、いいじゃん、最後まで観ようぜ。もしいてもさ、見つからなけりゃいいんだし」

「うーん」

結局、渋る僕を雄ちゃんが押し切った。

僕は周囲をきょろきょろと窺いながら、ソフトクリームを買った。雄ちゃんはソフトクリームの他に、カップ入りのいちご味かき氷も買っていた。

「そんなに喰うと腹壊すぞ」

「平気平気」雄ちゃんはケロッと答えた。

座席に戻った僕らは、二階席を見渡した。そこに安藤の姿はなかった。ほっとして顔を見合わせた後、僕はひょいと一階の中央席に目を落とした。その瞬間、僕は仰け反って、危うくソフトクリームを落としそうになった。

「なんだよ、ブンちゃん」

「矢口がいる」

「え、やっぱり」と、雄ちゃんが恐る恐る手摺の隙間から覗き込む。

僕も、もう一度こっそりと一階を見下ろした。一階のど真ん中の席に、矢口たちがどっかりと陣取っていた。周りには三人以外誰もいない。

「ばっかじゃねえの、あいつら。誰も座らねえ席に嬉しそうに座ってやがる」

上から物を落とされたりする座席だと知らないのか、それとも自分たちにちょっかいを出すヤツなんていないと思ってるのか。矢口は前の座席に足まで投げ出し、すっかり寛《くつろ》いでいる。

「やっぱり、いたじゃん」

僕がそう責めると「暗くなれば大丈夫だって」と雄ちゃんはごまかした。

僕と雄ちゃんは、座席に身を隠すようにして、溶け始めたソフトクリームを舐めた。休憩時間がやけに長く感じ、折角のソフトクリームの味が台無しだ。

「あ、ブンちゃん」

「何?」

「へへへ、まぁいいや後で」と、雄ちゃんは薄ら笑いを浮かべた。

「なんだよ、気持ち悪りいな」

「そのときになったら教える」

「今、教えろよ」

と、明かりが落ちて『番町皿屋敷』が始まった。雄ちゃんは暗闇に安心したのか、さっきと同じように両肘を手摺に載せた。雄ちゃんの横顔が青白い闇の中に浮かんだ。僕も諦めてスクリーンに目を向けた。でも、矢口たちが気になって、僕は映画に集中できなかった。

映画のラストシーンを迎えたとき「ブンちゃん、動くぞ」と雄ちゃんに声を掛けられた。

「どこに？」

「真ん中に」

「なんで？」

僕が尋ねると雄ちゃんは「これ」と言って、かき氷のカップを見せた。プラスチックのカップには、溶けて赤い液体になったかき氷。

「食べなかったのか？」

「我慢した」

「で、それが何？」

「へへへ、これを上からさ」

「まさか、ヤツらの頭にかける？」

「さすがブンちゃん、ごめいさん」雄ちゃんは僕のお株を奪ったような言い方をした。

「おいおい、バレたら、またぶん殴られるぞ」

「だから、やったら一気に自転車置き場まで走れ」

見つかる可能性がない訳じゃないけど、今まで殴られた分のお返しをするのも悪くない。最初は躊躇したものの、面白そうだ。

「よっし、やっちまうか」

それにしても悪戯のアイディアはすぐ考えつくんだな。呆れながらも感心した。でも早く教えてくれれば、僕も溶けたソフトクリームを残したのに。残念だ。

「作戦開始」

雄ちゃんは暗闇の中を手摺に沿って「はい、ごめんよ。ちょっと通らせて」と、座っている他の人の足を退《ど》けてもらいながら二階席の中央へと動く。僕も後に続いた。

僕らは下を見て、矢口たちを確認した。

「いたいた」

雄ちゃんはカップの蓋を取った。カップの中で溶けたかき氷が揺れる。

「見とけよ、あいつら」

雄ちゃんは手摺の外にカップを出すと一気にカップを逆さにして中身を落とした。

「爆撃っ」

「ぎゃー」とも「がー」ともつかない場違いな大声が館内に響いた。いちいち下を覗いて確認することもない。あの悲鳴が、ヤツらに見事命中した証拠だ。

「やったー」

「逃げるぞ」

僕は内階段を駆け上がろうとした。ところが、雄ちゃんは「ちょっと待て」と言うと、ガララと痰を喉の奥から絞り出すように音を立て、口の中に溜めた痰を一階席に向かって吐いた。

「へん、これはおまけだっ」

「雄ちゃん、早く逃げろっ」

「おうっ」

僕らは一目散に暗がりの内階段を駆け上がり、扉を押して出ると、今度は二階からロビーに続く階段を駆け下りた。そして振り向きもせず自転車置き場まで突っ走った。

「そこに隠れよう」

自転車置き場脇に立つ物置小屋の裏手に僕らは身を隠した。はぁはぁと息を切らしながら物置小屋の壁に背中を預けしゃがみ込んだ。

矢口たちが僕らに気づき追ってくる気配はなかった。きっと暗闇の出来事に、何が起こったのか分からなかったのだろう。咄嗟の追跡ができなかったのかも。

ほっとすると汗が全身から噴き出してきた。でも、その汗は気持ちのいいものだった。

「やったな」

「ああ、やった」

「トラ・トラ・トラだ」

「うん、奇襲攻撃大成功だ」

殴られたお礼といっては、小さなお返しだったけど、気分はすっとした。僕らは笑い声を押し殺しながら笑った。

「なぁ、雄ちゃん」

「うん?」

「矢口のうちまで跡をつけてみねえか?」

「はあ?」

「思ったんだけどさ、オレら、噂ばっかりで、矢口のこと何も知らないじゃん。敵のことを知るってことも大切じゃねえの。なんか弱味とかもあるかもしんないし」

それに、かき氷を掛けられたヤツらの顔を見てみたかった。

「こっちが見張ってやる番だ」

「なるほど。今度はスパイ大作戦だな」雄ちゃんがテーマ曲を口ずさむ。

奇襲攻撃の成功に気をよくした僕らは、矢口の尾行作戦を決めた。

物置小屋の陰からこっそり出ると、自転車を転がしてスーパーの正面へ移り、大きな看板に隠れながら、映画館の入り口を見張った。

身を潜めてから、五分くらい経っただろうか。矢口たちが出てきた。三人の白いシャツの肩や背中に大小のピンク色の染みが見えた。被害は矢口が一番酷そうで、相当、頭にきている様子に、嬉しくてにんまりした。

「ざまあみろだな」僕らはニッと顔を見合わせた。

矢口たちは、自転車に跨がった。

矢口の自転車は、遠目に見てもボロい感じがして、スタンドがなかった。あんなボロい自転車に乗ってちゃ、雄ちゃんを羨ましく感じるだろうな。でも、それだけで因縁をつけられる雄ちゃんは、たまったもんじゃない。

矢口たちが移動する。気づかれないように、100メートルくらい離れて追跡する。電柱の陰や家の塀をギリギリに通りながら、細心の注意を払った。それでも、いつ振り向かれるのかと、ドキドキだ。

矢口たちは百瀬川の遊歩道に入っていた。僕らが大勝館に行く前に通った遊歩道だ。

「あいつらも、下見に行くんだ」僕はピンときた。

予想通り、矢口たちは川縁で自転車を降りた。僕と雄ちゃんは、離れた家の塀の陰に慌てて身を隠した。自転車を降りて、塀の角から重なるように顔だけ出して、その様子を窺った。

矢口たちは、橋の上から川底を覗いたり辺りを見渡したりと、朝、僕らがしたようなことをやっている。

と、矢口が何か怒鳴りながら、安藤の胸を突いた。離れているので、何を言っているのかは分からなかったけど、矢口が怒っているのは分かった。

「あれれ。仲間割れか」雄ちゃんが嬉しそうに言った。

「ああ、たぶん」

いくらあいつらがばかでも、下見をしたらこの勝負が無謀なことくらい分かる。

「これで矢口から〝やめた〟と言い出さねえかな」僕はそんなことを期待して呟いた。

そうすれば、こっちは偉そうに「腰抜け」と、ばかにできた上、勝負をしなくても勝ったことになるかもしれない。

矢口は、倒しておいた自転車を起こすと、ぱっと跨がって、さっさと川を後にした。安藤と富沢が、慌てたように続く。僕らも矢口たちを見失わないように、再び自転車に飛び乗ると、尾行を再開した。

矢口は、目抜き通りを西に向かった。駅前広場前を通過するとチューデン方向へ。チューデンのフェンス沿いに、どんどん西に向かう。矢口たちの背中は豆粒くらいの大きさでも、直線道路なら見失うことはない。

安藤と富沢は、途中で別の道路に曲がっていった。今日は、もうバイバイっていうことらしい。ターゲットは矢口だ。邪魔者が消えて好都合。遠ざかる安藤と富沢の自転車を確認して、矢口ひとりを追いかけた。

矢口はまったく振り向く気配がなく、僕らの尾行は次第に大胆になり、矢口との距離を縮めた。

「あいつ、うちに帰るのかな」

「さぁ、どうなんだろ」

チューデンの下請け工場が両脇に並ぶ道路を通過する。細い煙突からは灰色の煙が空に立ち上っている。

矢口の自転車は横道に入った。舗装がされていない砂利道には、ゆうべの雷が降らせた雨が大きな水溜まりをいくつも作っていた。自転車のタイヤが水溜まりの泥水を撥ね上げ、脹ら脛に飛ぶ。

矢口はスピードを緩めると、小さな家の玄関先で自転車を乗り捨てた。僕らも減速して自転車を降りると、三軒離れた家の生け垣に隠れた。

生け垣の陰から顔だけ覗かせて矢口を見張った。

「あれが、矢口んちかな」

「たぶん」

長細い敷地内に同じ形をした家が八軒建っている。貸家なんだろう。家の周りには塀もなく、表からは、きっと中が丸見えのはずだ。家と家の間には雑草が伸び放題だし、壁も所々変色していて、手入れがされている様子はない。僕の家もかなりボロいけど、矢口の住む家は荒れている感じがした。

家に着いたのに、矢口はなかなか中に入ろうとしない。

玄関は開けっ放しになっていて、その玄関の一段高くなった場所に、矢口は座って足下の雑草をむしっている。

「あいつ、何してんだ？」

「さぁ」

15分くらい経ったか。それでも矢口はまだ座ったままだ。

「オレ、小便したくなった」雄ちゃんが股間を押さえる。

そう言われると、僕も小便がしたくなった。

「代わりばんこにしようぜ。先に雄ちゃんしろよ」

「おう」

雄ちゃんは、生け垣の根元に向けて小便をした。ジョジョジョという音がする。

と、犬が吠えた。その鳴き声に、矢口が顔を上げてこっちを見た。僕らは慌てて顔を引っ込めた。

「ふっ。危ねえ」僕は息をひとつ吐き出した。

僕も小便を済ませて、また張り込みを続けた。それから30分、いや、もっと。アブラゼミの鳴き声に混じって、近所の林から蜩《ひぐらし》の鳴き声が聞こえ始めた。僕らはそれでも辛抱強く矢口を観察し続けた。

「お、立ち上がったぞ」

矢口は千切った草を忌々しそうに地面に叩きつけると、家の中に入っていった。

「なあ、もっと近づいてみる?」僕は雄ちゃんに訊いた。

「大丈夫かよ」

「大丈夫だって。それにさ、絶対、なんかある」

もの凄く興味を惹かれた僕は、もっと矢口のことが知りたくなっていた。他人の家を覗き見するなんていけないことなんだろうけど、なぜかワクワクしてしまった。

僕らは生け垣の陰から出ると、身を屈めながら玄関の方へ走った。足音を立てないように注意しても、砂利道では音がしてしまう。

なんとか気づかれずに近づき、僕らは忍者のように玄関脇の外壁に背中を張り付けた。

「ふー」ひと呼吸する。

軒下には蜘蛛の巣が張っていて、黄色と黒の縞模様の蜘蛛が長い手足を擦り合わせている。

玄関先に目をやると、倒れたままの矢口の自転車。間近に見ると、サドルは破れて、ハンドルやスポークには、びっしりと錆びがついていた。格納庫のゴミ山にでも捨てられていそうな代物だ。変速ギアにこだわって雄ちゃんに因縁をつけたのは、絶対、このボロボロの自転車のせいだ。間違いない。

と、いきなり「テメー、何ぶらぶらしてやがんだ」という怒鳴り声が聞こえた。男の人の声だ。僕らはびくっとして身を縮めた。

「ぶらぶらなんかしてねえ」あれは矢口の声だ。

「口答えすんじゃねえっ、このガキっ」

その声と同時に、バシッという音がしたかと思うと、ガチャーンと大きな音が鳴り響いた。何かがもの凄い勢いで倒れた音だ。

「あんた、やめて。お願いだからやめて」今度は女の人の声だ。

恐怖心もあったけど、好奇心が勝った。僕は玄関口から、身を地面に這わせるくらい低くして、家の中が見えそうな所に回り込もうとした。

「ブンちゃん」

「しっ」

僕のシャツの裾を引っ張った雄ちゃんの口を、僕は手のひらで覆った。声を出さずに首だけ振ると、僕はこっそり網戸の破れ目から家の中を覗いた。室内が暗かったので目を凝らした。

扇風機とちゃぶ台がひっくり返っていた。その傍に矢口が倒れていて、上半身裸で角刈りの男の人が仁王立ちしている。矢口の父親か？　あれ、刑務所に入っているっていう噂だったけど。

「テメー、オレの財布から金をくすね盗ってるだろっ」

「盗ってねえよ」

「なんだっ、その目はよっ。親を舐めてんのか」と、男の人が矢口に蹴りを入れる。

やっぱり父親なんだ……。

「ふざけんな。ホントのとうちゃんでもねーくせにっ。とうちゃん面するんじゃねぇっ」

え、ホントの父親じゃない？　じゃあ誰なんだ？　疑問が頭の中を駆け巡る。

男の人は、倒れた矢口の脇腹を蹴り上げると、矢口のポケットをまさぐった。

「ほーら、あった。じゃあ、この金はどうした？」

「それはアタシが。映画に行くっていうから、アタシが渡したんだよ」と、女の人が矢口に駆け寄る。

「なにーっ。テメー、余計なことしやがって」

「アタシが悪かったんだから。ね、ちゃんと言って聞かせるから」

髪を振り乱した女の人は泣きながら男の人の足下に跪いた。男の人は女の人の髪の毛をつかむと引っ張り上げた。

「テメーの躾《しつけ》が悪りぃからだっ」

そう怒鳴るより早く、男の人が女の人の横っ面を思いっきり叩いた。女の人はすっ飛んで、冷蔵庫の扉に背中からぶつかった。

「ひっ」

僕と雄ちゃんは危うく声を上げそうになって、咄嗟に口を手で押さえた。今度は好奇心より恐怖心が勝って、身体が凍ったように動かなくなった。額を伝う汗が冷たく感じた。さっき小便を済ませてなかったら、きっとちびってしまったかも。

「かあちゃんに何すんだっ」

矢口が身体を起こすと、男の人に突っかかっていく。男の人の手のひらが矢口の横っ面にビンタを飛ばす。呆気《あっけ》なく返り討ちだ。矢口の身体が一瞬宙に浮いたように飛んで、横倒しになっていた扇風機の上に倒れ込んだ。扇風機が羽根ごとぐちゃぐちゃに歪んだ。

「ちっ。だから、ガキなんぞ、施設にでも入れちまえって言ったんだっ」

僕らを殴りたい放題殴っている矢口が、反対に殴られ放題だ。

「テメー、いつかぶっ殺してやる」

矢口はそう叫ぶと、玄関へ走った。

矢口が表に飛び出す気配に、僕らは慌てて、隣の貸家の勝手口にあるプロパンガスのボンベの陰に飛び込んだ。

矢口は、自転車を起こすと、それに飛び乗ってどこかに走り去った。

「ふぅー、びっくりした」僕と雄ちゃんは、同時に顎の汗を拭った。

矢口を憐れに思う気持ちと、ざまあみろみたいな気持ちがごちゃごちゃになって、なんだか胸の辺りがザワザワした。いや、ちょっと吐き気がした。

ふと、雄ちゃんを見ると、その顔は青ざめていて、かなりショックを受けている様子だ。僕も同じような顔をしているのかも。

僕も父親に殴られてムッとすることもあるけれど、矢口の殴られ方を考えれば、まるで蚊に刺されるようなものだ。

きっと、矢口が人に因縁をつけたり乱暴したりするのは、今日僕らが見てしまった事情が影響しているに違いない。ただ、だからと言って、僕らがボコボコに殴られるのは納得がいかないし……。

気づくと、さっきまで青かった空は、いつの間にかどす黒い雲に覆われ、雷の音が近づく気配がした。

＊

今日から不発弾探しを再開する。

昨日の夕方、つーやんと高井に電話で集合時間の連絡をした。

高井との連絡は少しばかり億劫だ。高井は母親の手前、普通に掛けたのでは取り次いでもらえない可能性がある。

「高井、前の日の夕方六時に電話するから、必ずお前が出ろよ」

「ＯＫ」

登校日の帰り際、高井とはそういう手筈を話し合った。なのに、矢口を尾行したせいで、その時間を30分も過ぎてしまった。高井はきちんと六時から電話の前で待機していたらしく、「遅いよ」と文句を言われた。

――――十時かぁ……。

集合時間を告げると、高井の声が沈んだ。

――――あっそうか、お前、午前中は勉強するって、かあちゃんと約束したんだっけな。いいよ、お前は午後から参加しろ。

――いや、早起きしてでも約束の勉強はやるよ。だから大丈夫。明日十時に、僕も行く。

高井は少し間をあけて答えた。

あいつ、ちゃんと来られるんだろうか。昨夜、寝床に入ってそんなことを思った。

寝坊した僕は朝飯をかき込むと、急いで宿題に取りかかった。

香澄先生からは「毎日、少しずつやりなさい」と注意されたけど、僕は頑張って八ページ進んだ。あと残り四ページだ。

「よし」

〝夏休みの友〟を閉じて、筆箱と一緒にテレビの上に片付けると、僕は出掛ける準備を始めた。

「ばあちゃん、おにぎり頼むね」

一日、頑張るつもりだ。だから、また祖母に弁当の用意をしてもらった。勿論、高井の分もだ。高井は「何度も悪いからいいよ」と断ったけど「遠慮すんな」と伝えた。

僕は自転車を玄関先に出して、片付けておいたスコップと探知機を取りに納屋に入った。と、「お茶でも飲んでいかないかい？」という祖父の声が庭先から聞こえた。きっと、誰かがうちの前を通りかかったのだ。

この辺りでは、自分の家の前の道を近所の人が通れば、そうやって声を掛ける。声を掛けられた人は大概、お茶と茶菓子をご馳走になる。

僕は納屋から顔を出した。

なんだ、直角ジジイか。

祖父の前の区長で、地区の世話人を長く務めていた爺さんだ。日に焼けた顔は皺でくしゃくしゃだ。祖父よりは年寄りなのだろうけど、何歳なのかは知らない。腰が90度くらいに折れ曲がっているので、僕ら子どもは内緒で〝直角ジジイ〟と呼んでいる。いつも黒光りした古い木刀を杖代わりにして、身体を支えながら近所をヨタヨタと歩いている。

「憲兵さん、ここに座るかい」

戦争中、直角ジジイは憲兵をやっていたそうで、今もその呼び名で通っている。

「昔はみんなにおっかながられててな」

ずっと前に、祖父母がそんな話をしていたことを思い出した。でも、そんなに怖かった人には見えない。

祖父に勧められ、直角ジジイは縁側に腰掛けた。身体が前のめりになっていて、いつ倒れてもおかしくない格好なのに、身体をゆらゆらさせながらバランスをとっている感じが妙に面白い。

「ほうほう、天気草がきれいだ」

直角ジジイが、群れをなして咲いている植木場の花を褒めた。

「何も手入れしちゃいないけど、どんどん広がっちゃって」と、祖父。

年寄りは不思議だ。毎日、そんな何でもない話ばかりしていて楽しいんだろうか？

僕はスコップと探知機を持って納屋から出ると、直角ジジイにこくっと頭を下げて挨拶した。

直角ジジイはゆっくりと手を上げて応えた。

祖母が、急須や湯のみ茶碗が載ったお盆を縁側に運んだ。勿論、茄子とキュウリの糠漬けもある。

「そういえば、坂本の欽ちゃんちは相続で揉めてるって？」祖母が言う。

「ああ、そんな話を聞いたね」

坂本の欽ちゃんというのは、春先に亡くなった隣組の人だ。ちょっと前までは乳牛を何頭も飼っていたうちで、牛舎の前には黒い蠅の大群が飛び交っていた。自転車で通りかかったとき、うっかり口を開けていて、蠅が喉の奥に飛び込んで酷い目に遭ったことがあった。

「裏田んぼの区画整理で、金が入ってきそうになったもんだから、息子たちに欲が出たってことかい」

「どうしようもねえな。昔なら、オレが意見してやったんだが」

「憲兵さんちは大丈夫かい？　随分、区画整理にひっかかったんだってね」祖父が笑いながら訊く。

「全部ひっかかっちまった。でも、うちは減反で米は作ってなかったし、ほったらかしだったから、まぁ丁度良かったんだが」

「そうかい。うちなんか、ちょっとのところで外れちゃったもんだから、しょうがなくて田植えしたけど。米も売るほどじゃないし、喰うだけの分だ」と、祖父。

「うちの若いもんは、区画整理が済んだら、チューデンの社員に貸すとかで、アパートにするか貸家にするかなんてことを考えてるようだけど、どうせ借金しなきゃ造れねぇんだし、どうする気なんだか、まったくロクなことがねえな」

「ま、ひっかかってもひっかからなくっても大変だ」祖父がまた笑った。

「昔は、ずっーと田んぼばかりで、あとは格納庫しかなかった場所なんだがねえ」

「ああ、そうだった。町もすっかり変わっちまう」

「どうせ米も作んなくなるんだったら、苦労して空襲で開いた穴なんか埋めなくてもよかった」

と、直角ジジイ。

ん、空襲？　穴？　僕の耳がぴくぴくと反応して、準備をしていた手が止まった。

「憲兵さんちの裏田んぼに落ちたんかい？」と、祖父。

「ああ、でっかい穴がみっつもあった」

僕は自転車から離れて、駆け足で縁側の方へ回った。

「へー。そりゃ初耳だ。うちも……」と、言いかけた祖父の言葉を遮って「ねぇねぇ、直角……。

うーん、いや、その、憲兵さんちの田んぼに爆弾が落ちたってこと？」と割って入った。

祖父母と直角ジジイが、ぽかんとした顔で僕を見た。

「だから、ホントに落ちたの？　爆弾っ」僕は声を大きくして聞き直した。

「こら、フミ」祖父が僕を窘《たしな》める。

「だって、じいちゃん、ほら、オレら宿題で、戦争のときのこと調べてるから。それにオレら、
あの辺りでよく遊ぶし。もしボカーンとかなったら大変だしさ」

「ほー、宿題か」

直角ジジイは感心だなという感じで笑いながら「ああ、ホントだ」と答えた。

「落ちたのを見た訳じゃないが、翌朝見回りに行ったら、でっかい穴が開いててな。そりゃあ、
たまげた」

「それで？」

「それでって？」

「うーん、つまり、爆発しなかった不発弾があったとか」

「さぁそりゃあ、どうだったかな。でっかい穴がみっつもあったんで、平らに埋めるだけでもえらく骨を折ったからなあ」

「うちの桑畑なんかひとつだったけど、確かに埋めるのは大変だったからね」と、祖父。

「ああ、だけどそういえば……。でっかい穴と小さい穴があったなあ。小さいのは爆発しなかったヤツがめり込んだ跡だったのかねえ。ま、そんなことはないと思うが、ははは」

小さい穴。それはあやしいと僕は思った。

「だけど憲兵さん、ほれ、宮下の自転車屋。あそこんちの縁の下から見つかったときは、人の胴回りくらいの穴があったって言うじゃないの」祖母が、お茶を注ぎ足しながら言った。

「だけんど、その後、何年も田植えもしてきたし、耕耘機も使ったりしたけど、何も見つかったことはねえな」

直角ジジイは、そう言いながら首を振ったけど、僕には不発弾の匂いがプンプンしてきた。須永食堂のおじちゃんの話といい、憲兵さんの話といい、あるなら、やっぱりあの辺りだ。それに、直角ジジイの話は具体的だ。僕は嬉しくなった。

「ちょっと待ってて」

僕はそう言うと、茶の間に向かい、テレビの上に置いてあった筆箱をつかんだ。

「えーと、紙、紙。算数のプリントはだめだし。あ、そうだ、広告」

ちゃぶ台の下にあった朝刊に折り込まれてくるチラシを探す。裏の白いものを一枚抜き取ると、縁側に急いで戻って、直角ジジイの前にチラシとシャーペンを置いた。

「憲兵さんの裏田んぼのどの辺りに落ちたか地図書ける？」

「地図か……」直角ジジイは自信なさそうな顔で苦笑いした。

「うちの田んぼの場所は分かるが、さて、どの辺りに落ちたかまでは……」

年寄りだし、随分昔のことだ、そう簡単に思い出せないのは無理ないかも。

「大体でいいから」僕はそう言って急かした。

「うーん」と唸りながら直角ジジイはチラシに線を書き始めた。

「ここが格納庫の松林だ。それで、ここにでっかい三本松があるだろ」

「あるある」僕は地図を真剣に覗き込んだ。

「で、三本松の前の道を挟んだこの辺りは、全部うちの田んぼだ。ほれ、この真ん中に小川が流れてて、今、こっちの半分は区画整理が始まって、あとこっちの半分もじき始まるって聞いたが。

ああ、確か、穴があったのは小川の西側の田んぼだったような気がするなあ」

なんだよ、もしかしてここってロケット戦争でよく行ってた場所じゃないか。

「もしこっちだったら、工事が始まれば掘り起こすから見つかるだろうよ。ま、でも、ねえと思うが、ははは」

チラシの裏に描かれた地図は、決して上手とは言えなかったけど、僕にはそれが宝の在処を記した地図のように、きらきらと光って見えた。

柱時計がボンボンと十回鳴った。と、同時に自転車に乗った高井が門を入ってきた。

「憲兵さん、サンキュー」

僕は地図を小さく折り畳むと、ズボンの後ろポケットに押し込んだ。縁側から降りてズックを履くと、僕は高井に駆け寄った。

「オッス」僕らはお互いに手を上げた。

「勉強は？」僕が訊く。

「六時に起きて済ませた」

「スゲーな、六時起きかよ。で、あのかあちゃん、何も文句言わなかったのか」

「まだヘソは曲げてるみたいだけど……」高井は首を捻りながら苦笑いをした。

そこに、つーやんと雄ちゃんもやってきた。全員揃った。

「おい、みんな。いい情報が手に入ったぞ」僕は興奮気味に話した。

「不発弾の情報ってこと？」高井が小声で訊く。

「え、不発弾のっ……」雄ちゃんが声を上げる。

「しっ。もう声がでかい」僕は振り返って祖父たちを見ると、お愛想笑いをした。

「早く教えろよ」と言うみんなに「後で」と僕は、いつものようにもったいぶった。

「何なんだよー、それ」雄ちゃんはほっぺたを膨らませた。

「とにかく出発しようぜ。三本松に行くぞ。話はそれから」

僕は先頭を切って走った。カンペー山の脇を通り、堰を過ぎ、裏田んぼの一本道を抜けて、格納庫の松林まで突っ走った。うちからはこの道順が近道だ。

細い農道から格納庫の松林前の道路に出る。三本松に到着すると「ストップっ」と号令をかけて、僕はみんなの自転車を止めさせた。つーやんのかけたブレーキの音が〝キーッ〟と鳴った。つーやんの自転車にぶつかりそうになった雄ちゃんが「急に止まんなよ」と文句を言う。

「ああ、ごめん。でもブンちゃんが……」つーやんが僕を見る。

僕はさっさと自転車を降りると、ポケットから地図を取り出して広げた。そして改めて三本松を見上げた。三本松は、ひと際大きく空に向かって伸びている。まるで宝物の番をする守り神のようだ。

僕は振り向いて、目の前に広がる裏田んぼを見渡す。この間きたときには気づかなかったけど、小川は既に一メートル幅くらいの用水路に姿を変えていた。用水路の東側は区画整理の工事が大分進んで、ずっと向こうのバイパス工事がされている道路まで広がっている。そして西側は夏草の伸びた休耕田が続いている。その遠い先にはマッチ箱の大きさくらいに堰が見えて、周りには青い稲穂の海が揺れていた。

「ブンちゃん、早く教えろよ」雄ちゃんが待ち切れずに僕を急かす。

「いいか、これは宝の地図だ」

僕が地図を広げると「はぁ?」と、みんなはきょとんとした顔で僕を見た。

「いいか、情報っていうのはさ……」

僕は直角ジジイから聞いた話を説明した。

「ふーん。と、いうことは、こっちの草むらに不発弾が埋まっている可能性が高いってことなんだ」飲み込みの早い高井は、僕の説明の途中で口を挟んだ。

「高井、ごめいさん」

「ってことはさ、オレら、不発弾の上でロケット戦争してたことになるじゃん。だけど、ホントかよ？」雄ちゃんは疑いの目で僕を見る。

「爆弾が落ちたのはホント。でも、不発弾があるかどうかは分からない。でも、オレはあると思う。勘だけどさ」

「なんだ、勘かよ」がっかりしたような顔つきで雄ちゃんが言う。

「でも、この情報で、ぐっと探す範囲が狭まった。可能性の高い場所から探す方が合理的だ」

「分かってるね、高井っ」僕は人差し指を立てて応えた。

「それに、小木くんにつき合わされて闇雲に藪の中を探し回るのは辛いし。蚊にも喰われ放題じゃね、な、金子くん」高井がつーやんにウインクした。

「そうだね」つーやんが笑って答える。

「ちっ。ひと言余計なんだよ、高井はよっ」僕は舌打ちをした。

「じゃあ、始めようか」高井が号令をかける。

高井は、僕が何を言っても笑い流す。それどころか、時々リーダーにでもなったような口振りになる。僕らの仲間としてすっかり慣れたのはいい。それに高井の実力も認めているけど、ちょっと面白くない。それに情報を仕入れたのは、このオレだぞ。

僕らは探知機を自転車から降ろして草むらを見下ろした。休耕田は道路の縁から急な下り斜面の下にある。

「また二手に分かれて探そう。小木くんと根岸くん。僕と金子くん」

またリーダー気取りか。なのに、つーやんも雄ちゃんも「あいよ」と返事をして、高井に従った。

僕らは探知機を持って草むらに降りた。今年はロケット戦争も何もやっていないので、真っすぐ伸び放題に伸びた夏草を掻き分けるのにもひと苦労だ。草を薙ぎ倒すたびに、あちらこちらからバッタや小さな羽虫が飛び立ち、葉っぱの青臭い匂いが鼻につく。思ったより厄介な作業だ。

「ひー。やっぱり暑ちーなあ」雄ちゃんがすぐに弱音を吐いて探知機から手を離す。

草に囲まれているせいで、藪の中と同じように風が抜けない。あっという間に、僕のシャツは汗だくになった。

「文句言わずに、ちゃんと持てよ」

「はいはい」

暑さと腰の痛みに耐えながら、きっとあるはずだと僕は念じて探知機を移動させた。でも、なかなか反応はない。僕は薄々、この探知機は役に立たないんじゃないかと弱気になり始めていた。でも、自分で言い出したアイディアだし、そう簡単に投げ出す訳にもいかない。第一、闇雲にスコップで掘ったとしても、不発弾に辿り着ける訳じゃない。

広い草むらの半分ぐらいの範囲を探し終えた。でも何の収穫もない。

「なぁブンちゃん、そろそろお昼だぜ。メシ喰おうよ」

雄ちゃんの悪い癖が始まった。と、チューデンの正午のサイレンが鳴り響いた。

「ほーら、お昼だ。オレの腹時計は正確なんだよ。おーい、つーやん、高井、メシにしようぜ」

雄ちゃんは、そう言って探知機をほったらかすと、草を掻き分けて、さっさと土手をよじ登った。

「しょうがねえな」僕も草むらから出ることにした。

僕ら四人は、土手に足を投げ出して並んで座ると、太腿の上に弁当を広げた。草むらの中とは打って変わって、心地よい風が吹いてくる。

「ほら、これは高井の分」僕は包みを差し出す。

「ありがとう」高井はちょっとすまなそうに頭を下げてから、それを受け取った。

「そういえば、映画館に矢口たちがいたんだって？」つーやんが、おにぎりを頬張りながら訊いてきた。

「え、ホントに？」高井が驚く。

つーやんには電話で集合時間を伝えたとき、ちょっとだけ話をした。高井には長電話ができない事情もあって、矢口たちのことを話さなかった。

「そうなんだよ。ヤツらいたんだよ、な、ブンちゃん」

「ああ」

「がははは、でもよ、オレたちの奇襲作戦が大成功でさ」雄ちゃんが、嬉しそうにばか笑いした。

「えっ、奇襲作戦？」高井が訊く。

「ああ、ヤツらの頭にかき氷ぶっ掛けてやった。いい気味だったぜ、がははは」

「え、何それ」高井とつーやんが身を乗り出した。

雄ちゃんは、つーやんと高井に向かって、映画館での出来事をいちいちジェスチャーを加え、ときには、口の中のご飯粒を飛ばしながら、面白おかしく話して聞かせた。

「見たかったなぁ」つーやんと高井が悔しがる。

「だから、お前らもお化け映画にくればよかったんだよ。あっ、それでな、オレら矢口の跡をつけて、あいつんちまで行ったんだよ」

「うっそ」また、つーやんと高井が仰け反って驚く。

「行っちゃいましたよ、なぁブンちゃん。でさ、矢口のヤツが、親父にボコボコに殴られてるところ見ちゃって。いやー、スカッとしたぜっ」

まるで雄ちゃんが矢口をぶん殴ったみたいな話し振りだ。もうホントによく言うよ。泣きそうな顔してたくせに。僕はおかしくなって「ぶっ」と噴き出した。

「そんなに恐ろしい親がいるんだ」高井が首を振った。

「じゃあ、矢口も親の言うことなら聞くんじゃないの。だったら、親に話せば乱暴しなくなるんじゃないのかな?」つーやんが言う。

「いや、それはないな」僕はすぐに答えた。

確かに矢口は憐れなくらい殴られていた。それでも立ち向かっていった。下手に告げ口なんかすれば逆効果だ。僕らは何倍も酷い目に遭わされるに決まってる。

「そうなんだ……」僕の顔色で分かったらしく、つーやんは残念そうに下を向いた。

「親や先生に告げ口して何とかなるんだったら、川跳びだって中止できるんだけどさ」僕は溜め息をついた。

「あ、そういえばさ、百瀬川の下見に行ったんだよね」と、つーやん。

「うん、行った。でも、あの川幅を跳び越えるなんて無理。絶対に無理。いくら雄ちゃんが頑丈でも、ホント死ぬよ」僕は大真面目に答えた。

「おい、そんなこと真面目な顔して言うなよ」雄ちゃんが情けない顔をする。

「だけど、自分で言い出したんじゃないか」

「トホホ、そうだけどよ。だから、ブンちゃんに何かいいアイディアをさ」

「だから、簡単に言うなって」僕は頭を抱えた。

「じゃあ高井、お前、なんかいい方法とか浮かばねぇか？」

おい、高井に頼るのかよ。僕はムッとした。

「え、僕？　うーん」高井は腕組みをすると「あのさ、思うんだけど、結局、川跳びを中止させるには、何が何でも不発弾を見つけなきゃいけないってことなんじゃないかな」と続けた。

「何言ってんだ、お前。それとこれとがどう関係すんだよっ」雄ちゃんが怒る。

雄ちゃんの言う通りだ。僕はニヤッとした。いくら高井でも、そう簡単にいい考えが出せる訳がないと僕は黙っていた。

「いや、だからさ。不発弾を勝負の日までに探しさえすれば……」

「あ、分かったぞ。見つけた不発弾で矢口をぶっ飛ばしちまう」

「違うって。根岸くん、そんなことホントにできると思う？　ちゃんと最後まで聞いてくれよ」

「悪い。冗談だよ冗談。ま、できたらスカッとするけど……」

「不発弾が見つかれば、大騒ぎになる。それを見つけたのが僕らだっていうことになれば、僕らに注目が集まるだろ。そうしたら、あいつらもしばらくは手が出せなくなるんじゃないか」

確かに。でも探すのに苦労している訳だから。

「それにはさ。ちょっと探し方を変えた方がいいと思うんだ。時間もないことだしさ」

探し方を変える？　それはちょっと聞き捨てならない言葉だ。僕は高井を睨んだ。

「磁石のアイディアはいいと思うよ。いいと思うけど、磁力が届かないんじゃないかな」

「オレのアイディアにケチつけんのかっ」

正直、痛い所を突かれた僕は思わず声を荒らげた。

「そんなつもりはないけど。たださ……。ねぇ、不発弾ってどれくらい下に埋まってるのかな？」

「さぁ知らねえけど、宮下サイクルで見つかったときは、地面から二メートルくらいだったってじいちゃんが言ってた気がする」

「そうか。じゃあ、こういう探し方はどうだ。あの草むらの地面は柔らかいから、長い棒を突き刺す。探知機でやったように、端からそれを繰り返す。雪崩に巻き込まれた人を探すのをニュースで見たことがある」

「棒が届かないくらい深い場所だったら、磁石と同じじゃねえか」僕が反論する。

「まぁね、でも」高井はそう言うと立ち上がって、整地された工事現場に目を向けた。

「整地するには、ショベルカーとブルドーザーで、田んぼの土を掘り下げてから、砂利の混じった土をダンプカーで入れてるみたいだ」

そんなことは見れば分かる。

「だから？」

「草むらの方の工事が始まれば、地面を勝手に掘ってくれる。そうしたら、棒だって届きやすくなるしさ。それに運がよければ掘り起こしてくれるかも知れないし」

「ばか。掘り起こされたら、オレらの手柄にならねえじゃんか」僕が言い返す。

「だから、ちゃんと見張るんだ」

「でも、いつからこっち側の工事が始まるんだろうね」つーやんが訊く。

「そうだよ、それが分かんなきゃダメじゃねえか」と、僕。

「じゃあ、訊きに行こう」高井は簡単に答えた。

「訊きに行く?」

高井はスタスタと自転車の方へ向かった。僕らは、弁当を慌てて片付けると、一斉に立ち上がった。

「どこに行くんだ?」

「まぁ、ついてこいよ」

もったいぶるのは僕の専売特許なのに。調子が狂う。

高井は自転車に跨がるとペダルを漕ぎ始めた。僕らは高井の後を追っかけた。

格納庫に沿った道路を東へぐるりと回り込むと、工事中のバイパス道路に入る。すると、区画整理された一角に、水色のプレハブ小屋が建っていた。

高井は自転車を止めると「ここ」と小屋を指差した。

工事作業をするおじさんたちが休憩する所らしい。ダンプカーの日陰で、首にタオルを巻いた若い作業員が煙草を吸っている。

僕らは自転車をプレハブ小屋の脇に止めた。開けっ放しになった引き戸から、高井は中を覗くと「あのー、すみません」と声を掛けた。僕らも高井の後ろから中を覗いた。机の上には黄色いヘルメットが並んでいた。

扇風機の風に当たっていた作業服姿のおじさんが振り向いた。

「なんだ、坊主」

「ちょっと訊きたいんですけど、用水路の向こう側の工事はいつからやるんですか?」

「あん?」おじさんは真っ黒に日焼けした顔の中央に皺を寄せた。

「実は夏休みの宿題で、昆虫の標本を作らなくちゃならないので、あそこの草むらでバッタとか採りたいんです。で、いつまでなら、あそこに入ってもいいのかなって思って」

「ああ、そういうことか。あっちの工事は、明日からやる予定だ。だから、今日までなら入っても大丈夫なんじゃないか。でも、工事が始まったら絶対に入るなよ、危ねえからな」

「はい。ありがとうございました」高井は帽子をとって丁寧に頭を下げた。

認めたくない気分だったけど、嘘のつき方も含めて、高井は手際が良かった。

僕らは止めた自転車の場所に戻ると、ヒソヒソ話を始めた。

「明日からだって」

「ああ、ラッキーだったな」みんなが頷いた。

「あっ。……ってことはよ。今日はこれからどうするんだ?」雄ちゃんがニヤニヤッと笑う。

魂胆は分かっている。きっと不発弾探しは明日からにして、今日は別のことをして遊ぼうということだ。

「今日は、さっきの続きをやるんだよ」と、僕。

「えー」雄ちゃんがあからさまに肩を落とす。

「いや、今日は棒を探しに行こう」

「おっ、それいいな」雄ちゃんが高井にのる。

「できれば鉄筋みたいなやつがいいな。下の方の土が硬くても、鉄筋ならカナヅチで打ち込むことができるし。ねぇ、どこかにないかな？」

「うーん」つーやんと雄ちゃんが考え込む。

僕はすっかり高井にお株を奪われた気がして面白くなかったけど「それなら、町外れのスクラップ工場にあるんじゃないか」と提案した。

「あそこならあるな」雄ちゃんがすかさず答える。

「さすが、小木くん」

高井にそう褒められても、あんまり嬉しくなかった。

僕らは一旦、探知機とスコップを置きっ放しにした場所に戻って、それを自転車に積むと、町外れのスクラップ工場を目指した。


スクラップ工場には20分くらいで着いた。

ガチャーン、ガシャーンと鉄屑を押し潰す機械の音が辺りに響いている。

「ひとりずつ必要だから、四本は要る」高井が大声で言った。

工場の人に見つからないように道路側からこっそりと敷地内に入った。敷地内に入るとどこからともなくオイルの臭いがした。

「よし、開始」

堆く積まれた鉄屑の山に上って、僕らは一斉に手分けをして鉄筋を探し始めた。足場の悪い屑山では気を抜くと尖った鉄屑の破片で怪我をする。僕はバランスをとりながら、山の上の方へ上がった。

「ああ、これじゃ短い」

「これはグニャグニャに曲がってらあ」

僕らはメボしいものを見つけると、それを引っ張り出して確かめた。でも、二メートルもの長さがある鉄筋などなかった。

やっと、一メートルよりちょっと長いくらいの鉄筋を見つけた。それは弓なりに反って、赤錆がついていた。

「高井、こんなんでどうだ？」

「仕方ないか。こういうのでも我慢しよう。ないよりはマシだし」

高井はその反った短い鉄筋を値踏みでもするように、しげしげと見た。なんだか、僕は隊長に報告する二等兵みたいな気がした。

サイレンが鳴った。三時だ。

「もうこれくらいでいいんじゃねえか」雄ちゃんが言った。

「うーん」高井は満足していなかったようだけど「そうしよう」と折れた。

僕らは屑山を下りて敷地の外へ出た。汚れた鉄屑を触った手で汗を拭ったので、みんなの顔は黒くなっていた。

鉄筋を道路に並べた。結局、一時間半探して、収穫は六本。長さも錆のつき具合もまちまちだった。その中から長い順に四本選んだ。

鉄筋は四本といえども、束ねるとズシッと重かったので、釣り竿を担ぐように、各自が一本ずつ持ち帰ることにした。

「とりあえず、明日は、これを使って探そう」高井がちょっと誇らしげにそう言った。

＊

昨日手に入れた鉄筋とカナヅチを各々持って、僕らは三本松の前で待ち合わせた。

探知機は僕と雄ちゃんが持ち帰ったのに、やって来た雄ちゃんの自転車には探知機が積まれてなかった。

「雄ちゃん、探知機は？」

「あれ、もう要らないだろ」

「ええっ、オレはちゃんと持ってきたのにっ」

僕はかなりムッとした。冗談じゃねえぞ、ホントに……。

雄ちゃんは、そんな僕にお構いなしで「おいおい見ろよ、ホントに、始まっちゃったぜ」と草むらを指差しながら大袈裟に驚いてみせた。

あの作業員のおじさんが言っていた通り、用水路の西側の草むらにはブルドーザーとショベルカーがあった。

作業はまだ始まったばかりなのに、昨日までバッタが飛び交っていた草むらは、野球の内野分くらい夏草が削られて土が顔を覗かせていた。

「気づかれたらマズいな」

僕らは道路を横切って土手の縁に移ると、青い薄の群れの陰に隠れた。

「だけどよ、どうやってあそこに入るんだ」雄ちゃんが言う。

ブルドーザーの後をついて回る訳にはいかない。そんなことしたら、怒鳴られてつまみ出されるのがオチだ。いや、立ち入る前に追い返される。

「昼休みとか三時の休憩時間に人がいなくなった隙を狙うしかないな」と、高井。

「それしかないな」僕が頷く。

「見つかれば、磁石んときみたいにまた追いかけっこだな」雄ちゃんが笑った。

「あれはあれで楽しかったけど」高井も笑った。

「ブンちゃんなんか、血流して真っ青だもんな」雄ちゃんが僕を突《つつ》く。

「何言ってんだよ。真っ青になったのは雄ちゃんだろうが。怪我したのはオレなのによ、ワーワー大泣きしてさ」

「あれ、そうだったかなあ」と、雄ちゃんはとぼけた後「じゃあさ、休憩時間になるまでは何もできねえんだからさ。何かして遊ぼうぜ」と言った。

「それはだめだ」と、高井。

「なんでだよ」

「ちゃんと見張ってないと。僕らがここを離れてる間に不発弾が出たらどうするんだ？　二メートルは掘ってないだろうけど。万が一ってこともあるしさ」

「あっ、そっか、なるほどね」

雄ちゃんは、高井にそう言われて素直に頷いた。

「でも、ずっと見張るっていってもなあ。それによ、あんなに遠くちゃ見えないぜ」と、僕。

僕らが潜んだ土手からブルドーザーの場所まで、たぶん70メートルくらいありそうだ。仮に土から不発弾の一部が出ても見えやしない。

「オレ、視力1.5だけど、さすがに無理だ」と、雄ちゃん。

「そう思ってさ、これを持ってきたんだ」

高井はリュックから黒い双眼鏡を取り出した。まったく用意のいいヤツだ。感心する。

「お、貸して貸して」雄ちゃんは大騒ぎで横から双眼鏡を奪い取ると、早速レンズを覗き込んだ。

「おお、よく見える。ブルドーザーのキャタピラのデコボコまではっきり見えるぞ。高井、お前んち、何でもあるんだな」雄ちゃんが感心する。

「雑誌の懸賞で当たったんだ」

「へー。いいなあ」

「じゃあ、今日は根岸くんが双眼鏡当番だ」

「おお、任しとけって」

雄ちゃん以外の三人は、双眼鏡なしで目を凝らした。

僕らは身を潜めたまま、昼休みになるのを待った。

草むらの中を探すのも大変だったけど、じっと待つというのも意外に辛い。今日は少し雲があって、時々日差しが遮られるものの、やっぱり暑い。じっとりと汗が滲む。つい水筒に手が伸びて水をがぶ飲みしてしまう。この分じゃ、昼飯を喰う前に水筒が空になりそうだ。

暇だなぁ。早くお昼にならないかなあ。

「雄ちゃん、腹減らねえか？」と雄ちゃんに訊いた。

「うん？　なんでさ？」

「雄ちゃんの腹時計は正確なんだろ。雄ちゃんが腹減ったたって言えばお昼のサイレンが鳴る」

「あ、そういえば腹減ったかも」と雄ちゃんが言い終える前に、正午のサイレンが南の空から聞こえた。

「さすがだね、雄ちゃんの腹」僕らは大笑いした。

「よし。準備しよう」

みんな鉄筋とカナヅチを手にした。

「オレは探知機も使うからな」僕は探知機も一緒に持った。

「ブンちゃん、頑固だなあ。こっちで刺す方が、絶対ラクチンだぜ」雄ちゃんが鉄筋を見せる。

「うっせー」

怪我してまで手に入れた磁石だ、そう簡単に捨てられるか。僕はミミズ腫れになった太腿の傷跡を触った。

作業の人たちの姿が完全に消えるのを確認してから、一気に土手を下った。

「結構、掘るんだなぁ」

ブルドーザーの鉄の爪でえぐられて、遠くで見るより深く掘られている。

土が掘られたせいと、用水路の縁の高さがあって、上手い具合に僕らの姿は死角に入った。

「角々《かどかど》に分かれよう」高井が指示する。

「OK。了解」

僕らは、野球の内野手がポジションに散るように一斉に四隅に走った。

僕は探知機を最初に滑らせてから、鉄筋を土に刺した。スルスルと鉄筋は深くに刺さった。

「おーい、どうだ?」

「まだ、何も当たらない」

「こっちもだ」

湿った土から蒸気が上がってくる。下を向いてばかりいると頭がくらりとする。おまけに、ひとりでぶら下げて歩く探知機が重くて腕が疲れる。

一時間くらい過ぎただろうか。

「おい、おっちゃんたちが戻ってくるぞ」雄ちゃんが気づいて合図する。

一時撤退だ。僕らは何の収穫もないまま素早く土手を駆け上って、再び薄の陰に隠れた。

「ちぇっ。時間が足りな過ぎる」高井が舌打ちして悔しがる。

「そんなに簡単に見つかれば苦労はないって」僕はしたり顔で言った。

不発弾が見つかるに越したことはないけど、高井のアイディアで見つかったら僕の立場がない。複雑な気分だ。

「さぁーて、メシにしようぜ」雄ちゃんが言う。

風に揺れる薄の間から作業を見張りながら、弁当を広げた。雄ちゃんはどうやら見張り当番が気に入ったらしく、双眼鏡を覗いたままおにぎりを齧った。

「次のチャンスは三時の休憩だな」

「まだ随分、時間があるよな」

と、つーやんが「テレビで見たんだけど、東京じゃ、カブトムシとかデパートで売ってるってホント」と、高井に訊いた。

「売ってるよ。結構、高いんだ」

「へー。カンペー山に行けば、いくらだって捕れるのになぁ、ね、ブンちゃん」

「カンペー山？」

「お前ら東京もんは、クワガタとか言うんだろうけど、オレらはカンペーって言うんだ。で、カンペーが捕れるから、その林のことをカンペー山って呼ぶんだよ。あ、昨日、ここにくる途中で通ったぞ」と、僕。

「ホントにいくらでも捕れるの？」

「ああ、捕れる、確実に」僕は自信たっぷりに答えた。

「木の根元を掘ったりすればいるよね。それにクヌギの樹液にたかってるときなんか、指でつまめちゃうし」と、つーやん。

「細いクヌギの木なら〝カンペーホイ〟って掛け声して、足の裏でキックすればさ、バサバサって落ちてくる」と、僕。

「僕はカブトムシとか捕りに行ったことがないんだ」

「じゃあ、今度行ってみるか？」雄ちゃんが双眼鏡から目を離さずに言った。

「行く行く」高井は目をきらきらとさせた。

「カンペー捕るなら、朝一番か夕方がいいんだけど、夕方は神隠しに遭うっていうからなあ」

また始まった。雄ちゃんの得意分野だ。

「神隠し？」

「夕方、薄暗くなってから林の中に入ると、どっかに消えちゃうんだってよ、特に子どもは」

町では有名な話だけど。

「迷信さ。大体、聞いたことねえぞ、誰かいなくなったって話」僕はばかにするように言って、鼻の頭を掻いた。

「じゃあ、もうひとつ別の話」と、雄ちゃんは前置きして「うちのとうちゃんから聞いた話なんだけどさ、カンペー山って、ずっーと昔は〝子探しの森〟って言われてたんだってよ。知ってたか」と訊いてきた。

「知らねえなあ、初めて聞く」

僕はそう答えて、つーやんを見た。つーやんも首を振った。

「ほら、カンペー山の道端にお地蔵さんがあんだろ」

「ああ、あるね」

道端に石のお地蔵さんが立っている。

「子どもが死んじゃった親がさ、白い靄《もや》の出た晩に、誰にも見られないようにお地蔵さんに『子どもに会わせてください』ってお願いして森ん中に入ると、あら不思議、死んだはずの我が子に会えるんだとさ」

「ふーん」僕は胡散臭さに鼻を鳴らした。

「なんだよ、信じねえのかよ」

「信じられる訳がねえだろ」

「ホント、ブンちゃんは夢がねえよな」

「それって夢っていうのかよ」僕は頭を振った。

と、つーやんが「親探しの森はないのかなあ。あれば、とうちゃんに会えるかもしれない」と、呟いた。

僕は声には出さずに〝ほら、雄ちゃんがヘンなこと言うから〟と口を動かした。雄ちゃんは「そ、そうだな」と慌てて取り繕った。

その後は、他愛ない話をしながら、三時の休憩時間を待った。

そして作業員が三時の休憩に入ると、僕らはまた土手を駆け下りて不発弾を探した。でも、三時の休憩はあっという間に終わり、作業員の気配を悟った僕らは大慌てで薄の陰に戻った。

「これじゃ肝心な不発弾探しが進まねえよ。高井、こんなことになるって予想できなかったのかよ」僕は忌々しげに嘆いてみせた。

高井は少しふてくされた表情をした。

「作業のおっちゃんたちがみんな帰ってからやるか」雄ちゃんが言う。

「それじゃ夜になっちまうだろう。懐中電灯もないし。それにオレと雄ちゃんはいいかもしれないけど、つーやんと高井は、夜はな」

「あ、そうか。まぁしょうがねえ、今日のところはこれで解散するか」と、雄ちゃんが伸びをする。

「残念だけど」僕も解散に賛成した。

「あ、高井。それじゃあ、帰る途中でカンペー山に寄ってみるか」雄ちゃんが高井に訊いた。

「え、ホント?」

「ま、軽くさ」雄ちゃんがおどける。

ふてくされていた高井の表情が一瞬にして明るくなった。

「どうせ、明日もくるんだしな」と、僕らは鉄筋を土手の草の中に隠した。

「よっし、カンペー山に行くぞ」

「おうっ」

僕らはカンペー山に向かって自転車を走らせた。


陽はまだ高いのに、鬱蒼としたカンペー山の木立の奥の方は、まるで夜の闇があるように真っ暗だ。普段はカンペーを捕るために平気で入ることもできるのに、雄ちゃんがおかしな話をしたせいで、いつもと違う不気味さを感じた。

「なんか、包丁とか研いでる婆さんとかいそうだな」雄ちゃんが言い出す。

「それって、ヤマンバだろ。まったくよ」意識して明るく答えた。

「高井、中に入ってカンペー捕るか?」雄ちゃんがわざと低い声を出して訊く。

「今日はいい。また別の日に出直す。虫籠も持ってないし」

高井が真剣に言い訳するのがおかしかった。

「わーっ、ヤマンバが出たっ、喰われちまうぞ、逃げろー」

雄ちゃんが突然大声を上げて、自転車の向きを反転させると猛スピードで漕ぎ始めた。勿論、ヤマンバなんかいる訳がない。そう分かっていたけど、僕らも雄ちゃんに合わせて「ぎゃーっ」と叫ぶと自転車を力一杯漕いだ。

先を行く雄ちゃんの背中がどんどん遠ざかる。僕のミニサイクルじゃ変速ギアの雄ちゃんには到底かなわない。

カンペー山を通り抜け、スピードを落とそうと思ったときだ。キキキキキーッ。もの凄いブレーキの音がした。ふっと目を前に向けると、雄ちゃんが自転車ごと道端のトマト畑に突っ込んでいくのが見えた。

「えぇーっ」

僕は緩めたスピードを再び上げた。つーやんも高井も気がついたようだ。

雄ちゃんが消えたトマト畑に着いて自転車を飛び降りた。すると、トマトの蔓を支える竹垣の陰からヌーッと人影が現れた。

「うわっ」

僕らはびっくりして飛び退いた。そこに立っていたのは帽子ババアだった。

「カツトシ、カツトシ……。お頼みします……」

帽子ババアは手を合わせながら、微かに聞き取れる声でブツブツと同じことを繰り返している。

でも、そんな帽子ババアに構っている場合じゃない。僕は雄ちゃんの名を呼んだ。

「雄ちゃん」

「ブンちゃん、こっち、こっち……。助けて、ブンちゃん」

僕は背の高いトマトの蔓を掻き分けながら声のする方へ近づいた。と、雄ちゃんは地面の上に倒れて空を見上げていた。

「ブンちゃん。う、動けねえ……」

見下ろす僕を雄ちゃんは半べそで見つめた。さすがに冗談や悪ふざけじゃない。

「どうしたんだ？」

「ヤ、ヤマンバが出た」

帽子ババアのことだ。

「避けようと思ったら、突っ込んだ」

高井とつーやんが肩を貸して雄ちゃんの身体を起こそうとした。

「痛てて、横っ腹が痛てえ。ああ、手が、手が動かねえ……」雄ちゃんは頼りなさそうな声を出した。

「雄ちゃん……」

雄ちゃんが大怪我をしたことは誰の目にも明らかだった。

雄ちゃんの下敷きになって潰れたトマトから、赤い中身がグチャグチャに飛び出している。

ただ痛そうに呻く雄ちゃんに、どう触れたらいいのか戸惑いながら、僕らは雄ちゃんを囲むように、柔らかく黒い土の上に両膝をついた。

「痛てえよお……」

「小木くん、誰か助けを呼ばなくちゃ」

「そんなこと、分かってるよ」

でも、気ばかり焦って頭に何も浮かばない。顔を歪める雄ちゃんを覗き込んで、僕は「えーと、えーと。落ち着け、落ち着け」と、自分に言い聞かせた。立ち上がって周りを見渡したけど、辺りには民家もなく、人通りもない。

くそっ、誰もいない。どうする？　そうだ、じいちゃんだ。家までなら五分もかからない。よしっ。

「すぐ、うちのじいちゃんを呼んできてやるからな。つーやん、高井、雄ちゃんを見とけよ」

「うん、分かった」

僕は道端に倒しておいたミニサイクルを起こして飛び乗った。雄ちゃん、待ってろよ。必死に漕いで家に向かった。

垣根を曲がって庭に入ると、玄関先に自転車を放り出して家の中に飛び込んだ。

「じいちゃんっ、じいちゃんっ」

息を切らしながら、僕は家の奥に向かって叫んだ。ところが家の中はしんとしていて人の気配がない。えーっ、誰もいないのかよっ。

僕は勝手口に回って井戸端から裏の畑に向かって「じいちゃーん、ばあちゃーん」と叫んだ。でも返事はなかった。

くそっ。なんで今日に限って誰もいないんだ。焦りながら僕は玄関に戻った。と、玄関の下駄箱の上に置いてある電話が目に入った。そうだ、119番だ。ダイヤルを回し始めたものの、すぐに受話器をフックに戻した。救急車を呼んだことなんてない。何て言えばいいんだ？　僕は髪の毛を搔きむしった。

あっ。僕は再び受話器を上げるとダイヤルを回した。

――あ、とうちゃん、オレ、オレ、雄ちゃんが、雄ちゃんが、大変なんだっ。

僕は父の工場に電話を掛けた。

――なに、どうしたっ？

僕の慌てぶりに、父の声がうわずった。

――大怪我しちゃったっ。とうちゃん、雄ちゃんを助けてやってくれっ。

――ああ、よしっ。わ、分かったっ。

僕は雄ちゃんのいる場所を父に教えた。電話を切って再び自転車に跨がると、僕はきた道を猛スピードで引き返した。

畑に戻って、トマトの蔓を搔き分けると「今、うちのとうちゃんがきてくれる。そしたら、病院に連れてってもらえるからな」と声を掛けた。雄ちゃんは目に涙を一杯溜めながらこくりと頷いた。

父が着くまで、高井とつーやんと一緒に「しっかりしろよ」と雄ちゃんを励まし続けた。

遅いなあ。五分か十分、いや時間など、どれくらい経ったのかまったく分からない。ようやく遠くからザクザクザクッと砂利道を車が近づく音が聞こえてきた。

「きたっ。きたぞ、雄ちゃん」

僕はトマトの柵の陰から道の真ん中に飛び出した。父の軽トラがこっちに向かってくる。

「とうちゃーん、ここ、ここだ」と、飛び跳ねながら両手を大きく振った。

エンジンを掛けっ放しにして、父が運転席から転げるように降りる。

「どこだっ」

「こっち」僕は父を手招きして畑の中に呼んだ。

父は雄ちゃんの傍に膝をつくと「どこが痛てえ？」と訊いた。

「肩と横っ腹……」

雄ちゃんが言う場所に父がそっと触れる。

「痛てっ」

「こりゃあ、たぶん肩が抜けちまってるな」

父にそう言われて、雄ちゃんがわーわーと声を上げて泣き始めた。

「おお、もう大丈夫だ。すぐ医者に連れてってやるからな」

父は横になった姿勢のままの雄ちゃんを両手に抱き上げて、軽トラの荷台まで運んだ。このときばかりは、父がヒーローに思えた。

「フミ、オメーも乗れ」

「みんなもいい？」僕はつーやんと高井を指差した。

「ああ、乗れ」

僕らは荷台に飛び乗った。

僕は横たわった雄ちゃんの頭を太腿の上で抱えるように座った。ガタガタと揺れる荷台で、荷台の縁を右手でつかみ、左手で雄ちゃんの身体を支えた。

「雄ちゃん、しっかりしろっ」そうやってずっと、雄ちゃんを励まし続けた。


軽トラは国道を抜けて、チューデンの東側道路に入った。

町で一番大きい病院は、チューデンの東門の正面にある町立病院だ。救急車が患者を運ぶのは町立病院に決まっている。登下校のときに、救急車がサイレンを鳴らして病院に入って行くところを何度も見たことがある。

白壁を蔦の葉が覆った病院が見えてきた。玄関前に軽トラを横付けすると、父は雄ちゃんを抱えて病院の玄関に走った。僕らも荷台から次々に飛び降りて、父の後に続いた。

玄関の中に入ると消毒液の匂いがした。

父は受付の小窓を勢いよく開けると「この子の怪我を診てやってくれっ」と叫んだ。

「は、はい」女の人の声が聞こえた。

眼鏡を掛けた女の人が小走りにロビーに出てきて「こっちへ」と、父を誘導した。蛍光灯が点いた薄暗い廊下を通る。みんなの足音がバタバタと響く。

父は雄ちゃんを抱えたまま一緒に診察室に入った。僕も一緒に入りたかったけど「君たちはここで待っててちょうだい」と女の人が僕らを手で制した。

「ええーっ」

僕ら三人は重なるようにして、ピシャリと閉められた扉の隙間から診察室の中を覗いた。でも白いカーテンが見えるだけで、雄ちゃんの様子は分からない。ただ、雄ちゃんが叫ぶ「ぐえっ。痛てえ」という声は聞こえた。

「雄ちゃん、大丈夫かな、入院しちゃうのかな」つーやんが心配そうに言う。

「大丈夫に決まってら」と、僕。

と、「あっ」と高井が声を上げた。

「なんだよ。びっくりするじゃねえか」

「ああ、ごめん。だけど、根岸くんちに連絡しなくっていいのかい？」

「あっ、そうだ」おばさんに知らせなくちゃマズい。

「オレ、電話してくる」僕は立ち上がった。

受付窓口に置かれたピンク色の公衆電話の前で、ポケットを探る。お金を持っていない。僕が受付で事情を話すと、事務所の電話を使わせてもらえた。

電話にはおばちゃんが出た。

――びっくりしないで、落ち着いて聞いて。雄ちゃんが怪我して……。

――えっ、怪我だって。雄二は、雄二は……。

なるべく驚かさないように伝えたつもりなのに、おばさんは随分と慌てた様子だ。

――今、町立病院に……。

と、言い終えるか終えないか、おばちゃんは電話を切った。

雄ちゃんちからなら、この病院までそんなに時間はかからないはずだ。

僕は診察室の前に戻ると「おばさんがくる」とふたりに言った。

僕らは何もできず、診察室前に置かれた茶色の長椅子に腰掛けてじっと待った。

それからものの十分もしない内に、雄ちゃんちのおばさんが、息を切らしながら廊下をもの凄い形相で駆けてきた。

「ブンちゃん、うちの雄二は、雄二は」

「中、中」僕は立ち上がって診察室を指差した。

「雄二っ」おばさんは診察室に飛び込んだ。

一時間くらい経っただろうか。ガラガラと診察室の扉が開いた。僕らは一斉に長椅子から立ち上がった。

「雄ちゃーん」僕らは戸口に駆け寄った。

「先生、お世話になりました」中で、おばさんがお辞儀している姿が見えた。

と、父とおばさんの後ろから、雄ちゃんが、にっと笑いながら顔を出した。

え？　笑ってるぞ。

「怪我、どうだった？」高井が尋ねた。

「いやあ、まいったな。右肩は脱臼。あと肋骨にヒビが入ってるってさ」

首から下げた白い布で右手を吊った雄ちゃんは、左手でシャツを捲《めく》って、胴回りをぐるぐる巻きにした包帯を僕らに見せた。それはまるで見せびらかすようだった。

拍子抜けした。雄ちゃんの態度は〝今鳴いたカラスがもう笑った〟だ。

「オレ、初めて入院できるかと思ったのによ、残念」

「こら、雄二。みんなに心配かけといて、なんだい、その言い草は」と、おばさんは雄ちゃんの頭を小突いた。

「痛てえな、かあちゃん」

「ばかなんだから、まったくっ」

「それだけ無駄口がきければ、もう大丈夫だ」と父が笑った。

「本当にすみませんでした、迷惑かけちゃって。ありがとうございます。あ、それから、みんなも、ありがとうね」おばさんは何度も何度も、頭を下げた。

おばさんが受付で話している間、僕らは長椅子で待った。

「大体、雄ちゃんは大袈裟なんだよ」僕が文句を言う。

「今にも死にそうな声出してたし」と、高井。

「しょうがねえだろ、ホントに死ぬかと思ったんだから」と、雄ちゃん。

僕は父に聞こえないように小声で「それで、ヤマンバ、ううん、帽子ババアのことは言ったか」と尋ねた。

「言ってない」

「そうか。あのさ、帽子ババアのせいで突っ込んだって言わないでくれないかな」

「なんで？」

「いや、ちょっと訳があってさ。帽子ババアって……」と、僕が言いかけると、おばちゃんが戻ってきた。

「とにかく、内緒にしておいてくれ」

帽子ババアのせいで雄ちゃんが怪我したことが分かったら、帽子ババアが酷い目に遭わされそうな気がした。それは可哀想だ。

「ああ、いいけど。じゃあ、スピード出し過ぎたってことにしておくよ」と、雄ちゃんは頷いた。

「ほら、雄二、うちに帰って、先生の言いつけ通りおとなしくしてるんだよ」

おばさんは、そう言うと雄ちゃんの背中を包むように抱えた。

雄ちゃんはおばさんが運転する白いスバルの助手席に乗り込んだ。

「みんな、悪かったな。じゃあ、また連絡するから」

「うん、分かった」

雄ちゃんたちを見送った僕らは、自転車をトマト畑に置きっ放しだったことに気づいた。

「とうちゃん、あそこまで乗せてってくれよ」

「ああ、乗れ」

僕は荷台に手を掛けて「とうちゃん」と呼びかけた。

「何だ?」

「ううん、何でもない」僕は頭を振った。

「ほれ、早く乗れ」

僕が父に言いかけた言葉は〝雄ちゃんを助けてくれてありがとう〟だった。

荷台に乗り込み、軽トラの屋根に手をついて僕らは並んで立った。軽トラが走り出すと、風が髪を靡かせた。チューデンの工場の高い煙突の向こうに、真っ赤な夕焼けが広がっていた。

「雄ちゃん、とりあえず大丈夫そうでよかったな」

「うん」ふたりが答えた。

「でも、根岸くんが不発弾探しに参加するのは当分、っていうか夏休み中は無理なんじゃないか」と、高井。

「たぶん、そうだな。雄ちゃんの分までオレらが頑張らなくちゃな」

「ただ、根岸くんには悪いけど、これで川跳びはできなくなった」と、高井が言い出す。

「ああ、そういうことだな」と、僕。

「じゃあ、矢口に雄ちゃんの怪我のこと知らせる？」と、つーやん。

「当日に話せばいいんじゃないか。根岸くんは怪我してこられないって。それが一番いい方法だ」高井がまた決めつけるような口調で提案する。

僕はその言い方が面白くなくて、つい「知らせるなら早い方がいい」と、気持ちとは反対のことを言い返した。

「絶対、当日の方がいいって」と、高井が喰い下がる。

「早く言った方が、こっちも気分が楽じゃねえか」

「そうかなあ」と、高井は首を捻る。

「ブンちゃん、当日の方がいいよ」と、つーやんが高井の肩を持つ。

「だったらいいよ。オレが明日ひとりで矢口んちに行って話してくるから」僕はムキになった。

「ひとりで？」

「だって、お前ら、行きたくねえんだろ。だからいいよ、オレひとりで」

「分かったよ、僕もつき合うよ」と、高井。

「じゃあ、僕も」つーやんが続く。

「無理すんなよ」と言い返したものの、やっぱりひとりで矢口に会うのは怖い。一緒に行くと言われて随分ほっとした。

雄ちゃんの怪我騒動から一夜明けて、僕らは今日も不発弾探しに行く。ただ、その前に矢口に会う。

一旦、僕の家に集まってから、僕らは矢口の家に向かった。

矢口が家にいる保証はなかったけど、とりあえず行ってみることにしようと話し合った。もしいなければいないで仕方ない。いや本音はいない方がいい。そうすれば、それを理由に「やっぱり、当日に言うか」と、変更もできるし。

「オレの後をついてこいよ」僕は先頭に立つ。

ペダルを漕ぎながら、ふと思った。もし矢口に〝どうしてオレんちを知ってるんだ〟と訊かれたら、近所の六年生にでも聞いたと適当なことを言ってごまかそう。跡をつけたなんて口が裂けても言えないし。ただもっと気掛かりなのは、あの〝父親〟のことで、矢口を叱りつけてくれるのはいいけど、何か不気味なものも感じていた。できれば会いたくはない。

小さな工場が並ぶ道路から、細い砂利道に入る。真っすぐこの道を進めば矢口の家だ。

と、正面から自転車に乗った三人組の姿が現れた。矢口たちだ。運がいいのか悪いのか。僕はブレーキを握った。僕らは道の真ん中で止まった。

矢口たちも僕らに気づいた様子で、真正面からどんどん迫ってくる。

矢口は、僕の自転車のタイヤギリギリに自分の自転車を止めると「テメーら、こんなところで何やってる」と凄んだ。僕はその声に身がすくんだ。

「いや、はい、あ、あのー」僕はサドルに跨がったまま言いあぐねていると、矢口は僕の後ろの方を見渡して「あれ、うんこ屋はいねえのか」と訊いてきた。

「その、つまり、そのことで……。実は、雄ちゃんが怪我しちゃったんで」僕は切り出した。

「ああん、怪我だとっ」

「それで、あのー、川跳びのことなんですけど、ちょっと無理なので中止を……」

「何っ、中止だと、こらっ」富沢が吠えた。

「あ、分かった。うんこ屋のヤロー、仮病だな。怖じ気づいて、そんなデタラメでごまかそうってことなんだろ。やぐっちゃん、きっとそうだぜ」安藤がしゃしゃり出る。

「嘘じゃないです、本当に怪我して、肩を脱臼して肋骨にヒビが入ったんです」僕は慌てて答えた。

「うんこ屋、何で怪我したんだっ」と、富沢。

「自転車で……」

「何、聞こえねえよ」と、富沢がまた吠える。

「自転車で転んで」

「転んで？　やっぱりうんこ屋だぜ、ばかじゃねえの、な、やぐっちゃん」富沢が笑う。

「カッコつけてチャラチャラ乗り回してやがるから、バチが当たったんだっ」と、矢口は吐き捨てるように言いながら、目線を高井の方へ向けた。

僕は矢口の目の動きにはっとした。しまった。高井に変速ギアの自転車には乗ってくるなと伝えておけばよかった。

「だから、川跳びの勝負は無理なんで」僕は矢口の気をはぐらかすように、慌てて言葉を挟んだ。

矢口はゆっくりと自転車を降りて、僕に近づくと僕を睨んだ。思わず身体が後ろに反った。

「だめだな。中止はねーな」矢口が低い声で言う。

「うっ」僕は小さく息を呑んだ。

「いいか、川跳びの勝負は、あのうんこ屋が言い出したことだ。それもさんざでかい口叩いてよ。なのに、テメーがスッ転んで怪我したから、勝負を中止しろなんて、ふざけんなっ」

「でも……」

「でもじゃねえよっ、このヤローっ」矢口が怒鳴る。

今度はびくっと僕の身体が跳ねた。

「おお、そこのヤツ」矢口は高井を顎で指した。

高井は顔を引きつらせて固まった。

「テメーも、うんこ屋と同じギア乗ってんじゃねえか」

高井は何も言えず固まった。

「こいつは、東京からの転校生なんで、自転車は、その……」僕は言い訳にならないことを口走った。

「そんなこたあ関係ねえっ。そんなもんをチャラチャラ乗り回してるのが目障りなんだよっ。そうだ、オメーがうんこ屋の代わりに川跳びをやれっ」

「ぼ、僕ができすか」高井が蚊の鳴くような声で答える。

「ああ、そうだ。テメーだ」

完全に無理なことを承知で難癖をつけているのは分かる。

「こいつには無理です。絶対に無理です」必死になって高井を庇った。

「ふん、まぁできねえだろうな。どう見てもそんな根性はなさそうだ」と矢口は鼻で笑った。

矢口は砂利を踏みしめながら、一歩僕らに近づいた。その足音が不気味だ。全身から脂汗が噴き出してくるのが分かった。

「じゃあ、川跳びは勘弁してやらあ」矢口が続けた。

「えっ……」僕の肩から少し力が抜けた。

「なんだよ、やぐっちゃん、やめんのか」安藤が驚いたように矢口に言う。

「ばかたれ。誰がただでやめるって言った？」矢口は僕らひとりひとりを見回した。

「いいか、テメーら、川跳びはやめてやらあ。その代わり、明日から毎日、百円ずつ持ってこい」

毎日百円……。ほっとしたのも束の間、僕は目をパチパチさせながら矢口を見た。

「おう、そりゃあいいね、やぐっちゃん」安藤がにやける。

「旨《うめ》えもん、喰えるぞ」富沢が高笑いする。

「いいか、テメーら、ひとりひとり百円だからな。もしこなけりゃテメーらのうちまで取りに行く。いいなっ。うんこ屋にも、よく言っとけっ」

一カ月の小遣いでも五百円なのに。お年玉の残りを出しても、とても追いつかない。

「そ、そんなあ……」僕は首を大きく振った。

「もし持ってこなかったら、ぶっ殺すぞ」

「でも……」と僕が言いかけると、矢口は片手で僕の首をつかんだ。弾みで自転車ごと倒れそうになる。

「チビ、さっきから〝でもでも〟って煩せえんだよっ」

矢口は更に指先に力を込めて喉を締め上げてきた。苦しくて声が出ない。父親にボコボコに殴られる矢口に同情した自分がばからしくなった。どうせなら、足腰が立たないくらい殴られちまえばいいのに。

「チビ、テメーは二百円だ。いいかっ」

涙が滲んでくる。

「どうなんだよ、このチビっ」

「し、勝負……すれば……いいんだろ……」僕はやっとの思いで声を絞り出して言い返した。苦しさのあまりに、つい出た言葉だ。

「はぁ？　なんだと」矢口が首から手を離した。

「オ、オレが、川跳びすれば、いいんだろ」僕はゲホゲホと咳き込みながら言った。

「チビ。オメーが川跳びすんのか？　笑わすなよ」

ヤケクソのハッタリだ。それに本当は矢口だって、川跳びはやりたくないはずだ。こっちが下手に出てるから難癖つけてるんだ。

「や、やってやるよ。オレが雄ちゃんの代わりに、しょ、勝負してやる」

「おいおい、チビ。テメーなんかじゃ無理だ。黙って金持ってくりゃあいいんだ」

明らかに矢口の顔色が変わった。やっぱり思った通り、矢口もやりたくないんだ。

「失敗すれば、死ぬかもしんないけど、二百円なんて払えないし。だから、やるっ」

小刻みに足がブルブルと震えているのが自分でも分かった。

「ばか。やぐっちゃんは失敗しねえよ。だから死ぬのはチビ、オメーだ。な、やぐっちゃん」富沢が笑った。

「ああ、テメーが死ぬんだ」安藤が続く。

こいつら余計な口を挟みやがって。さあ矢口、頼むから、川跳びはやめたと言え。

矢口は僕を睨んで「よーく分かった。チビ、川跳びだ。いいか、うんこ屋みてえに逃げんじゃねえぞ」と、僕の肩を小突いた。

ああ……。僕は息を呑んだまま何も言えなかった。


矢口たちが走り去ると、高井とつーやんが僕に声を掛けた。

「小木くん、無茶だって」

「そうだよ、ブンちゃん」

そんなことは充分分かっている。とんでもないことになってしまったと一番後悔しているのは僕だ。

「じゃあ、どうすればよかったんだよ。お前らが跳ぶって言ったのかよ。それともお前らがオレの分までお金を渡すのか」

「だけど……」と、高井が不安そうに言う。

「だってよ、金なんか用意できねえし。ずっとだぞ、ずっと。下手すりゃあ、中学に行っても、ずっと脅される。いいよ、高井は。お前は東京に戻っちゃうんだし。でも、オレらは違うんだ」

最後は八つ当たり気味に高井に喰ってかかった。

高井は目を伏せた。

「あ、悪りぃ。ちょっと言い過ぎた」僕は頭をくしゃくしゃと搔いて謝った。

「いや、僕も……ごめん」高井がぼそっと謝る。

「こうなったら、何が何でも不発弾を探してやる。もう、それしかない」僕は拳を握った。

「絶対に、不発弾を探そう」高井が頷いた。

「よしっ。早速行こう」

僕らは裏田んぼに向かって、自転車を飛ばした。


いつもの土手に立って区画整理の工事現場を眺めると、掘り起こし作業は直角ジジイの休耕田じゃなく、南の草むらへ伸びていた。

「おい、そっちじゃねえよ。西だよ、西」ツキにも見放された気分に、僕は呆然と立ちすくんだ。

それでも僕らは工事の進み具合を土手からずっと見張った。でも、目当ての場所にブルドーザーが入る様子はなかった。

「あと三日しかねえのに……」

結局、薄の繁る土手に身を潜めたまま何も手が出せず一日が終わった。無駄骨気分に落ち込んだ僕らはバラバラと解散して家に戻った。

夕ご飯を食べ終わった八時頃、雄ちゃんから電話がかかってきた。

――つーやんから聞いたぞ。ブンちゃん、オレの代わりに川跳びやるって言ったってホントかよ。

雄ちゃんの声は慌てふためいている感じがした。

――う、うん、まぁ。

――なんでだよっ。ばかだな。

――雄ちゃんに言われたくねえよ。

――あ、悪い。だけど……。

――しょうがねえじゃん、言っちゃったもんは。

――なぁ、ブンちゃん、オレにできることは何かねえか?

――心配すんなって。雄ちゃんは、うちでおとなしくしとけよ。

これ以上話していると、雄ちゃんに恨み言を言いそうになるので、短めに電話を切った。

昨日も一昨日と同じで、工事は僕らが思う場所に進まず、何も進展しないまま、いよいよ川跳びは明日に迫った。川跳びを中止させるための不発弾探しは、今日がラストチャンスだ。

どうか直角ジジイの田んぼを工事していますように。僕は裏田んぼに向かう間中、そんなことを念じていた。

いつもの土手に立つと、やっとブルドーザーが直角ジジイんちの休耕田を整地していた。僕らはほっとして顔を見合わせた。

「今日は探せるね」と、つーやんが言う。

「小木くん、絶対、今日、探し出すから」高井が僕を見る。

高井の気遣いは分かったけど、どう頑張っても今日一日しかない。しかも作業員が休憩している僅かな間だけしか探すことができない。あとはいつものように、じっと薄の陰で待つしかない。それでも、一昨日や昨日よりは、ずっとマシだけど。

僕らは作業員が休憩に入ると、土手を駆け下りて土に鉄筋を突き刺し、作業員が戻ると慌てて土手を駆け上がった。交代で双眼鏡を覗き、ブルドーザーの鉄の爪を見張った。でも、三時の休憩時間の間にも、不発弾を探し当てることはできなかった。

「だめだったか」僕が空を見上げて呟いた。

「小木くん、今日は暗くなってからも頑張ってみよう」と、高井が額の汗を拭った。

僕は最初からそのつもりで懐中電灯を用意していた。家族には「今晩は雄ちゃんちで花火をやって、雄ちゃんを励ますんだ」と嘘までついてきた。

「オレはそのつもりだけど……。お前らは帰っていいよ」

「だけどさ」高井が不満そうな顔をする。

「高井はかあちゃんが煩いだろうし、つーやんは風呂焚きがあんだろ。さぁ帰れよ」

僕はふたりの背中を追い払うように押した。ふたりは何度も振り返りながら引き上げた。

ぽつんと土手に座って、足下にある猫じゃらしの穂をつまんでは遠くに投げながら、今日の工事が終わるのを待った。

作業員が引き上げたのは、西の空をきれいな夕焼けが染めた頃だった。

「よしっ。やるか」

僕は土手を下ると、地ならしされた土の上に降りた。鉄筋を隅から順に差し込んでは抜く。額の汗が流れて目にしみても、僕は黙々と鉄筋を刺し続けた。

空に残った赤い夕日がすっーと遠い稲穂の海に消えると、暗闇が訪れ空には星が輝き始めた。鈴虫やコオロギの鳴く声が四方から響いてくる。時々、不気味なウシガエルの鳴き声まで聞こえた。虫の音は賑やかなのに心細さに襲われ、僕は思わず、南沙織の『17才』の替え歌を口ずさんで寂しさを紛らわせた。

「誰もいない、原っぱ。爆弾の場所を確かめたくて……」余計に侘しくなるのですぐにやめた。

辺りに闇が忍び寄り始めると、懐中電灯を片手に作業を繰り返した。

張ってきた腰を伸ばそうとして上体を反らすと、遠いバイパスを走り抜けて行く車のライトが小さく見えた。と、バイパスの方から三本松に向かって、ゆらゆらと小さな光が近づいてくる。自転車のライトだ。

こんな時間に、格納庫近くを自転車で通る人は珍しい。僕は懐中電灯のスイッチを切って、暗闇の中にしゃがみ込んだ。じっとライトが通り過ぎるのを待っていると、その光は三本松の前で止まった。

見回りか？　ここにいるのが誰かにバレたのか。僕は更に身を縮めて息を殺した。と、「ブンちゃん、どこ？」「小木くん、いるのか？」という声がした。それは、つーやんと高井の声だった。でも、どうしてなんだ？

　僕は懐中電灯を点けると「ここ」と光を振った。

　ふたりも懐中電灯を持ってきていて、足下を照らしながら土手を下ると、僕の方へやってきた。

「お前ら、どうしたんだよ？」

「小木くんだけにやらせておく訳にはいかないって、金子くんと話し合って決めた」

「だけど、お前ら、うちの人がさ」

「大丈夫。雄ちゃんちで花火やるって言ってきた」つーやんが言う。

「ああ、そうか。でも、高井はさ、こんな時間によく出してもらえたな」

「僕も同じこと言ってきた。かあさんはカンカンだったけど、構わずに出てきた。もうしょうがないだろ」

「ばっかじゃねーか、お前ら。知らねーぞ。あとで怒られても」と、悪態をついたけど、内心ふたりの気持ちが嬉しくて涙が出そうになった。でもぐっと我慢した。

「ただ、そんなに長くはできない。九時くらいまでが限界」高井は、そう言うと襷掛けにしたバッグから何か出した。ライトを当てると、それは目覚まし時計だった。

「九時にベルをセットするぞ」高井はネジを回した。本当に手回しのいいヤツだなと感心した。反面、妙におかしくなって僕は笑った。

「よしっ。頑張ろう」

星空の下で僕らは地面に這いつくばった。生まれてから、こんなに何かに集中したことなんてなかった。

それでも、やっぱり鉄筋の先に何も感じない。そろそろ本当にタイムアップか。やっぱりだめかと弱気になったとき、僕の差し込んだ鉄筋がカチンと何かに当たった。もう一度突《つ》くと、確かに何かに当たる。今まで一度もなかった感触だ。

「おい、何か当たったぞっ」僕は叫んだ。

「えっ、ホントっ」ふたりの声が返ってきた。

「スコップを持ってこいっ」と、僕は叫びながらも、もう素手で土を掘り返していた。爪の間に土が入り込む。指先に痛みを感じても僕は必死に掘った。

「小木くん退《ど》いて」スコップの先を高井が地面に突き刺して、掘り起こし始める。僕はその土を素手で掻き上げる。

スコップの先がカチンと音を立てた。

「あったあ」

「危ねえから、そっとな、そーっとやれ」

僕ら三人は一斉に跪くと、犬のように両手で土を掻き分けた。

「つーやん、ライトを照らせ」

「ＯＫ」

期待が胸に膨らむ。ライトの当たった土の中から何か黒いものが照らし出された。僕は指先でその物体の表面を擦った。

「あああ……」僕は大きな溜め息を漏らして肩を落とした。

「どうした?」と言いながら、高井とつーやんも、その表面に触れた。

「ああ、なんだよ、石かよ……」

妙に期待してしまったから、ひどくがっかりさせられた。僕らは、その場にへなへなと座り込んでしまった。

ジリジリジリ。間の悪い目覚まし時計が時間切れを知らせる。

「オレはまだ続ける」と言えば、きっとふたりもつき合うと言い出すに違いない。これ以上、ふたりを巻き込んだらすまない。それに、なんだか一気に疲れた気がした。僕は力なく言った。

「もう帰ろう」

*

「わっ」

百瀬川に落ちていく場面で、はっとして飛び起きた。首筋が汗ばんで手の甲でそれを拭った。

「夢か……」

夢だったらよかったのになあ。

とうとう川跳びの日がきてしまった。

朝飯を食べてる間、僕はまともに家族の顔が見られなかった。川跳びをすれば、まかり間違えば、本当に死ぬかも。もし運が良くても、怪我はするだろうし。そうなればもの凄く迷惑をかけることになる。

「どうした、フミ。元気がねえな」祖父が僕に声を掛けてきた。

僕は「ううん、別に」と作り笑いをすると、納豆がけご飯をかき込んだ。

みんなが出掛けて、家の中にひとりになった。

〝夏休みの友〟は、残り一ページになっていた。せめて、これくらいは最後までやり終えておこうと思った。〝夏休みの友〟を閉じると、僕はノートの一ページをビリビリと破いて、両親宛に「ごめんなさい」と書いた。そう書きながら、なんだか泣けてきた。洟を啜りながら、それを四つ折りにすると、テレビの上に置いた。

くっそー。もう、どうしようもねえ。僕は畳の上に大の字になった。

柱時計が十一時半を知らせる。もう行かなくちゃ。僕は起き上がって、土間に下りるとミニサイクルを玄関から出した。

庭から見上げると、雲ひとつない夏空が広がっていた。僕は自転車を漕ぎ出した。

高井とつーやんとは、駅前で待ち合わせだ。チューデンが休みの土曜は道路にトラックの姿もなく空いている。

約束の場所に着くと、ふたりはもう待っていた。

「小木くん、これをヤツらに渡して、川跳びはやめよう」

高井はポケットから折り畳んだ千円札を一枚出した。きっと貯めたお小遣いだ。

「ありがとうな、でも、いいよ。それに矢口の方から、やめたって言い出さない限り解決しないんだよ」

高井は残念そうに「分かったよ」と、小さく頷いた。

「じゃあ、ガツンと一発やってみるか」僕は精一杯強がって笑ってみせた。

盆踊り大会の赤い提灯がずらっと並んだ商店街の軒下を通って、百瀬川の橋へ向かった。

真夏の白い日差しが照り返す目抜き通りには人影もなく、たまに車が僕らを追い抜いて行く。

百瀬川に架かる橋の上には、陽炎が揺れていた。まだ矢口たちの姿はない。

僕らは遊歩道の端っこに自転車を立て掛けて、橋の真ん中に移った。欄干から川面を覗くと、透き通った水が穏やかに流れていた。川の端っこには緑のコケが生えた大きな石が並んでいる。泳ぐなら最高の場所かもしれないけど、自転車で端から端まで跳び越すなんて……。僕は大きな溜息をついた。

と、「おーい、ブンちゃーん」という声が聞こえた。その声のする方を振り返ると、雄ちゃんが歩いてくるのが見えた。

「雄ちゃん……」

雄ちゃんは、布で右手を吊りながら、僕らの方へ小走りで近づいてくる。

「おい、大丈夫なのか」と、僕。

「ああ、これくらい大丈夫」と、笑ったあと「痛てて」と、雄ちゃんは顔を歪ませた。

「全然、大丈夫じゃねえじゃん」

「こんな一大事にうちなんかで寝てられるかよ。それにさ、元はと言えば、オレのせいなんだし」

「気にすんなって。でも、おばさんが、よく許してくれたな」

「ああ、ちょっと隙を見て、黙って抜け出してきた」

「後でこっぴどく怒られるぞ」

「いいよ、そんなこと。それによ、今なら殴らないだろうからさ」

と、遊歩道から矢口たちが現れた。

「おい、きたぞ」

僕らは矢口たちと橋の真ん中で向き合った。「チビ、逃げなかったのか」矢口が僕に突っかかってくる。

「あれーっ、卑怯者のうんこ屋がいるじゃねえか」と、富沢が茶化す。

「何っ」雄ちゃんが悔しそうな顔をする。

そんな雄ちゃんを制して「さぁ、早くカタをつけようぜ」と僕は矢口に言った。どうせやらなきゃならないのなら、いつまでもドキドキするのは厭だ。

殊の外、僕が強気に出たので矢口は驚いたように「慌てんじゃねえ」と言うと、首を回したり屈伸運動をし始めたりした。運動会じゃあるまいし。僕はおかしくなった。

「ブンちゃん」雄ちゃんに声を掛けられて振り向いた。

「ブンちゃん、背中向けてみ」

「なんで?」

「いいから、早く」

僕は雄ちゃんに言われるまま背中を向けた。雄ちゃんは僕の背中に手のひらを当てると「念力でパワーを入れてやるよ、ええーっ」と唸った。雄ちゃんらしい励まし方だなあ。雄ちゃんは最後に、僕のお尻をポンと叩いて「これで大丈夫。ブンちゃんは不死身だぜ」と言った。

普段なら「そんな迷信みたいなことするな」と怒るところだけど、僕は素直に「サンキュー」と礼を言った。

みんなに「ブンちゃん、頑張れ」と声を掛けられ、僕は立て掛けてあったミニサイクルを転がすと、スタート地点のお茶屋さんの前に移動した。遅れて矢口も僕の隣にやってきた。矢口のボロい自転車を改めてマジマジと見る。僕のミニサイクルも同じだけど、トップスピードになるまで時間がかかりそうだ。

「チビ、やめるんなら今の内だぞ」

やっぱり矢口はやりたくないんだ。だったら、お前からやめたって言えよ。

「でも、やめたら毎日百円なんだろ」

「うん、ああ、そうだ」

「じゃあ、やめない」

「チビ、オメー、ホントに死ぬぞ」

「もしかして、本当は怖いんじゃないの」僕は開き直って矢口にそう言った。

「テメー、ふざけてんじゃねえぞ」

矢口はみるみる顔を紅潮させると、僕のシャツの胸元をつかんでぐいっと引き寄せた。僕は自転車に跨がったまま倒れそうになる。

「ふざけて、こんなことできるかよっ」

僕は矢口の手を振り払った。そんな態度に自分でも驚いた。でも、気分がよかった。

「ちっ。このチビがっ」

「用意はいいか、やぐっちゃん」安藤が矢口に訊く。安藤が帽子を振り下ろしたらスタートだ。

「おーうっ」と矢口が大声で答えた。

僕はペダルに片足を載せ、もう片足で身体を支えた。もうどうにでもなれ。

安藤が帽子を空高く振り上げた。僕は背中を丸めて身構えた。ハンドルを握る手が汗でぐっしょりだ。

安藤の手が振り下ろされた。僕と矢口は一斉にスタートを切った。僕は尻を浮かせて必死にペダルを漕ぐ。とにかくスピードを上げなきゃ川を跳び越すだけの勢いがつかない。歩道のデコボコにタイヤが跳ねる。と、僕の身体全体も同時に跳ねた。あと50メートル。あと30メートル。タイミング良くハンドルをぐっと引き上げ上手くジャンプするんだ。心臓の音が聞こえ、息が荒くなった。

「ブンちゃーん」みんなの声援が聞こえる。

うううっ、くっそーっ。歯を食いしばった。川の縁がどんどん迫ってくる。ああ、やっぱりだめだぁ。そう思った瞬間、僕の頭に家族の顔が浮かんだ。父が、母が、祖父が、祖母が、そして美幸が。こんなことで死ねるかっ。

僕は川の縁の寸前でブレーキをかけた。勢いのついた自転車は横滑りしながらも止まることはない。僕はハンドルから手をパッと離して、風に靡く柳の枝をつかんだ。宙に舞う矢口の姿が視界を過《よぎ》った。それはスローモーション映像を見るようだ。矢口は自転車ごと前方に一回転すると、水面に激突して派手に水しぶきを上げた。

「あああああっ」悲鳴のようなみんなの声が響いた。

僕のミニサイクルは柳の幹に衝突して遊歩道へと撥ね飛ばされた。しがみついた柳の枝は反動で僕を川縁へと揺り戻した。握った手の中で葉っぱがバサバサともげる。摩擦で焼けるような激痛に襲われ、思わず手を離した。次の瞬間、僕は遊歩道のアスファルトに投げ出され、しこたま尻を打った。

「痛てえーっ」

あまりの痛さに僕はすくっと立ち上がり、尾てい骨を押さえて辺りを内股で走り回った。みんなが僕の名前を呼びながら、橋の上から駆け寄ってくる。

「小木くーん」

「ブンちゃーん」

遅れて来た雄ちゃんが「大丈夫か」と訊く。

「大丈夫じゃねえよ」尻が痛くて涙が滲んだ。

「でも、スゲー、ホントにスゲーよ、ブンちゃん、よくあんなことできたな」雄ちゃんが感心したように言う。

「うん？ ああ、柳の木が目に入ったとき、雄ちゃんの池跳びのことが頭に浮かんで、それで必死にしがみついたんだ」

こんなことで、雄ちゃんと特訓したターザンごっこが役に立つなんて。

「さすがブンちゃん。それにオレの念力も効いたってことだな」

「はぁ？」

「後ろポケット探ってみ」雄ちゃんが指差す。ポケットに手を突っ込んでみると何かに触れた。僕がそれを取り出すと「ほれ、不死身のコインだ。ゆうべ、こっそり抜け出して線路に置いておいたんだ。ブンちゃんに怪我させたくなかったからさ」と雄ちゃんが笑った。今度ばかりは、雄ちゃんの迷信好きに感謝したい気持ちになった。

と、「おい、やぐっちゃん、やぐっちゃん」と安藤と富沢が橋の欄干から身を乗り出して大声を上げていた。

「あ、矢口は?」

何もかも一瞬の出来事だった。すっかり、矢口のことなど忘れてしまっていた。僕らは急いで川縁から土手の下の川面を覗いた。矢口は川の中の大きな石にしがみついたまま、ぴくりとも動かない。

「え、あいつ、まさか死んじまったのかっ」雄ちゃんが叫んだ。

「し、死んだっ」

富沢と安藤は顔を見合わせると「マズい。に、逃げろ」と、矢口をほったらかしにして自転車に跨がって一目散に立ち去った。

「なんだ、あいつらっ」

「あ、動いてる。生きてるよ、ほら」つーやんが指差す。

矢口はふらふらと顔を上げると、また力なく石にしがみついた。

「ほっといたら溺れて、本当に死んじまう。おい、矢口を助けるぞ」僕は咄嗟にそう口走っていた。

「雄ちゃん、消防署っ」僕は橋のすぐ側にある消防署を指差した。

「わ、分かった、助けを呼んでくる」雄ちゃんは、痛む脇腹を押さえながらも橋を渡って消防署へ走った。

「オレらは川に下りるぞ」

「よしっ」

残った僕らは、橋から向かいの土手に移り、急いで急斜面を下った。土手の途中からジャンプして川に飛び込んだ。水しぶきが上がる。端っこはまだ川底も浅い。それでも、あっという間にヘソの高さくらいまで水に浸かった。流れは緩やかだったけど、水は意外と冷たい。

高井が続いてジャンプする。つーやんは、雑草に足を滑らせてバランスを失い、前のめりに倒れ、頭から川に突っ込んだ。普段なら大笑いする場面だけど、そんな余裕は誰にもなかった。

「つーやん、大丈夫か？」

「大丈夫、大丈夫」つーやんは、髪の毛から雫をダラダラと垂らしながら答えた。

水を掻き分けるように川の中を歩いて、僕らは石にしがみついた矢口を囲んだ。矢口は水に浸かった顔を力なく上下させている。

「おい、動けるか？」僕は矢口に声を掛けた。

矢口は「ううっ」と唸っただけで、またちゃぷんと水面に顔を浸けた。

「このままじゃ息ができねえぞっ」

「仰向けにしよう」

「よしっ」

「いいか、せーので、ひっくり返すぞ」

僕らは、矢口の身体をゆっくりと仰向けの姿勢に変えた。高井が矢口の両脇から腕を差し込んで抱えた。僕とつーやんは矢口の背中と腰に手を回して、水面に浮かせるように支えた。

「おい、しっかりしろよっ。今、助けがくるからなっ」僕が矢口の耳元で叫ぶ。

矢口は薄く目を開けると「お前ら……」と、何か言いかけた。

と、頭上から、こちらに近づく足音が聞こえた。

「おーい、大丈夫かっ」

橋の欄干を見上げると、数人の制服姿の消防隊員と雄ちゃんが僕らを覗き込んでいた。

「早く、助けてやって」と僕は叫んだ。

「よし、待ってろ。すぐそっちに行くからな」

「おい、救急車を回せ」

「はい」

ふたりの隊員が土手に回ると斜面を下って、ザブンと川に入った。

「もう、大丈夫だからな」

高井に代わって、おじさん隊員が矢口を抱きかかえると、がっちりした体格の若い隊員の背中に矢口を乗せた。矢口をおんぶした隊員は、足下をしっかりと確かめるように一歩一歩斜面を上った。僕らも後に続いた。目の前にぶら下がった矢口の右足は、膝の下辺りから曲がっているように見えた。たぶん骨が折れてる。

救急車が赤いランプを回しながら、橋の上に到着した。その様子に、近所の商店から人が顔を出して、こちらを窺っている。

遊歩道で、矢口は身体を毛布に包まれ担架に寝かされると、橋の上に停められた救急車へと運ばれた。

若い隊員が「お前ら、何したんだ？」と、尋ねてきた。僕らは「えーと」と答えに詰まった。と、ぐったりしていた矢口が「オレが……、ハンドル……、切り損ねた。こ、こいつらは……、通りかかって……、助けてくれた……、だけだ」と、絞り出すような声で言った。

「ホントかあ？」若い隊員は明らかに疑っている様子だった。それでも、僕らは何も答えなかった。

「よし、みんな下がって」車内を覗こうとする僕らを、おじさん隊員が手で制した。

矢口は救急車の後部から車内に乗せられ、ドアが閉められた。

「よし、行けっ」おじさん隊員が、救急車の車体を軽く叩いた。

けたたましいサイレンとともに、みるみる遠ざかる救急車を見送りながら、僕らは大きな溜め息をついて顔を見合わせた。

ほっとひと安心すると「ハクション」と、大きなくしゃみが出た。僕はブルブルッと身震いした。水が冷たかったせいで身体が冷えた。

「ズブ濡れだな。家は近いのか？　何なら、消防署で洗濯してやるぞ。まだ陽も高いし、少し待ってれば、あっという間に乾くだろうからな。どうする？」と、おじさん隊員が尋ねた。

僕はズブ濡れで帰っても、適当に言い訳だってできるけど、高井は母親にガミガミと煩く言われるに決まっている。

「すみません、お願いします」僕は頭を下げた。

消防署へ向かう乾いた道路の上に、服から滴り落ちる水滴が点々と黒い跡を付けた。


消防署の屋上に張られたロープに、洗濯バサミで留められたシャツやパンツが風に揺れている。三階建ての消防署の屋上からは、３６０度町並みが見渡せた。初めて見る風景だ。

僕と高井とつーやんは、借りたバスタオル一枚を腰に巻き付けて、日向ぼっこだ。屋上のコンクリートに照り返す日差しが温かくて気持ちいい。

「お前ら、スカート穿いて、女子みてえだな」と、雄ちゃんがゲラゲラ笑う。

「ふざけんなよ。大体、元はと言えば、誰のせいでこんな目に遭ったんだよっ」

「そうだ、そうだ」

雄ちゃんは、三人の反撃に圧倒されて「悪い」と頭を掻いた。

「消防署の人、学校に連絡するのかな」と、つーやんがみんなに訊いた。

「たぶんな」と、僕。

「じゃあ、ハナピン?」つーやんが鼻を押さえた。

「ホントのことがバレなきゃ、ハナピンなんかもらわねえよ」と、雄ちゃん。

おじさん隊員から、名前や学校、学年、担任の先生について訊かれた。そして矢口のことも。

僕らは川跳びの勝負をしたことは喋らなかった。矢口が言ったように、偶然通りかかって助けただけだと説明した。ごまかせたのかどうかは分からない。でも、不発弾探し以外にも、秘密が増えて、妙に嬉しいような気がした。

「でも矢口のヤツ、なんで川跳びのこと、消防士のおじさんたちに話さなかったんだ?」と雄ちゃんが首を捻る。

「ああ、そういえばそうだね」と、高井。

「負けちゃったから、言えなかったんじゃないのかな」と、つーやん。

「うーん。それだけどさ。オレって勝ったの?」

「勝ったに決まってんじゃねえかよ。何言ってんだ、ブンちゃん」と、雄ちゃん。

「でもよ、オレさ、途中で柳につかまって、実際には跳んでねえし。それじゃ、勝負したことにならないんじゃねえか」

正直、ちょっと後ろめたさがある。

「あれだって、ちゃんとした作戦なんだしよ」と、雄ちゃん。

「勝ち負けの問題じゃないさ」と、高井。

「そうだよ、あれでよかったんだよ」と、つーやんが続く。

みんなにそう言ってもらえると、幾分、気持ちが楽になったけど、不安がまったくなくなった訳でもない。

「でも、あの矢口のことだからなあ。あとで勝負に逃げたとか因縁つけてきそうだし。怪我が治ったら、どんな仕返しをされるか」と、溜め息の僕。

「また、お金持ってこいとか言われるのかな」と、つーやんが顔を曇らせる。

みんなの口が重くなった。僕らはコンクリートの上に尻をついて座り込んだ。

「でも、とにかく、小木くんが無事でよかったよ」沈んだ雰囲気を変えるように高井が言う。

「ああ」みんなが頷く。

「オレ、もうだめだって思ったもんな。だけど、咄嗟に柳の枝が目に入って」

矢口の救出騒ぎですっかり忘れていた恐怖が蘇る。川縁へと突っ込んで行ったときのことを思い出すと、かっーと胸が熱くなる。もしも、あのまま跳んでいたら、きっと矢口と同じ、いやもっと酷い事態になっていたかもしれない。

「ま、でも、とりあえずはさ、当分、矢口も動けないだろうからさ。そんな心配もいらないって」雄ちゃんは鼻の下を人差し指で擦った。

雄ちゃんの言う通りかも。あの足の曲がり方は、どう考えても骨が折れている。だとすれば当分は入院だ。二学期になっても学校にこられないはずだ。因縁をつけられるとしても、まだ先のこと。

「じゃあ、また、不発弾探し、頑張るか」

「おうっ」

「明日は日曜だし、明後日から再開つーことで」

「おうっ」

＊

月曜の午前中、つーやんと高井と三本松前の土手で待ち合わせをした。青空も蝉の鳴き声も、いつも通りに戻った気がする。

自転車の荷台にスコップを括りつけたゴム縄を解きながら「雄ちゃんは、やっぱりこらんないよね」と、つーやんが訊いた。

「ああ、ゆうべ、電話があってさ」

雄ちゃんは、川跳びの日に黙って家を抜け出したことで、おばさんの監視が厳しくなり、裏田んぼへはこられない。

——そういう訳だから、ブンちゃん。

——了解。でもさ、雄ちゃんがきても、役に立たねえしな。

——ひでえなあ。でもよ、見つかりそうだったら、すぐ連絡くれよ。オレ、すっ飛んで行くから。

——それはどうかな。オレら三人の手柄にしちゃおうかな。

最後に、雄ちゃんをからかって受話器を置いた。

「雄ちゃん、すんごく、焦ってた」

「小木くん、意地、悪いねえ」と、高井。

「いいんだよ、少しくらい心配させた方が」

僕はにやりと笑うと「さぁ、雄ちゃんの分まで頑張りましょう」と、鉄筋を握った。

いつものように薄の穂の茂る土手に陣取って、工事の進み具合を見張った。そして、作業員が休憩に入り姿を消すと、整地された土の上に下りて鉄筋を刺し込み、作業員が戻ってくると薄の陰に身を隠した。

心の真ん中に刺さっていた川跳びという大きな棘が抜けて、気分は大分楽になった。ただその分、川跳びを中止させるために頑張った不発弾探しも、なんとなく力が抜けてしまった感じだ。

「なんか、気合いが入らねえなあ」

僕はムラサキツユクサの花を千切って投げる。

「実は、僕も」と、高井が頷いた。

真っ暗闇の中で地面に這いつくばり、あんなに必死だったのに……。

「今日はさ、もうやめて、カンペー山でも寄ってみる?」雄ちゃんがいたら言いそうな提案をふたりにしてみた。

「ああ、そうしよう」あっさりとふたりが賛成する。調子が出なかったのは僕だけじゃなかったんだな。

僕らは立ち上がって尻の埃を叩くと、自転車に跨がって三本松を後にした。

夜。雄ちゃんから電話が掛かってきた。

――どうだった?

――今日は、カンペー山に寄った。

――だから、そうじゃなくて、不発弾だよ。

――ああ、だめだった。

――ちゃんと、探してんのかよ、まったく。

――サボってる訳じゃねえし。

雄ちゃんに文句を言われた後も、僕らは不発弾探しに、なんとなく気合いが入らなかった。

裏田んぼまで行っても、お昼の休憩時間に収穫がなければ、早々に土手から立ち去り、エビガニ釣りやカンペー山に向かった。

一番張り切っていたのは高井だ。僕らには当たり前の遊びでも、高井にとっては何もかも初めてのことだ。カンペーの集まっていそうなクヌギの木の蹴り方や、エビガニの釣り方を教えた。ミミズがつかめなかったり、尾っぽと胴体を引き千切るとき、情けない顔になる高井をからかって大笑いした。

そんなふうにダラダラと三日過ごしていると、お盆になった。お盆には区画整理の工事も休みになるはずだ。だから不発弾探しも一旦中断。


お盆の入りを前に、祖父と父が居間の隅に組んだ盆棚に、果物やお菓子がお供えされた。

チューデンがお盆休みになっても、両親は朝から工場に出た。お盆明けに納品する段ボールを作るためだ。宿題は大体終わっている。自由研究は不発弾次第だし、あとは工作か絵を一枚描けばいいだけだ。それにお盆だからといって、僕に何か特別な用事がある訳でもない。「また手伝いをする」と言ってから、一度も工場に足を運んでいない。それに父には雄ちゃんを助けてもらったし。

「オレも一緒に行くよ」

父母が乗り込んだ軽トラの荷台に僕は飛び乗った。

父は「そうか」と言うだけで「くるな」とは言わなかった。

工場では裁断屑を片付けることくらいしかできないけど、工場の暑さも我慢して一生懸命働いた。

「フミが手伝ってくれたから、仕事が早く済んだ」と、母が褒めてくれた。

いつもより早めに仕事を切り上げて、夕方、家族みんなで近所にある地区の墓場へ墓参りに出掛け、ご先祖様の霊を迎えに行った。

お盆の十五日には、駅前広場で盆踊り大会が開かれる。〝町民夏祭り〟と同じように、駅前広場には、大きなやぐらが組まれて、目抜き通りにある商店の名前が描かれた紅白の提灯が数え切れないくらい下げられる。そのやぐらの周りで輪になって踊る。盆踊りだけじゃなく、八木節太鼓も披露され、それから、のど自慢大会もある。

「盆踊りに行こうぜ」

「ＯＫ」

僕らはそう約束をしていた。雄ちゃんもこの日ばかりは外出を許してもらった。勿論、僕らの目当ては踊りの見物じゃない。露店で売られているりんご飴やチョコバナナだ。

家を出るとき「ほれ、三日、手伝った駄賃だ」と、父が小遣いをくれた。少し照れ臭かったけど「サンキュー」と言って、百円玉をポケットに入れた。

僕らは連れ立って、駅前広場へ向かった。

「神輿はないのか？」高井がキョロキョロ辺りを見渡して訊いた。

「あれは、町民祭りのときだ。今月の最終の土日にある」

「じゃあ、百瀬川に飛び込むのも」

「ああ、そのときだな」

やぐらを中心に人だかりができていて、隙間を見つけて歩くのにも苦労する。熱気がムンムンしていて首筋から胸に汗が伝う。人込みを縫いながら、りんご飴の露店に辿り着く。僕らは、早速りんご飴を買って齧りついた。

八木節太鼓が終わると、のど自慢大会が始まった。白いスーツ姿の司会者に紹介された出場者が、アコーディオンの伴奏に合わせて次々に歌い出すと、見物人たちは手拍子を打った。人だかりの後ろの方にいる人たちは、ステージを爪先立って見ている。音痴な人が歌い始めると、酔っぱらったおじさんが「こらっ、耳が腐っちまうぞ」とヤジを飛ばす。僕らも「へったくそーっ」とヤジった。そして歌の途中で、カーンと鐘がひとつ鳴ると、どっと笑いが起きた。

歌を聴くのも飽きて、人込みを抜け出し、ヨーヨー釣りやくじ引きの露店を覗き込みながら歩いていると、浴衣を着た日登美たちとばったりと出くわす。

「あ、ばか組」いきなりとんだ挨拶だ。

「うっせーな」

「聞いたわよ、あんたたち、百瀬川に落ちたんだって」

「えっ」僕らは顔を見合わせた。

「まったく、ばっかじゃないの」

どこから漏れたんだろう？　子どもたちの間では、噂話はあっという間に広がる。ただ、事実とは違うけど。

「ば、ばか言うな。オレらは落ちたんじゃねえよ」みんなで否定した。でも、本当のことは言えない。

「だって、そこのばか、怪我してるじゃん。カッコ悪ーい」日登美は布で吊られた雄ちゃんの腕を指差した。

「これは別だよ、ブスっ」雄ちゃんが言い返す。

確かに別のことで怪我をした。でも、その方がもっと情けない話だ。

「ばかなんか相手にしないで、行こう」日登美たちは、そう言い放つとくるりと背中を向けて人込みに消えた。

「ちぇっ。ばかばかって、ホント頭にくるな。それによ、オレのこと、カッコ悪ーいって言いやがった」雄ちゃんは顔を赤くして怒った。

「今に見とけよ。絶対新聞に載って、かっちょいいとこ見せてやるぞ。なぁブンちゃん、オレ、次から不発弾探しに行くからな。大体、お前らに任せとくと、いつまでたっても見つかりゃしないしよ」

「ああ、そう……」

あまりにもムキになる雄ちゃんに圧倒され、僕はそう答えた。

お盆休みが終わって不発弾探しを再開すると、雄ちゃんは、おばさんのミニサイクルを歩くらいの速さで漕ぎながら、裏田んぼまでやってきた。

「デコボコでタイヤが弾むと、横っ腹に響くんだよ」

「だったら、うちでじっとしてろよ」

「そんな訳にいかねえだろ。オレ、カッコ悪いって笑われたんだぞ」またムキになる。

「でも、雄ちゃんちのおばさん、よく許してくれたな？」

「自由研究の宿題できなかったら、かあちゃんのせいだからな。学校に呼び出しくらっても知らねえぞって言ってやった。そしたら、渋々な」

「脅迫かよ」と、僕らは笑った。

「人聞きの悪いことを言うな、駆け引きってもんだろ」

「ま、どうでもいいけどさ」

だけど、雄ちゃんの右手は吊られたままだし、胴回りにはサラシが巻かれている。精々、雄ちゃんができることと言えば見張り番だ。ブルドーザーが動いている間、雄ちゃんは双眼鏡を覗き込み、休憩を終えた作業員が戻ってくると「退却」の号令を掛けた。単に見張り番のくせに、雄ちゃんはすっかり隊長にでもなったように、みんなに指示を出した。

「いいよな、怪我人は楽で」僕は厭味を何度も言った。でも、雄ちゃんは気にするでもなく、むしろ隊長気分を楽しんでいるようだった。

再開して一週間過ぎても、鉄筋の先に何か当たる気配は全然なかった。

直角ジジイの田んぼの整地工事も、大方終わろうとしていた。伸びた夏草の群れも、あと僅かになった。

「やっぱり、ここにはないのかなあ」つーやんがぽつりと言った。

「そしたら、別の場所を探せばいい。夏休みが終わったって続ければいいんだし。まだ格納庫周りの松林の中だって残ってる」

「えーっ、あそこは」高井とつーやんが露骨に厭な顔をした。

「ま、とにかくさ、直角ジジイの田んぼを全部調べてから、後のことは考えようぜ」そう言ってはみたものの、僕もかなり弱気になっていた。

作業員がいつものようにお昼の休憩で姿を消した。

「はい、みんなはりきっていこう」雄ちゃんが僕ら三人を追い立てる。

「まったく、いい気なもんだな。さーてと、ほんじゃあ、行ってみるか」

僕らはダラダラと土手を下りて、鉄筋刺しの作業を始めた。10分、20分、30分……。手応えなし。

「今日も収穫なしだな」

額の汗を一度拭い、鉄筋を土深くに差し込んだ。と、カチンと手応えがあった。ふん、どうせ、また石だな。僕は雑に鉄筋を抜くと、50センチくらい間隔が離れた別の場所に刺し込んだ。コツン。また先が止まる。

「うん、もしかして」

僕は急いで、場所をズラして鉄筋を刺し込んだ。またコツンと先が止まる。いくらなんでも、こんなに大きな石は埋まっていないはずだ。ちょっと緊張する。

「おーい。何かあるぞ」僕は大声を上げた。

高井とつーやんが、すぐに僕の元に駆け寄ってきた。

「こ、この下、何かある」

「ホントに」

「ああ、ここと、ここと、こっちにも刺したけど、全部当たった」僕は興奮していた。

ついさっきまで、だらけていた雰囲気が一変する。僕らは顔を見合わせると、その場にしゃがみ込み必死に素手で掘り始めた。

「高井、スコップだ」

僕がそう叫ぶと、高井は「ＯＫ」とスコップの先を土に当て、スコップの縁に足を乗せると力一杯踏み込んだ。僕とつーやんが、素手で土を掻き出す。

「高井、こっちだよ、こっち」

「もっと、早く掘れっ」

穴はどんどん大きくなった。鉄筋を刺し込むと、もう残り十センチくらいのところで止まる。

「あと、もうちょっとだ」

と、雄ちゃんの声が響いた。

「おい、マズい。おっちゃんたちが戻ってきた」

雄ちゃんが指差す方を振り向いて背伸びすると、用水路の向こう側に作業員たちの姿が見えた。

「なんだよ、くそっ」

「どうする?」高井と目が合う。

「えーっ、もう構わねえ。最後まで掘れっ」

このチャンスを逃せば、後でもの凄く後悔しそうな気がした。

「でも、バレるよ」

「いいから、掘れっ」

僕の切羽詰まった声に突き動かされたように、高井とつーやんも必死に土を掘る。

「ああ、もう見つかるっ」雄ちゃんが叫んだ。と、遠くから「こら、お前ら、そこで何やってるっ」という怒鳴り声が聞こえた。

「ああマズいよ、逃げようぜ」雄ちゃんの頼りない声がする。

「あと、ちょっと、ホントにちょっとなんだよ」僕は叫んだ。

猛烈に土を掻き上げながら、ちらりと顔を上げると、三人の作業員が小走りに近づいてくる。

「ブンちゃん、逃げよう」

雄ちゃんが、そう叫んでも僕は構わず掘った。

「こら、ガキどもっ」

作業員たちは、僕らを見下ろした。それでも僕らは土を掻き分ける手を止めなかった。

「ここに入るんじゃねえ。さっさと出ろ」

「もうちょっと、もうちょっとなんだよ」そう言いながら掘り続けると「ふざけたガキだな」と、作業員のひとりが僕の首根っこを力強くつかんだ。

「痛てててっ」

猫が放り出されるように、僕らは次々と穴の外へ投げ飛ばされた。這いつくばって穴に戻ろうとすると、今度は羽交い締めにされ「しつこいガキだな」と、また突き飛ばされ、僕は尻餅をついた。

「一体、何やってやがんだ？」

「ここに、不発弾が埋まってんだよ」

「不発弾だあ。おかしなこと言いやがって」

「ホントだって」僕は半べそをかきながら訴えた。

「ほざくんじゃねえ。お前ら、どこの学校だ、いいかげんなこと言うと……」

と、そのとき、僕らの使っていたスコップで穴の底を探っていた若い作業員が叫んだ。

「お、おい、ホントに何か埋まってるぞっ」

僕らは転げるように穴の周りに飛びつくと、頭を突っ込んで中を覗き込んだ。

平成19年・夏

吉祥寺行きの電車が警笛を鳴らしながら走ってゆく。

由伸に、そこまでのくだりを話し終えると、新しい煙草にライターで火を点け、それをひと口吸い込むと、煙を夜空へ吐き出した。

「で、それって爆弾だったのかよ」由伸が急かす。

「さぁ、どうだったかな」私はとぼけた口調で返すと、もう一度ゆっくり、煙草を口に運んだ。

「また、もったいぶる」

性格というものは、いくつになっても変わらんもんだな。

私はにやりと笑った後、息子の顔を見つめながら「ああ」と細かく何度か頷くと指でVサインを作ってみせた。

「あったんだぁ」

「勿論っ」

「スゲー、ホントにあったんだ。スゲーっ」息子は興奮しながら手を叩いた。

「ああ、土の中から、錆びて赤茶けた250キロ爆弾の背中が見えた」

「それって、でっかかった?」

「ああ、でかかったなあ」

息子にはそう言ったが、少し脚色した。実際には、すぐにその場から追い出され、残念ながら私たちは不発弾の全部を確認することができなかったのだ。

「それからどうなったの？」

「町は大騒ぎになってな」

当然、区画整理の全域は立ち入り禁止になった。

自衛隊の不発弾処理班がやってきたのは、私たちが発見してから二週間後。周囲の道路も半日通行止めにされた。なんとかその様子を間近に見ようと、格納庫の藪を潜り抜け、現場に近づこうと試みたが、警察官が見張っていて、それは叶わなかった。なんとも悔しい気がした。

「で、新聞に載った？」

「あたり前田のクラッカー」

「はぁ？」

『てなもんや三度笠』のギャグなんて通じないか。

「そりゃあ、もうでかでかと載った」

これもいささか下駄を履かせた。夏休みの終わり頃〝自由研究で不発弾発見〟という見出しで、県内版のページに小さいながら四人の写真入りで記事が掲載された。記者に「どうして不発弾を探そうと思ったの？」と質問されたとき、雄ちゃんはみんなを差し置いて「はい、不発弾があるかもしれないという噂を聞いて、そんなものが埋まっていたら町の人たちが安心できないなと思ったからです」と答えた。私は、雄ちゃんの調子の良さに啞然としながらも「そうか、君たち偉いなぁ」と感心しながらペンを走らせる記者の様子がおかしくて仕方なかった。

「おじいちゃんもおばあちゃんも喜んだ？」

「まぁな」

これは後に母から聞いた話だが、祖父は私たちが載った新聞を大量に買い込み、ご近所に配って回ったらしい。そして父は、切り取った記事を折り畳んで、今でも財布に忍ばせているのだと。くすぐったい思いがする。

「じゃあさ、学校は、クラスメイトとかどうだった？」

「ああ、学校じゃヒーロー扱いだったな」


二学期の始業日、登校するとクラスメイトから質問攻めにあった。雄ちゃんが身振り手振りを交えて大袈裟に話すものだから、側で聞いていた私は苦笑いをしたものだ。でも、あの日登美でさえも「あんたたち、ちょっと見直した」と感心した様子で、日頃の汚名返上もできた。

朝礼では、ピッカリン大佐がこのことに触れ、自由研究のテーマとしての着眼点は良いが、不発弾探しは危険だから真似はしないようにと注意があった。そう簡単に真似はできまいが。

それでも香澄先生は私たちを褒めてくれた。加えて、僕らが矢口を助けたことを香澄先生がクラスのみんなに知らせると、どよめきと拍手が沸き起こった。雄ちゃんは香澄先生に頭を撫でてもらい、念願が叶った。が、石塚先生からは「お前ら、もう危ねえことはやるなよ」とハナピンをされた。私にとって最後のハナピンになった。

矢口という後ろ盾を失った富沢と安藤は、私たちを見ると、そそくさと姿を隠すようになり、ちょっかいを出さなかった。それでも、いずれ矢口が学校にくるようになったらどうなるのかと、しばらくは不安だった。

二学期が始まって二週間くらい経ったある朝、私が登校して下駄箱で上履きに履き替えていると「おい、チビ」と背後から声を掛けられた。振り向くと松葉杖をついた矢口が立っていた。私は一瞬にして凍りついた。

「お前、ちゃんと跳ばなかったな」と、矢口は近づいてきた。殴られる。そう思って身を縮めていると「頭にきたけどよ、お前らには助けてもらったしな。だから、お前が勝ったってことにしてやってもいい」と、矢口は無表情で言った。

私が目をぱちくりさせていると、後は何も言わず、矢口はその場を去った。今思えば、あれは矢口なりの感謝の仕方だったのではなかったか。

それから間もなくだった、矢口一家が夜逃げをしたという噂を聞いたのは。矢口が学校から消えてほっとした反面、なんとなく淋しさを心の片隅で感じたのは妙だった。


「へぇ、ヒーローかあ……」

「あれ、お前、今、ちょっとお父さんのこと羨ましいと思ったろ?」

「そんなことないよ」

「ま、ロープレで宝箱を見つけるくらいしかできないお前とは、格が違うしな。どうだ、まいったか」

「ちぇっ」

「悔しかったら、お前も何かやってみろ」

「何かって何だよ」

たとえくだらなくても、その何かを探すことが重要なのだ。〝野放し〟にできれば、子どもたちもバーチャルな世界から抜け出して、創意工夫を覚えるに違いない。ところが公園で遊ぶことさえ危険な世の中になってしまった。神隠しなどという迷信には、どこかドキドキするようなものがあったのだが、出没するのが変質者や通り魔では、心躍る響きはない。過保護なのは分かっている。しかし命を取られては泣くに泣けない。ゲーム機を買い与え、家に閉じ込めておくことが一番安全な方法とは。我が子ならず、この国の子どもたちが不憫に思える。

「お父さん、無理なこと言うなよな」

「そうか無理か。じゃあ、せめて今のうちに本物の友達くらいは作れよ」

社会に出てからでも、親しくつき合える友人はできる。上司、部下という同僚。子どもの親同士。それなりに気の合う仲間もできる。が、なんらかの損得が根底に潜んでいる。

「あのな、子どもの頃の友達っていうのは、いいもんなんだぞ。雄ちゃんとお父さんのように、ケンカもするけど、一生もんだからな。そりゃあ、大人になっても親しい友人はできるさ。でも、やっぱり違うんだな……」

そこまで言いかけて、言葉を止める。こんなことだから、部下には説教臭いと言われ、妻にはインチキ教育評論家みたいだと言われるのだろう。だけど、息子に伝えるべきことは、こういうことなのだと思うのだが……。もっとも嫌われたら身も蓋もないか。私は小さく鼻を鳴らして苦笑した。

「何？」息子が尋ねる。

「いや、別に」

私はリビングを覗き込んで時計を見た。十一時を回っていた。

「由伸、もうそろそろ寝ろ。明日も塾があるんだろう」

「うん、ああ、そうか……」

息子の名残惜しそうな表情がいい。もっと息子と話をしていたいが、妻の手前もある。

「お父さんは、もう一本吸ってから」と、煙草のパッケージに手を伸ばした。

「ああ、じゃあ、おやすみ」

「おっ」

由伸が自室に入ると、熱帯夜の闇にライターの火を灯す。昔話のせいだろう、赤い灯りの中に、懐かしい友の顔が浮かぶ。みんな元気にしているだろうか？


高井は、五年の三学期が終了すると父親の仕事の関係で東京に戻った。電話や手紙のやり取りもしたが、薄情なもので、半年もすると互いに連絡も取り合わなくなった。それでも時々、ふと頭の隅に、あのすかした顔が浮かぶこともあった。あの高井のことだ、中学受験も突破し、その後もちゃんとした人生設計を描きつつ、きっとどこかで勝ち組の生活を送っているに違いない。

地元の三人組は、その後、同じ中学へ。高校は別々になったが、暇さえあれば何かと集まって過ごした。

つーやんは、結局、食堂の伯母さん夫婦の養子にはならなかったが、支援をしてもらい、絵の才能を活かし、美大へ進学。卒業後、地元中学の美術教師になった。心優しい、いや、ちょっとひ弱なつーやんのことだ、一筋縄ではいかない中学生相手に苦労しているに違いない。

雄ちゃんは、高校卒業後、地元に残り家業を継いだ。私が大学卒業を控え、就職活動している頃、雄ちゃんは、オフィスや店舗の清掃業務を請け負う有限会社〝ネギシ清掃〟を興した。昔、雄ちゃんの父親が言い当てたように、下水道の完備された町では、ほとんどの家が水洗トイレになり、汲み取りの需要が激減したからだ。元来の調子のいい性格が営業向きだったのだろう、町内はおろか周辺の市や町にも仕事の場を広げた。雄ちゃんに、そんな才覚があったとは。

が、そんなことより何より、一番驚かされたのは、雄ちゃんが日登美と結婚したことだ。聞けば、会社を興した直後からつきあいが始まっていたらしい。

「どうして黙ってたんだ、水臭いな」

「ブンちゃんに言ったら、笑っただろ」

「そんなことは……。いや、たぶん笑った」

「ほーらな。日登美ってよ、うちのかあちゃんに似てるところあるんだよ。たぶんオレ、昔からあいつのこと好きだったんじゃないかな」

雄ちゃんは考えようによってはマザコンだ。日登美のような強気な性格の女を好きになってもおかしくはない。ただ、それが日登美だったとは……。

「ブンちゃん、知ってるか？　うちの日登美の初恋の相手って、ブンちゃんだったこと」

「へー、そうなのか」

努めて平静を装って答えたが、今に思えば、そうだったかもしれないと思う。私は昔から、気の強い女に好かれる質だったのだろう。

ただ、そんなことを聞かされていたので、ふたりの結婚式で久し振りに日登美と顔を合わせたときは、なんだか妙に気恥ずかしい気持ちになったものだ。

「小木くん、今日はわざわざ、ありがとうね」

「おめでとう。しかし、なんだなぁ、メスゴリラにも衣装ってとこか」私は軽口を返した。

「ま、失礼しちゃう」

「日登美には、随分、チビチビって、いじめられたからな」

「でも、もう、そうやってからかえないわね」

私の背は伸び、日登美より身長が高くなっていた。

「チビって言われるたび、結構、傷ついてな。牛乳ガブ飲みしたよ。ま、でも、よかったな。おめでとう。雄ちゃんを頼むな」

披露宴の途中、予想に反して雛壇に座る文金高島田の日登美が号泣し、雄ちゃんがその涙をナプキンで必死に拭う姿に、大笑いしながら、もらい泣きしてしまった。

今や彼らも三人の男の子の親だ。雄ちゃんによく似たやんちゃ坊主に、日登美が手を焼いていると聞く。

結婚だけじゃなく、それ以降も、雄ちゃんには驚かされてばかりだ。

三十代半ばに差し掛かった頃。ある晩、雄ちゃんから電話が掛かってきた。

——ブンちゃんよ、オレ、町議選に出るぞ。

——はぁ。やめとけよ。会社も順調なのに、何でまた？

——町民の皆様の幸せのために……。

——おいおい、もう胡散臭い政治屋気取りか？

——死んだかあちゃんからよ、昔さ「ちったぁ、人様の役に立つようなことをやれ」って言われたことが頭に残っててさ。だけど、そういうオレを見せてやれなかったからなあ。

——そうか……。でも、それが町議なのか。それに大体、勝算とかあるのか？

——それ、そこをブンちゃんに考えてもらいたいんだよ。なんせ広告のプロだもんな。

——オレ、選挙ブローカーじゃないし。

——そこをなんとか。頼むよ、いっ……。

——一生のお願いって言うんじゃないだろうな。

——ごめいさん。よく分かってるじゃねえか。さすがブンちゃん。

——もう、どれだけ、一生のお願いを聞いてきたと思うんだよ。

結局、知り合いのカメラマンやメイクを格安で手配して、雄ちゃんの選挙用のポスター作りに協力した。「選挙参謀もやってくれ」と頼まれたが、会社を休んでまでつきあえない。それでも、投票日には、雄ちゃんの選挙事務所に駆けつけた。飲めや歌えの大騒ぎになっていた。結果は、三番目に多くの票を集めて当選。

「ブンちゃん、選挙って金かかるなぁ」雄ちゃんがぼそっとこぼした。

「万歳」の声が響く歓喜の渦の中で、祖母が言ってたことが、理解できたような気がした。

が、その八年後、更に驚かされる。任期中に急死した町長の後釜を狙って、今度は町長選に打って出ると言い出した。

――勝算はある。チューデンの労組とパイプができたんで楽勝だ。

チューデンの労働組合の組織票は、それまでも町長選の当落を左右してきた。雄ちゃんの皮算用ほど楽勝ではなかったが、雄ちゃんは町長に当選。日登美は、町のファーストレディになった。が、ちょっとばかり調子に乗り過ぎたのだろう。今年に入って、雄ちゃんが推し進めた町の清掃工場建設に絡んで、建設業者の選定に口利きをしたという噂が流れ、町議会で追及されて窮地に追い込まれているらしい。工場の建設予定地は、不発弾を探しに行ったあの格納庫跡地だ。多少、因縁を感じる。

――さすがのオレも、大ピーンチ。悪いことはできねえな。ははは。

――笑ってる場合なのか？　もしかして、元取ろうと思ったんじゃないの？

――え、あはは。あ、そうだ、ブンちゃん。こっちに帰ってきて、オレの代わりに町長やんねえか？　応援するぞ。

大阪転勤をもう少し早く言い渡されていたら、その気になったかもしれないが……。

――ばか言ってんじゃないよ。それに昔から、雄ちゃんの代わりなんかやったら、とんでもない目に遭うからな。ご免だよ。

――そうだったな、ははは。まぁ、しょうがねぇ、へこたれずに踏ん張ってみるか。

あの電話の後、何も言ってこないが、雄ちゃんは大丈夫なんだろうか。ただ、もしも町長を辞めるようなことになったとしても、あのしっかり者の日登美が尻を叩けば、きっと大丈夫だ。

みんなこの歳になれば、大なり小なりの問題を抱えるようになる。悩みは尽きない。だからといって、人生を放り出す訳にはいかない。

入社早々、ある上司に言われたことがある。「いいか小木、継続は力だぞ」と。確かにその通りだ。やめてしまうことは簡単だ。不発弾探しも、あっちでぶつかり、こっちでぶつかりしながらも、続けたからこそ見つけることができた。やり遂げたという達成感は宝だ。雄ちゃんも私も、あの夏の自分たちに負けるようでは情けない。ただ、大阪転勤は、不発弾探しというより、地雷撤去のようなものだが……。へたな冗談を言ってもどうにもならんか。とりあえず二年の単身赴任、頑張ってみるか。

「お父さん」

「あ、びっくりした」

振り向くと由伸がリビングから顔を覗かせていた。

「なんだ、寝なかったのか」

「あのさ、おじいちゃんちに行ったら、爆弾のあった場所、見に行ける?」

「行けるけど、住宅地になっちゃったから、何もないぞ」

「オレ、行ってみたいんだよ」

「あれ、お前はうちでゴロゴロしたかったんじゃないのか?」

「そうだけどさ」

「きっと、お母さんは行かないぞ」

「いいよ、男同士で」

「男同士か」

いい響きだ。特に息子の口から出ると。それに、あの夏を息子と拾いに行くのも悪くない。いや幸せだ。

「おじいちゃんに、お酌してやると喜ぶぞ」

「そうしたら、お小遣いもらえるかな」

ちゃっかりしているのは息子だけではない。孫を連れて帰るだけで、親孝行をしようとしている私がいる。でも、それが何よりの手土産なのだから。

「お父さんさ、それからさ……」

「うん？」

「あのさ、〝七年殺し〟、教えてくれよ」

「はははは、よし、教えてやる」

漫画の世界の話だ、現実には使えやしない。それでも、つい嬉しくなって、私は両手を合わせるとカンチョーのポーズをしてみせた。

「いいか、ケツにグイッて突っ込んだら、七年殺しって叫んで、指をパッと七本開くんだ」

「ぎゃははは、くだらねえ」

そう笑う息子の肩越しに、雄ちゃん、つーやん、そして高井の姿が見えた。

あとがき

既に、双葉社からは二冊の短編集を出させてもらった。今度は長編。短距離走は、それなりに走れるメドもたったし、その勢いで、厚かましくもフルマラソンに挑戦しようと思った。筆の体力はどんなものか量るためにも。

問題は、走るコース、つまりテーマ。今回も『小説推理』で毎月の連載だ。スタートを切ってしまったら、コースアウトすることは許されまい、と多少ビビっていた。根が小心者なので。

漠然とだが、いつか僕なりの『スタンド・バイ・ミー』を書いてみたいと思っていた。遠い少年時代の出来事。手垢のたくさんついたテーマだ。目新しさはない。それでもいいかな。よし、基本はこれでいこう。そう決めたハズなのに、何か〝芯〟が見つからなかった。あっという間に時間が過ぎ、第一話の締め切りが迫る中、ある晩、ちょっと開き直って寝てしまった。と、夢を見た。亡くなった祖父と不発弾の話をしている夢だった。目覚めたときには、頭の中で、すーっと一本の物語の線が通っていた。

不思議なことは続く。連載が始まってから、実家の近くで不発弾が発見された。ああ、きっと神様もこのテーマについて書いていいよ、と後押ししてくれているんだな。勝手にそう思った。そして、その新聞記事を送ってくれたのは、竹馬の友〝勉《ベン》ちゃん〟だ。帰省した際に、小説のテーマを話していたから、気に留めていてくれたのだ。親友というものは、いくつになっても、遠く離れていても、ありがたい存在だ。その後も、何かと資料を集めてくれたりもした。

それから今回は、随分と父から昔話を〝取材〟した。照れ臭いこともあって、あまり親子で語り合う機会もなかったが、取材にかこつけて一緒の時間を過ごせた。聞けば、この出版を楽しみにしていたようだ。思わぬ親孝行ができたかな？　友情や父子関係、奇しくも内容とリンクした。

連載中、担当の山上くんから「これ、実話ですか」と、幾度か尋ねられた。僕は「想像に任せるよ」と、はぐらかした。ただ、物語に挟み込んだ空気で、同世代の人と〝昭和〟の匂いを共有できたらいい、と思って書いていた。でも、単にノスタルジックになるのではなく、僕自身、現在の自分を見つめ直す物語として。日々の悩み事や、思いもよらずふりかかる不運もある。でも、最後は自分で対処しなければならない。書いている僕がいうのもおかしいが、昭和のこの少年に少しばかり勇気づけられた気がする。そうだな、歳をとったとはいえ、まだまだ先がある。

さて、毎度のことながら、双葉社各部署の方々、校正の方々、大変お世話になりました。ありがとうございます。

中堂編集長、山上くん、物語がいつ終わるのかとハラハラさせてしまいましたね。恐縮です。

連載時、イラストを描いてくれた中島恵可さん、まるで僕の頭の中に浮かんだ映像が見えているかのような出来映えに、毎回、驚かされました。ばっちりです。

そして、装幀の松岡史恵さん、装画の木内達朗さん、もう三度目のチームになりますね。僕は、お二人の繊細な作風が好きです。また必ずお願いします。

二〇〇九年　夏を拾いに。作者。

初出　「小説推理」二〇〇七年一二月号～二〇〇八年一二月号

森浩美◆もり ひろみ

放送作家を経て、1983年より作詞家。現在までの作品総数は700曲を超え、荻野目洋子『Dance Beatは夜明けまで』、酒井法子『夢冒険』、森川由加里『SHOW　ME』、田原俊彦『抱きしめてTONIGHT』、SMAP『青いイナズマ』『SHAKE』『ダイナマイト』、KinKi Kids『愛されるより愛したい』、ブラックビスケッツ『スタミナ』『タイミング』など数多くのミリオンセラーを出す。初の短編小説集『家族の言い訳』が08年に文庫化されると、15万部を超えるロングセラーとなり、現在も版を重ねている。著書に掌編集『推定恋愛』『推定恋愛two-years』、短編集『こちらの事情』などがある。

夏《なつ》を拾《ひろ》いに

2009年7月5日　第1刷発行

著　者—— 森 浩美

発行者—— 赤坂了生

発行所—— 株式会社双葉社
東京都新宿区東五軒町3-28　郵便番号162-8540
電話03(5261)4818〔営業〕
03(5261)4831〔編集〕
http://www.futabasha.co.jp/
（双葉社の書籍・コミックが買えます）

印刷所—— 大日本印刷株式会社

製本所—— 株式会社若林製本工場

CTP—— 株式会社ビーワークス

ISBN978-4-575-23666-8 C0093